Claude Sadut

GESELLSCHAFTS SPIELE

Roman

Aus dem Französischen
von Wolf Serlo

rororo

Rowohlt

Die Originalausgabe erschien 1987 unter dem Titel
«Les Jeux de l'orgueil» beim Verlag HarPo,
Compagnie Jean-Jacques Pauvert, Paris
Umschlagillustration H. Fischer

Deutsche Erstausgabe
Veröffentlicht im Rowohlt Taschenbuch Verlag GmbH,
Reinbek bei Hamburg, April 1988

Gesetzt aus der Bembo (Linotron 202)
Gesamtherstellung Clausen & Bosse, Leck
Printed in Germany
780-ISBN 3 499 12223 5

Vorwort

Lieber Leser,
was hier zu lesen ist, wurde vor fast 50 Jahren aufgezeichnet; es stammt aus einer Zeit, als man sich nach dem Gemetzel ins volle Leben stürzte und die Frauen nur eines im Sinn hatten: sich die Haare abzuschneiden und ihre Röcke zu kürzen.

Es ist eine wahre Geschichte.

Einer ihrer letzten Protagonisten – und «geheimen» Zeugen – ist kürzlich verstorben. Er konnte sich zu Lebzeiten nicht entschließen, die vorliegenden Papiere zu veröffentlichen, aber mit seinem Letzten Willen bevollmächtigte er mich dazu. Diese von einer Frauenhand verfaßten vierhundert Seiten – die ihm damals fast alle Tag für Tag zugeschickt worden waren – hätten so lange in seinem Schreibtisch geruht. Niemand habe sie je zu Gesicht bekommen.

Ich bin heute etwa so alt wie er zu der Zeit, als dieses Tagebuch verfaßt wurde. Gleichwohl war ich sein Freund geworden, denn er war in jeder Hinsicht so jung geblieben, daß ich mir ohne Mühe vorstellen konnte, wie er einst gewesen war. Ich vermag allerdings nicht zu glauben, daß das von einer wohl doch zu weiblichen Hand auf diesen Seiten entworfene machiavellistische Porträt seiner Persönlichkeit ganz entspricht.

Aus leicht begreiflichen Gründen hat er mich gebeten, seinen Namen zu verschweigen. Um der Erinnerung an ihn gerecht zu werden und doch sein Inkognito zu wahren, will ich nur verraten, daß er als verführerischer Geist von der Feder Gebrauch zu machen wußte, sich aber lieber im Hintergrund hielt – womit das Paradox erklärt wird, daß in dieser Chronik, die doch so eng mit seiner Person verknüpft ist, keine einzige Zeile von seiner Hand stammt.

Ich will auch die Erinnerung an eine unbekannte, heute verblichene Frau nicht belasten, doch ich neige der Meinung zu, daß ihre wesentlichen Schwächen, welche schließlich ihren Untergang bewirkten, schon in dem Blütenstaub enthalten waren, aus dem sie geboren wurde.

Ich will mir überhaupt nicht das geringste Urteil erlauben: Einerseits veranlassen mich meine eigenen Unzulänglichkeiten zur Vorsicht, andererseits hat die Person meine besondere Zuneigung gewonnen. Und der Preis, den sie für ihre Irrtümer zu zahlen hatte, war schließlich schrecklich genug.

Noch einmal möchte ich daran erinnern, daß ich diese Seiten, auch in ihrer anonymen Form, nur nach ausdrücklicher Ermächtigung veröffentliche. Ich werfe mich weder zum Richter über ihre Qualität noch über ihre Moral auf (was dies betrifft, überlasse ich dem Leser selbst die Verantwortung für seine Gefühle). Ich kann nur für ihre Echtheit garantieren.

Die Form fast täglicher Tagebucheintragungen verträgt sich mit den eingefügten Briefen. Sie hatten denselben Empfänger. Die Antworten auf die Briefe fehlen; man wird verstehen, weshalb.

Das Ganze wurde mir in zwei vergilbten Aktenordnern übergeben. Der erste ist ziemlich umfangreich und enthält die ersten drei Teile fast vollständig. Im zweiten Ordner fand ich neben einem Zeitungsausschnitt und zwei Fotografien ein noch verschlossenes Kuvert. Ich öffnete es und entdeckte darin die Reste eines Schulhefts, das einmal, in einer noch verborgeneren Parallelhandlung, den heimlichen Geständnissen der Autorin gedient hatte.

Einige zusätzliche Erläuterungen des Herausgebers werden

dem Leser, wenn er die entsprechende Stelle erreicht hat, den Grund dieser Zäsur erklären.

Ich habe mir weder erlaubt, ein Wort zu streichen, noch eines hinzuzufügen, sondern mich damit beschieden, eine chronologische Ordnung herzustellen, welche im übrigen schon annähernd gegeben war. Die Aufteilung in drei Teile und einen Epilog ist keineswegs willkürlich: Sie ergibt sich, wie man sehen wird, von vornherein aus dem Ablauf der Ereignisse.

Eine begreifliche Sorge (und auch eine Anweisung) hat mich veranlaßt, die Familiennamen und gewisse Ortsbezeichnungen durch falsche Initialen zu ersetzen. Nur die Vornamen wurden beibehalten. Geblieben sind zwei offensichtlich falsche Eigennamen und eine absichtlich banale Ortsbezeichnung.

Mehr als ein halbes Jahrhundert ist also verstrichen, seitdem diese Briefe, die ich wieder geöffnet habe, versiegelt wurden. Meines Wissens sind nur noch wenige Protagonisten dieser Geschichte am Leben (und sie tauchen, wie ich sicher weiß, nur hin und wieder auf). Es ist wenig wahrscheinlich, daß diese Seiten ihnen eines Tages zu Augen kommen und eine längst versunkene Vergangenheit ihnen wieder ins Gedächtnis steigt.

Außerdem wird die Zeit ihr Werk getan und Lebende wie Tote ihrer allmächtigen Verjährung unterworfen haben.

Ich habe nichts hinzuzufügen. Selbst eine Unterschrift unter diesen Zeilen wäre fehl am Platze. Sie dienen keinem anderen Zweck als Verständnis für eine einsame und sicherlich schuldige Stimme zu erheischen, die am Ende ihre Strafe fand.

Paris, 1968

... Dennoch einige zusätzliche Worte.

Es würde mir schwerfallen, ein deutliches Bild der Verfasserin dieser Chronik zu liefern. Sie wurde auch mir nur in Andeutungen geschildert.

Das Porträt ihrer Persönlichkeit ergibt sich (nicht ohne Widersprüche) nach und nach aus den folgenden Seiten. Ich möchte es der Phantasie des Lesers überlassen, sich ein Urteil zu bilden.

Im zweiten Ordner lagen zwei verschwommene Fotos: sehr unvollkommene Zeugnisse ihrer physischen Erscheinung. Die Fotos müssen um einiges älter sein als die übrigen Dokumente, denn sie zeigen ein sehr junges Mädchen, das man zu Recht als sehr schön beschrieb; daran ändert auch die Tatsache nichts, daß sich unsere Betrachtungsweise seither stark gewandelt hat und Aufnahmen aus der damaligen Zeit uns heute etwas gestellt erscheinen.

Das eng anliegende Haar und die Korsage mögen uns heute altmodisch vorkommen, aber das Gesicht ist immer noch ausdrucksvoll und sehr lebendig.

Das zweite Dokument ist ein verblichenes Amateurfoto, das aber weit natürlicher wirkt. Im Profil ist die außergewöhnliche Haarfülle – deren Umrisse im sepiafarbenen Schatten des Bildhintergrunds verschwinden – weit besser zu erkennen. Das einzige ganz unversehrte Detail sind die makellosen, glänzenden Zähne und das strahlende, offene Lachen.

I

La Châtaigneraie, den 21. Oktober 19 . .

Wie es sich für eine Dienerin gehört, wohne ich unter dem Dach.

Weiße Wände, niedrige, an zwei Seiten abgeschrägte Decke in dieser Mansarde, kleiner Kamin mit leerer Feuerstelle. Schmales Eisenbett mit roten Plumeaukissen. Winziges, wurmstichiges Kruzifix aus gelbem Buchsbaum. Bescheidener Nachttisch, noch ärmlicherer Toilettentisch: Oberteil aus verblichenem Marmor, Steinguttopf mit Rosenmuster in der Waschschüssel.

Dem Bett gegenüber ein rundes Fenster mit Blick auf die Gesindegebäude. Rechts in der Ecke ein schmaler Bauernschrank; links unter der Dachschräge ein Korbstuhl und ein kleiner Tisch, den ich zum Schreiben ans Bett unter das schummrige Deckenlicht gezogen habe.

Bei Tageslicht ist das Zimmer keineswegs trist. Es ist ein Kämmerchen, das feuerrot erglüht, wenn die Sonne untergeht; ein einsamer Taubenschlag, den ein naiver Geist mit zwei rührenden, billigen Farbreproduktionen geschmückt hat.

Das ist also der enge Unterschlupf, in dem Marie, die falsche Kammerzofe, sich von ihrem Lampenfieber erholen wird. Noch liegt die Usurpatorin im Widerstreit mit ihrem gewagten Unternehmen. Noch hat sie sich nicht in ihre Rolle hineingespielt. Und doch ist sie am Ende dieses ersten Abends schon deutlich von ihrer neuen Stellung geprägt.

Ich fühle mich befangen. Meine Verwandlung bedrückt mich. Aber heimlich genieße ich auch die beunruhigende Lust des Eintauchens in eine *andere Existenz*. Ich bin erst seit drei Stunden Marie. Die inneren Bande zu dem, was nicht mehr Gegenwart, sondern schon Vergangenheit ist, sind noch fast intakt.

Gegenwart, das ist diese Welt, die mir angst macht: diese verbotene Frucht, zu der mich meine Neugier getrieben hat. Gegenwart, das sind Simon und Aline, meine derben «Kollegen», und Armande, unsere Vorgesetzte. Und Gegenwart ist auch dieser noch unbekannte Herr (mein Herr), dem ich *dienen* soll.

Das Wort beschäftigt mich; es hat heute abend schon einen handgreiflichen Sinn bekommen. Ich bin eine solche Närrin, daß mir jetzt schon, hier in meiner Einsamkeit, das Blut in die Wangen schießt.

Also erst seit drei Stunden da – und schon ist kein Gedanke mehr ganz so wie gestern noch. Meine Stellung formt mich bereits, obgleich ich sie mir erschlichen habe.

22. Oktober (nach dem Frühstück)

Als der Zug gestern auf dem kleinen Bahnhof von B. hielt, stand die Sonne knapp über dem Horizont. Mit meinem schweren Koffer, der mir gegen die Beine schlug, stieg ich eilig hinter drei Reisenden auf den kiesbestreuten Bahnsteig. In einer plötzlichen Stille tat sich das Schicksal Maries auf – unter dem erstarrten Dekor eines blau-rosa Himmels, an dem Wolken wie violette Steilwände aufragten.

Der junge Mann mit roten Haaren, Fuchsgesicht und Albinoaugen, der mich auf dem Bahnhofsvorplatz erwartete, erkannte mich sofort, ohne mich je gesehen zu haben. «Ja... ich bin die neue Kammerzofe von La Châtaigneraie.»

Sein Blick zieht mich bis auf das Hemd aus. Das Gepäck wird hinten auf den Wagen geworfen: schwarzes Verdeck, kleines Fenster, blankgeputzte Lampen und eine Peitsche, die reglos in den Abendhimmel ragt. Das Pferd, auch ein Fuchs, wird von den Herbstfliegen geplagt und stampft geduldig auf der Stelle.

Seine Hände streifen mich und nehmen sich viel Zeit, mir auf das hohe Trittbrett zu helfen. Genau: Ich bin jetzt nur noch Marie, nur noch ein Zimmermädchen.

«Fährt man in La Châtaigneraie noch mit Pferd und Wagen?»

Verschnupft (oder aus Prinzip gegen die «Neue» eingenommen):

«Ist das nicht gut genug für dich?»

«Doch, doch», erwidere ich ernüchtert.

«Wie heißt du?»

«Marie.»

«Ich bin Simon.»

Sollte das so etwas wie eine «schleppende Hand» sein? Unter dem Vorwand der holprigen Straße gibt sich seine Hand, kaum daß wir die Stadt verlassen haben, sehr zuvorkommend... Ich unterbinde es geduldig.

«Böse?»

«Nein.»

«Hochmütig?»

«Aber nein!»

Ganz ruhig! Es ist doch egal, denn gleich sind wir in La Châtaigneraie. Wir fahren auf einen Wald zu. Die Sonne geht bei klarem Abendhimmel unter, auf den Blättern ein rotgoldener Glanz. Zuviel der Ehre für eine bescheidene Person wie mich.

Ängstlich sinne ich über die Stunden, die auf mich zukommen. Zur Flucht ist es zu spät. Außerdem ist mir nicht danach. Aber da kommt schon das erste Problem: wieder diese

Hand, diesmal ganz ohne Vorwände. Solch kleine Vertraulichkeit bringen ihn auf den Geschmack. Es ist klar, daß er im Schutz des Waldweges versuchen wird, Wegzoll zu kassieren.

Ist es so üblich? Simpler Opportunismus? Macht sich der junge Bauernlümmel zum Eintreiber gewisser Beiträge? Das ewige Weibchen sträubt sich, ist nicht sehr begeistert und dennoch von vornherein dem selbstgewählten Schicksal ergeben. Ich habe nur jenes Gesicht nicht in so engem Zusammenhang mit meinem Schicksal gesehen, das ist alles! Ich bin auf der Hut und belauere meinen Hofgockel aus den Augenwinkeln.

Was würde Marie machen?

Aber ich *bin* Marie! Ein schüchternes Mädchen auf der Schwelle zu seiner neuen Anstellung, das sich nicht einmal traut, einen so unbedeutenden Verbündeten auf der Stelle abzulehnen. Eine Dienerin auch, die schon abgestumpft ist, was den Wert bestimmter Bündnisse angeht. Ist dieses hier notwendig? Lohnt es sich? Handelt es sich gar um einen Teil jenes Zwangs, dem ich binnen kurzem unterworfen sein werde?... Wie dem auch sei, ich habe jetzt schon eine Gänsehaut.

Im übrigen verliert er keine Zeit. Ich kämpfe noch und verhalte mich abwartend bis zuletzt. Gibt es ein Übereinkommen zwischen Mann und Pferd, so daß es von selbst auf einem engen Wegstück stehen bleibt?

... Unter den niedrigen Zweigen eines gewaltigen Baums ist die Geduld zu Ende. Welch ein poetisches Zusammentreffen: Hier findet gerade die aufgeregte Versammlung Tausender von Vögeln statt.

Ich schäme mich einer so stürmischen Einführung und werde deshalb kein Wort mehr über sie verlieren. Außer daß die Decke auf dem Boden des Wagens nach Pferd roch und sofort ein heimlicher Haß auf diese beleidigende Plumpheit in mir aufstieg. Jetzt, da ich diese Zeilen schreibe, bin ich immer noch ganz verwirrt. Warum hatte ich so ohne weiteres nachgegeben? Hatte ich mich auf meiner langen, einsamen Reise schon zu sehr in die Situation hineingesteigert? Hatte ich mich sozusagen zu gut «vorbereitet»?

Unter dem Stoffverdeck (und dem mächtigen Rauschen flüchtender Flügel) blieb nur das dümmliche Grinsen männlicher Eitelkeit, während ich mir den Rock abklopfte und mir vor meinem Taschenspiegel, den mir mein unwürdiger Eroberer hinhielt, das zerzauste Haar ordnete.

Das Pferd trabte gemächlich weiter, und endlich bot sich mir in der dunkelgrünen Dämmerung der erwartete Anblick: das nüchterne, wuchtige Herrenhaus am Ende einer breiten Allee; lange Rasenflächen im französischen Stil. Es entsprach meinem Geschmack, wiewohl es vor dem Hintergrund des dichten Laubs und eines malvenfarbenen Himmels ein wenig streng wirkte. Gefugter Stein und Ziegeldächer; nur eine vornehme Etage, darüber Mansarden. Nur hinter zwei Fenstern an der Stirnseite brannte Licht: Vorbote eines unbekannten, faszinierenden Lebens.

Der Wagen fuhr auf dem knirschenden Kies um den Rasen herum und die Aussicht belebte sich: In dieser «Schale» war das Geheimnis meiner allernächsten Zukunft enthalten. Ich war mir endlich meiner zwiespältigen Rolle vollkommen bewußt, durchlebte zu allem Überfluß noch die Schande der vorangegangenen Momente und wurde plötzlich von innerer Panik ergriffen. Vor dem Eintritt in die Welt offensichtlicher Tatsachen versagte meine Entschlossenheit plötzlich.

Auf der anderen Seite des Gebäudes kommt die Kutsche in einem riesigen Innenhof zum Stehen. Es ist ein nach einer Seite hin offenes Quadrat, aus roherem Material errichtet: die Gesindegebäude.

«Der Herr ist noch nicht zurück. Du wirst zuerst Armande kennenlernen.»

Seine Hände haben immer noch nicht genug, als er mir aus dem Wagen hilft.

«Wer ist Armande?»

«Die Köchin... Aber sie wird deine Herrin sein. Seit Madame tot ist, führt sie hier das Regiment. Als ich geboren wurde –» er weist mit dem Kopf zur anderen Seite der Gesindegebäude – «war sie schon hier.» Mit einem Grinsen fügt er hinzu: «Nicht einfach.»

Meinen Koffer in der einen Hand, öffnete er mit der anderen die Tür zu einem langen Flur, darauf eine weitere.

«So, dein César geht jetzt nicht weiter... Hier, Marie!»

Er setzt den Koffer ab, dreht sich um und tastet mich noch einmal mit einem berechnenden Blick ab, bevor er verschwindet.

Große Küche, schwarz-weiß gekachelt wie der Flur; antike, rustikale Möbel, so blank poliert wie nur möglich, langer Küchenherd und ein hoher Rauchfang aus altem Stein. Im Hintergrund ein kräftiges junges blondes Mädchen. Neben dem langen Tisch, auf dem sich Kupferreflexe spiegeln, eine kleine, magere, herrische Frau von vielleicht 60 Jahren. Sie hält die Hände über der Schürze gefaltet: eine Erscheinung so adrett wie ein frischgeprägter Sous. Ihre Haare mit einem kleinen, apfelrunden Knoten sitzen wie ein Hut auf dem Kopf.

Mit bohrendem Blick mustert sie mich von oben bis unten. Ich bin plötzlich ganz hilflos und deute einen schüchternen Knicks an. «Guten Abend, Madame.»

«Ich heiße Armande. Guten Abend... Wann ist der Zug eigentlich angekommen?»

«Vor einer halben Stunde», lüge ich.

«Aline, bring sie auf ihr Zimmer. Beeilung, es ist schon spät.»

Den schwingenden Hüften Alines folgend, schleppe ich meinen schweren Koffer nach oben. Das muß die Gesindetreppe sein. Wohltuende Wärme, es riecht nach Bohnerwachs und Früchten. Zweite Etage: Hier wird schon knauseriger geheizt. Lange, breite Flure, altes Parkett aus breiten Lagen, niedrige Decke. Ein Schild an einer Tür: Wäscherei.

Die nächste Tür führt schließlich in einen kleinen, von einem spärlichen Deckenlicht erhellten Raum.

«Ihr Zimmer. Kommen Sie nach unten, sobald Sie fertig sind. Monsieur kommt erst übermorgen zurück, aber Armande will Sie schon einweisen.»

«Danke, Aline.»

Sie ist eine sympathische «Mitschwester», ich lächle ihr zu. Ihr feines, friedliches Gesicht wirkt verschlossen. Bin ich eine Konkurrentin?

Als ich allein bin, werde ich gewahr, daß ich einem Leben ohne fließendes Wasser entgegensehe. (Auf dem Treppenansatz bemerkte ich im Vorübergehen den einzigen Wasserhahn, der den Dienstmädchentrakt versorgt.) Ich verziehe das Gesicht, aber es ist nun einmal meine Bestimmung.

Dezentes kleines schwarzes Kleid, Schuhe, die wie alles übrige zwischen obligatorischer Bescheidenheit und nicht gerade umwerfender Koketterie gehalten sind. Gestärkte Schürze. (Auch diese ist vielleicht noch ein wenig neu... Marie, das folgsame Mädchen, wird für ihren neuen Meister in eine neue Haut schlüpfen.)

Bevor ich die Bühne betrete, packt mich wieder Angst. Ich bin dankbar für alles, was meine Bewährung hinauszögert. Vor dem kleinen, fleckigen Spiegel, der mir das Bild von Marie zeigt, mache ich mich daran, meine ramponierte Frisur wieder in Ordnung zu bringen.

Auf der Schwelle zur Küche empfängt mich ein undurchdringlicher, kritischer Blick.

Sehr streng und entschlossen dirigiert Armande die ersten Schritte von Marie. Ich bemühe mich, meine Lehrlingshaftigkeit in ein Gewand von Erfahrung zu kleiden, um ihr einen Anschein von «Professionalität» zu vermitteln. Diese Schwierigkeiten ließen sich meistern. Gewiß, nach den unscheinbaren Arbeiten gestern abend und den sie begleitenden kurzen Anweisungen habe ich heute morgen schon das harte Gesetz des

Dienens näher kennengelernt. Doch die wirklichen Tücken kommen vermutlich erst mit der Rückkehr des Herrn. Seit drei Tagen ist er in einer entfernten Gegend auf der Jagd. Danach erst wird mein Dienst seine wahre Gestalt annehmen; dann erst beginnt die Bewährungsprobe.

Und doch sollte ich mich schon jetzt vor diesem sachkundigen Auge hüten, das mich fortwährend beobachtet. Es ist vielleicht kritischer als jedes andere.

Wenn man seine Waffen manchmal nur zögernd einsetzt, dann nur, weil man sich an die Gepflogenheiten eines Hauses noch nicht gewöhnt hat. Wie wahr ist es doch – und nur eine Frage des Standpunkts –, daß das «Metier» einer vollendeten Dienerin sich nur wenig von dem einer Hausherrin unterscheidet. Das lehrte mich unlängst meine selige Mutter.

Nur wenig, vom *Dienen* abgesehen! In den letzten acht Tagen ist dieses Wort mit verwirrender Bedeutung erfüllt worden, die Erfahrung aber verleiht ihm erst seinen Sinn.

Eine meiner letzten täglichen Pflichten wird sein, die Fenster und Türen zu schließen. Zur Einweisung hat Armande mich gestern abend durchs Haus geführt.

Die große Halle ist wie das gesamte Erdgeschoß mit weißem Stein und dunklem Schiefer ausgelegt; eine breite Steintreppe schwingt sich von dort nach oben. Riesige Zimmer, alle Arten seltener Möbel, Teppiche und Bilder. Stille.

Neugierig suchte ich die Spur einer unsichtbaren Persönlichkeit, der ich heute noch kein Gesicht verleihen kann. Nur ein paar liegengelassene Pfeifen, kein anderer Hinweis. Auch kein Geruch in der stillen, eingeschlossenen Luft dieses Herbstabends. Nicht einmal das Empire-Zimmer im ersten Stock (seit drei Tagen unbewohnt) bot einen Anhaltspunkt. Das pastellfarbene Louis-XVI-Zimmer der (verstorbenen) Hausherrin, Gästezimmer, Bäder...

Im zweiten Stock: Wäscherei, Besenschränke. Armande öffnete mir mein Arsenal, bevor sie mich vor ihrer Tür stehen ließ, mich mit ihrem letzten Blick taxierte und mir die letzte Anweisung gab: Ich habe mich jeden Morgen um sechs Uhr bei ihr zu melden.

Es herrschte noch stockfinstere Nacht, als ich heute morgen pünktlich zur Küche hinabstieg.

Mühseliges Aufstehen vor Sonnenaufgang, fröstelnde Toilette in der Waschschüssel. Schwierig, sich vor dem schlecht beleuchteten, armseligen Spiegel zu kämmen – das sind die Merkmale meiner neuen Stellung. Vor zwei Wochen noch wäre mir das alles äußerst seltsam vorgekommen. Was mag in mir vorgehen, daß mich dies heute so in Hochstimmung versetzt?

Mein Herz indessen verkrampft sich. Ich bin nicht «ruhig». So ist das eben, wenn man lügt!

Armande hat dampfenden Kaffee in unsere Tassen gegossen, und wir sitzen uns an dem großen Tisch gegenüber. Simon ist auch erschienen – seine erste Aufgabe besteht jeden Morgen darin, im Keller den Heizungskessel anzufeuern. Ich weiß nicht, was er tagsüber zu tun hat. Seine Einverständnis heischende Miene – während er Armande den Rücken zukehrt – läßt mich seine Ansprüche fürchten.

Um halb sieben ist Aline gekommen. Eine knackige Frucht dieser Landschaft: frisch, rotwangig und blond. (Sie ist verheiratet und Mutter. Seit ich da bin, ißt und schläft sie zu Hause, in einem Nebengebäude des Hofs.) Obwohl mich ihr seltsam zurückhaltendes Lächeln verwirrt, empfinde ich instinktiv für sie Sympathie. Ich würde ihr gern gefallen. Wenn Marie den ganzen Tag unter dem Druck von Armande lebt, braucht sie eine Freundin.

Endloser Morgen: Armande nennt das «gründlich Saubermachen». Vielleicht sind diese ersten Aufgaben nicht zufällig undankbar?

*

Thérèse C. an Pierre F.,
Paris

La Châtaigneraie, den 22. Oktober (abends)

Mein Lieber,
es wird Sie überraschen, daß ich so schnell schreibe. Ein gewisses Verlangen treibt mich dazu. Sie fehlen mir schon jetzt.

In meiner Eile sehe ich fast den Beweis dafür, daß das Abenteuer, in welches ich mich gestürzt habe, weit mehr die Frucht Ihrer Begabung zur Intrige ist als die meiner eigenen Verrücktheit.

Sie werden sagen, meine Logik sei «weiblich». Nehmen Sie zur Kenntnis, daß ich Ihnen weder meine Anwesenheit hier noch die Rolle vorwerfe, die ich spielen muß. Ich würde meine Stellung hier nicht einmal gegen ein Königreich eintauschen.

Dennoch bin ich zu sehr Ihr Geschöpf, um mich nicht Ihres Rates beraubt zu fühlen und ihn zu entbehren.

Eigentlich sollte mich nichts beunruhigen. Wenn ich auch der Hauptprüfung noch nicht unterzogen wurde, so habe ich doch die Klippen der ersten Examen ohne Schaden umschifft (was meine Identität betrifft, sind es vielleicht die wichtigsten). Leider sind es nicht die letzten.

Einer der Protagonisten scheint schon Feuer und Flamme zu sein, wie Sie sehen werden. (Ich habe nicht an Überzeugungskraft gespart.) Eine der übrigen – Armande – wird schwerer zu gewinnen sein, wie Sie ebenfalls sehen werden.

Sie werden es sehen, sage ich, denn ich mache Sie ab sofort zu meinem Richter – früher, als ich es mir gewünscht hätte. Wenn wir auch in der Tat abgemacht haben, daß ich über meine Erfahrungen so gewissenhaft wie möglich Tagebuch führen werde, so erwartete ich doch, zunächst einmal Zeit und Abstand zu gewinnen, um Ihnen dann alles wie versprochen übermitteln zu können. Vor allen Dingen, wenn ich daran denke, wie dilettantisch ich mir das Versprechen von Ihnen abnehmen ließ.

Wenn ich die Person, zu deren Dienerin Sie mich gemacht haben, gestern schon getroffen hätte und meine Situation folglich klarer wäre, würde ich Sie wahrscheinlich nicht so schnell ins Vertrauen ziehen. (Ich möchte Ihnen nämlich absichtlich gewisse Details vorenthalten, die Sie, wie ich mir vorstellen kann, ungeduldig erwarten. Das wird eine kleine Revanche für das Schicksal sein, dem Sie mich ausliefern.)

Meine Tür hat im übrigen keinen Schlüssel, sie läßt sich nur von innen verriegeln. In meiner Abwesenheit steht mein Zimmer also jedem offen. Und da ich noch kein Versteck für das bescheidene Heft und diese ersten beschriebenen Blätter gefunden habe, ist es das sicherste, sie Ihnen gleich morgen zu schicken (auf prosaischere Weise als Sie vermuten). Ich würde wohl vor Scham vergehen, wenn durch sie mein Falschspiel aufgedeckt würde.

Aber erwarten Sie nicht, auch in Zukunft so oft informiert zu werden. Ich möchte die beschriebenen Seiten meines Journals etwas länger aufbewahren. Und sei es, um zu lernen, nur für mich selbst zu schreiben... Dies werde ich noch sehr brauchen.

Ich habe meine Karriere also unter der verhaßten Führung eines Dieners namens Simon begonnen. Morgen werde ich sicherlich mit demjenigen konfrontiert werden – der Aufschub ärgert mich einerseits, andererseits bin ich ganz froh darüber –, den ich wohl oder übel schon meinen «Herrn» nennen muß.

Es bleibt keine Zeit mehr, umzukehren oder über die unglaubliche Leichtfertigkeit nachzugrübeln, die mich in die von Ihnen so hinterlistig vorbereitete Richtung getrieben hat. Denn Sie stecken dahinter! Aber ich klage Sie nicht an. Ich habe nämlich nicht nur hingenommen, daß Sie Monsieur de B. über meine angebliche Qualifikation als Kammerzofe täuschten, sondern ich selbst habe Sie teils auf diese Idee gebracht. Und wenn Ihr libertinistischer, so undankbarer Geist sein Vergnügen an dem Wissen fand, welche «Qualitäten» Ihr Freund vom Objekt seiner Suche verlangte, so räume ich ein, daß mein Verstand dabei nicht ganz gleichgültig blieb. Daß er sogar die unverhoffte Gelegenheit sah, eine bestimmte Situation dank eigener Erfahrung schätzen zu lernen.

Ich frage also nicht, welcher Dämon mich trieb, denn ich weiß es. Und auch welche Art komplexer Neugier...

Ich bin auch bereit, die Identität jener jungen Dienerin (mit dem banalen Vornamen) anzunehmen, welche sich noch bis vor kurzem in Ihren Diensten befand. Welch teuflischer Zufall spielte Ihnen die vergessenen Ausweispapiere in die Hände? Ich hatte auch bei der Abfassung Ihres gefälschten Empfehlungsschreibens meine Finger im Spiel, wie auch bei der Herstellung meiner falschen Zeugnisdokumente.

Außerdem bin ich fieberhaft durch alle Kaufhäuser gelaufen, um die passende Garderobe für meine Rolle zusammenzustellen... Ich habe sie so aufgeregt im voraus studiert und selbst zusammengestellt (obgleich in dieser Hinsicht nichts der Erfahrung gleicht), daß sie gewiß ebenso mein Werk wie das Ihre ist. Mein Gewissen verbietet mir, Ihnen allein die Vaterschaft an einer Mystifikation anzulasten, die mir ein bißchen Angst macht.

Am erstaunlichsten ist, daß ich nichts bereue. Zwar bin ich ängstlich, aber auch ungeduldig. Wie dem auch sei – entweder der Schwindel fliegt auf oder er gelingt.

Geschieht das erste, so währt die Schande nur kurz (wieder einmal nur eine Redensart, denn ich kann mir nichts Schlimmeres vorstellen).

Für den zweiten Fall: Wer wird der Getäuschte sein? Der Nutznießer eines so liebenswürdigen Eifers sicher nicht. Und Sie auch nicht! Sie begnügen sich mit der Rolle des distanzierten Beobachters, nachdem Sie – mit welchem Talent! – Gift in die viel zu schwache Seele Ihrer Gefangenen geträufelt haben.

Ich dagegen werde die undankbare Aufgabe übernehmen,

alle Risiken (selbst Ihre Ironie) für den Gegenwert eines trügerischen geistigen Vergnügens auf meine Schultern zu laden.

Sie sagen, da sei noch jemand anderes, der mir nicht gleichgültig wäre? Gewiß, doch seiner kann ich nicht sicher sein. Ich stütze mich ausschließlich auf Informationen, die ich von Ihnen habe, und die sind, was diesen Punkt angeht, eben nur aus zweiter Hand.

Soll ich trotzdem gestehen, Sie seltsamer Demiurg, daß Ihr Geschöpf Sie deshalb nicht weniger liebt? Auch wenn hinter Ihrer trügerischen Komplicenschaft irgendein Motiv stecken sollte, das Sie nicht zugeben können, irgendein Zynismus – oh, Sie Grausamer –, irgendein kränkendes Spiel mit der Gefahr.

Ich komme zum Schluß. Es ist schrecklich spät für eine Dienerin, die vor Sonnenaufgang aufsteht. (Wissen Sie, womit ich meinen Nachmittag zubrachte, nachdem ich mich nach dem Essen ein bißchen ausgeruht hatte? Mit *bügeln*! Da die mütterlichen Lektionen nicht vergessen waren, gelang es mir, mich mit einigem Geschick aus der Affäre zu ziehen. Es ist eine seltsame Verkehrung der Dinge, daß ich deshalb meine strenge Erziehung heute gutheiße.)

Wählen Sie also, lieber Bandit, unter den Grüßen der Frau, die für Sie keine andere bleibt als

Thérèse.

PS: Schreiben Sie mir nicht eher, als bis die diskrete Weiterleitung Ihrer Briefe gesichert ist. Ich hatte an «poste restante» gedacht, aber es gibt hier keine Post.

Ich werde mich melden. Achten Sie auf jeden Fall darauf, daß Ihre Briefe keinen Absender tragen.

*

24. Oktober

Ancilla ...

Ich habe das rote Heft aus seinem Versteck unter der Matratze hervorgeholt.

Als ich mich soeben aus dem runden Fenster beugte, sah ich, wie die hohe, in Stiefel und fahlrotes Wildleder gekleidete Gestalt dort vor dem Gesindehaus ein schwarzes Reitpferd bestieg, das Simon herbeigeführt hatte. Pferd und Reiter verschwanden unter dem großen Portal. Und die Dienerin kommt über den vollendeten Tatsachen ein wenig ins Träumen.

Es war schon spät, als ich gestern abend allein in der Wäscherei noch mit dem Bügeleisen hantierte. Ich hatte in der dunklen Nacht die Scheinwerfer eines Wagens nahen sehen. Ich wußte, daß er es war, und lauschte in die Stille, als mich zum erstenmal das Schrillen vom Klingelbrett auffahren ließ. Auch diese Klingel ist ein Symbol meiner Umstände.

Ich lief gerade die letzten Stufen der Gesindetreppe hinab, als Armande, die ihren Rapport beendet hatte, in ihre Küche zurückkehrte.

Er ist athletisch gebaut; breitbeinig dastehend sah er mich mit seinen dunklen Augen scharf an... Ein höflicher Knicks aus respektvoller Entfernung. (Kaum entdeckte ich tief in meinem Innern noch einen Hauch von Ironie.)

«Kommen Sie!»

Ich ging hinter ihm durch den Speisesaal, und seine weitausholenden Schritte tönten durch die Halle. Im großen Salon warf ein Holzfeuer seidige Reflexe auf den hellen Lack des Mobilars.

Er lehnte seinen stattlichen Körper tief in einen bequemen Sessel zurück und ließ sich viel Zeit, mich schweigend in aller Ruhe zu mustern. Ohne von meiner Bescheidenheit allzuviel aufzugeben, hielt ich dem Blick seiner dunklen Augen stand, die das einzig schöne in seinem wohlgenährten Gesicht waren. Dichte braune kurze Haare, die an den Schläfen grau werden, Hakennase, schwarzer Oberlippenbart bis zu den Mundwinkeln, das fette Kinn eines Vierzigjährigen.

Für diesen Augenblick der Wahrheit hatte ich unter der Kammerzofenschürze mein kleines schwarzes Kleid angezogen, und ich konnte den Stolz auf meine Erscheinung nur schwer verbergen. Ein Hauch von Puder. Eine Spur von Rouge.

Seine ritterliche Erscheinung beeindruckte mich so sehr, daß ich nervös am Rand meiner Schürze zupfte.

«Man sieht sehr hübsch aus in C.!»

Seine Stimme klingt ungezwungen. (Sie sind zu freundlich, Seigneur!) Das verschämt geschmeichelte Lächeln gelingt mir vorzüglich.

«Wie heißen Sie?»

«Marie, Monsieur.» (Verlangt die Konvention, daß ich hinzufüge: «Zu Ihren Diensten?»)

«Wie alt?»

«Zweiundzwanzig.» (Das Alter derjenigen, von der ich meinen Namen habe; ich mache mich drei Jahre jünger.)

Dann die seit langem vorbereiteten Auskünfte über mein angebliches Vorleben.

(...) Danach: «Ich hoffe, daß wir uns verstehen, Marie. Ich bin fast das ganze Jahr über allein. Ihr Dienst ist nicht schwierig.» (Wirklich? denke ich.) «Sie sind Armande unterstellt. Sie ist praktisch die Hausherrin. Ich vertraue ihr völlig.» (Das kann er auch!) «Der Lohn wird Ihnen alle drei Monate ausgezahlt.»

Die Höhe gibt er nicht an, als handle es sich um etwas Nebensächliches.

«Im Prinzip bekommen Sie zu unserer aller Annehmlichkeit einen halben Tag in der Woche frei.» Und als zweifle er, was ich damit anfangen könnte: «Sie bleiben übrigens hier!»

Der Brief von F. entlockt ihm ein Lächeln. Er erhebt sich. «Kennen Sie Monsieur F.?»

Meine Zurückhaltung ist eine grobe Lüge. «Ein wenig, Monsieur.»

«Hat er Ihnen von mir erzählt?»

«Erst in der letzten Woche, als er mich kommen ließ, um mir zu sagen, daß er eine neue Anstellung für mich gefunden hätte.»

Ganz dicht vor mir, immer noch lächelnd: «Was hat er Ihnen gesagt, der Räuber?»

Ich öffne den Mund... und senke dann in plötzlicher Verlegenheit, die mir sehr willkommen ist, den Blick. Mit dem Zeigefinger hebt er mein Kinn und zwingt mir sein stummes Lachen auf. Wir spielen eine kleine, galante Szene.

«Hat es dir angst gemacht?»

Da er mich duzt, werde ich bei der Anspielung diesmal rot. Die Schüchternheit steht mir gut, sie dient als Bekräftigung meiner Rolle. Wir sind beim Kernpunkt des Problems. Es sieht ganz so aus, als verstünden wir uns. Vielleicht ahnt er, daß ich nicht ganz so aufrichtig bin, als ich lächle und erbleichend vorgebe, meinen ganzen Mut zusammenzunehmen.

«Nein, Monsieur.»

Immer noch amüsiert: «Nun gut, Marie, gehen Sie zurück an Ihren Dienst.»

Dienen... Gibt es eine vernünftigere Beschäftigung? Eine weisere Berufung? Den Tugenden, die man von einer Dienerin verlangt, dem unbekannten Glück meiner Mitschwestern, habe ich ihnen nicht noch die Freiwilligkeit hinzugefügt?

Und was ist mit dem Stolz? Muß man denn nicht stolz sein, um demütig sein zu können?

Aufmerksam, schweigend und noch schüchtern, wie es sich gehört, servierte ich das einsame Abendessen unter dem Blick dieser schwarzen Augen. Er war höflich und wohlwollend wie ein vollendeter Gentleman. Nicht, daß ich in dem Moment, als ich mich vorbeugte, um ihm eine Schüssel hinzuhalten, kein ungeniertes Interesse für mein sehr dezentes Dekolleté bemerkt hätte, aber war das nicht einfach nur schmeichelhaft?

Danach nahm er im Salon seinen Kaffee und studierte die Zeitungen. Ich verrichtete mit Armande die letzten abendlichen Arbeiten. Sie ist immer noch streng und kurz angebunden, doch angesichts meines Eifers und meines Gehorsams etwas menschlicher geworden. Rundgang, um Fenster und Türen zu schließen, nachdem sie fort ist. In der stillen, langsam erkaltenden Küche beim Ticken der Uhr und dem Knistern des letzten Holzscheits wartete ich, ob man mir vielleicht frei gäbe.

Ich saß artig am Tisch und träumte mit den Händen in der Schürze, als mich von neuem die Klingel aufschreckte.

«Durst, Marie.»

Zweimal lief ich den hallenden Flur entlang und brachte ihm das Glas mit dem gewünschten kühlen Getränk. Ich setzte das Silbertablett auf einem niedrigen Tisch ab und spürte seinen tastenden Blick.

«Wünscht Monsieur noch etwas?»

«Ja», sagt er und stellt sein Glas ab (es macht auf dem Metall ein dumpfes, trockenes Geräusch).

Er steht auf. Mit gesenkten Augen nehme ich die Umrisse seiner Gestalt vor dem Licht wahr. Mein Gott, ich fürchte mich, mein Herr und Meister!

Er ist ganz nah. Sein Atem in meinen Haaren. Er legt mir die Hand auf den Kopf. Sie gleitet bis zum Knoten hinab und drückt ihn. Dann zieht er meinen Kopf nach hinten und hebt mein Gesicht zu sich hoch. Ich erröte wider Willen. Für einen kurzen Moment öffne ich die Augen, und sie nehmen den dunklen Blick und ein erstes Lächeln wahr. Wir sind einige Zentimeter voneinander entfernt und der Druck seiner Hand ist der einzige Kontakt.

Meine Augen sind geschlossen. In diesem unendlich langen Moment bin ich ganz Erwartung und – so sehr ich mich auch schäme, es niederzuschreiben – ganz freiwillige Unterwerfung. (Kritisch erwacht der Geist von Thérèse und fragt sich, wie sich die herrschaftliche Lust wohl äußern wird.)

Meine Hände bewegen sich leicht auf seiner Brust, und dann endlich umfaßt er mich und drückt mich mit seinem linken Arm ruhig an sich. Er zwingt meine Lippen auseinander, befühlt dabei weiter mein Haar mit seinen gebieterischen Fingern und überhäuft mich mit Liebkosungen.

Gott, wie einfach und wirklich unkompliziert ist dieser Dienst!

Er gibt meinen Mund frei und läßt ein Gummiband an meiner Hüfte klatschen. «Zieh das aus!»

Kaum habe ich ihm gehorcht und meine Augen niedergeschlagen, da dreht er mich herum, legt seine Hand auf meinen Rücken und zwingt mich, mich vor ihm auf ein sehr niedriges Möbelstück zu bücken.

Das genügt. Der tyrannische Geist, der mich beobachtet, mag Details wünschen, doch ich habe ihm die Richtung für seine Phantasie hinreichend gewiesen. Und meinem Schamgefühl dabei hart zugesetzt. Mag er noch erfahren, daß ich in Sachen Schicklichkeit (ach, was hast die hier zu suchen?) schon viel zuweit gegangen bin... Mein Gott, welch seltsame Verderbtheit liegt da vor?

Auf Befehl des Tyrannen mußte ich noch eine letzte Pflicht erfüllen: ihm die Lederpantoffeln bringen und die schmutzigen Stiefel mitnehmen, die er ausgezogen hatte. Und – als ich mich aufrichtete und unsere Blicke sich ein letztes Mal trafen – den Spott erdulden, der jetzt ganz auf seiner Seite war.

Ich löschte das Licht und ging ins Bett. Die Mondsichel schien durchs kleine, runde Fenster, und ich nahm mir nicht die Zeit, mich meinem entzweiten Herzen zu widmen. Ich schlief sofort ein.

F. M. S.*

Das intime Detail, nach dem deine schändliche Neugier verlangt, Irrsinniger, wirst du nicht erfahren. Auch wenn ich es nur für mich aufschreibe, verlangt eine lächerliche Rücksicht, daß es in einem amüsanten und gefälligen Ton geschehe.

... auf ein sehr niedriges Möbelstück zu bücken, sagte ich.

Ich hatte kaum Zeit, mir dieses unzweifelhaft sehr ritterlichen Vorgehens, das mich auf das Möbelstück niederzwang, bewußt zu werden, als sich mir etwas entrang, was man wohl einen Ausruf nennen muß.

War dieses ergriffene «Ah!» schmeichelhaft genug für den, der es verursachte? Es war auf jeden Fall aufrichtig und brachte das legitime, beglückende Gefühl zum Ausdruck, sich im Griff einer solchen – wie soll ich sagen? – bedeutenden Persönlichkeit zu befinden. Ohne hier irgend jemanden beleidigen zu wollen, muß ich gestehen, daß ich nie Ähnliches erlebt hatte. So bedeutend und so absolut kaltblütig, daß allein schon die Tatsache, wie er in aller Ruhe das ihm zustehende Privileg in Anspruch nahm, ausreichte, noch etwas anderes als den unter sein Joch gebeugten Geist völlig durcheinanderzubringen.

Allein schon durch ihren Umfang war diese Invasion Eisen und Balsam zugleich. Ich konnte leider nicht schnell genug in mein Handgelenk beißen, um eine unfreiwillige Huldigung zu ersticken, die mir auf der Stelle entschlüpft wäre, hätte ich mich nur getraut.

Ich hatte kaum Zeit, meine Diskretion zu bedauern, als langsame, unverschämte Hände mich umfaßten und meine Gedan-

* Von hier ab sind in chronologischer Folge die nicht herausgelösten Seiten aus dem Schulheft eingefügt, das Thérèse geheimhielt. Was bedeuten die Buchstaben F. M. S.? Mit ziemlicher Sicherheit: Für mich selbst. Obschon sich diese Inschrift nur auf dem ersten Blatt findet, stellen wir sie jeder Einfügung voran, so daß der Leser ohne weitere Einmischung von unserer Seite unterscheiden kann, was hinzugefügt und was auf Grund eines Restes an Schamgefühl verschwiegen wurde.

ken in Gang setzten – mochten sie auch noch so weit entfernt vom Sitz derselben zupacken. Er hofierte mich schließlich in so zynischer Art und Weise, daß er meine Taille mit seinen Händen wie mit einer Eisenkette umschlang. Meine Hüften spürten die Einladung zum Tanz und gaben jede Zurückhaltung auf. Bei bestimmten Begegnungen entwickeln sie eine recht natürliche Leidenschaft, ja sogar Kühnheit. Sie stellten sich der Tyrannei und warfen sich in den Kampf.

Dieser war gnadenlos. Tapfer führte ich meine Truppen in den Untergang.

Ich hatte jedoch noch drei Niederlagen einzustecken, bevor ich mich gegen meinen gewaltigen Gegner durchsetzen konnte. Aber zählte ich überhaupt? Sicherlich waren die beiden letzten Niederlagen, da es zwischen ihnen keine Unterbrechung gab, nur eine einzige? Die Wut des Eindringlings wuchs derart an, daß ich alle Würde fahren ließ. Mein Stöhnen klang tragisch – bis auch er endlich seine Souveränität verlor, mir seinerseits huldigte und die Waffen übergab.

Ich hatte mich noch nicht gefaßt, als ich verlegen von der Toilette zurückkehrte. Er erwartete mich frech und furchteinflößend, mit dem Rücken zum Feuer, vor dem Kamin. Als ich meine einzige zarte Hülle nehmen wollte, die ich hatte opfern müssen, und die nun lächerlich über dem Stuhl hing, befahl er: «Gib her!»

Mein stummer Gehorsam war ihm nicht einmal ein Lächeln wert. Er drehte sich um, hielt das Ding übers Feuer und ließ los.

Ein Knistern, eine auflodernde Flamme, und verbrennend bäumte sich noch einmal – o Marie! – die jämmerliche Erinnerung an eine allzu naive Koketterie auf.

«Du wirst es nicht mehr benötigen...»

Ich starrte auf die Reste, die ein warmer Luftzug im Kamin aufhob, und erbleichte wie unter einer Beleidigung.

Die dunklen Augen suchten meinen Blick, und seine Stimme klang tiefer. «Ich will dich so... Allzeit verfügbar!»

Seine Pupillen erweiterten sich. Wir starrten uns bewegungslos an. Ich spürte in der Stille das Blut in meinen Adern pochen.

«Hörst du?»

«...Ja.»

... Das konnte ich also nur mir selber beichten. Wenn ich noch einmal daran zurückdenke, während ich diese Zeilen schreibe, so erfaßt mich irgendeine Vorahnung und mich fröstelt. Amüsant und gefällig, sagte ich? Wen kann ich damit täuschen? Läßt sich bei einem solchem Thema bis zum Ende ein «gefälliger» Ton wahren? Marie, gibt es dabei nicht etwas, das dir heimlich angst macht und dich doch fasziniert?

25. Oktober

Es dauert lange, bis das ohrenbetäubende Rasseln des Weckers mich morgens aus der Bewußtlosigkeit reißt. Dann spüre ich zu meiner Verblüffung wieder den Geschmack von Abenteuer und Wahnsinn.

Fröstelndes Aufstehen vor dem Morgengrauen, eingeschüchtert von dieser unglaublichen Gegenwart, die plötzlich wieder da ist... Ich taste nach dem Lichtschalter. Noch finde ich ihn nicht instinktiv.

Ist das mein eigener Körper, den ich mit einer eiskalten Toilette quäle? Ist es mein eigenes Haar, das ich mit den instinktiven, gezierten Bewegungen aus einer *anderen* Existenz bürste? Ist dieses Objekt des Stolzes vielleicht der Schmuck einer kleinen Bediensteten?

Was tut mein Gesicht in diesem blinden Spiegel? Gehört es Thérèse oder Marie? Die eine bin ich nicht mehr und die andere bin ich noch nicht. Um Marie zu *sein*, verscheuche ich die Koketterie und binde meine Haare hinter dem Kopf zu einem simplen, sehr festen Knoten, aber das vielleicht falsche Kalkül dabei stammt von Thérèse. Und es ist Thérèse, welche dieser Mangel an frühmorgendlichem Komfort stört.

In der ersten Etage lausche ich einen Moment auf die Stille hinter einer verschlossenen Tür. Ich entwickle, ohne es mir einzugestehen, einen seltsamen Appetit auf Unterwerfung.

Noch nie sind die Stiefel, die abends immer ins Dienerzimmer gestellt werden, so gewichst worden wie jetzt von mir. Mein blindwütiger Eifer verwandelt sie in ein funkelndes Wunder. Scheuern, Putzen, ich füge mich mühelos in die Ordnung der ersten Arbeiten des Tages, die ich für Armande verrichte. Ich bereite meinem Herrn das Frühstück, das er jeden Morgen in der Küche einnimmt. Er hält an diesem Brauch wie an einem Privileg fest. Ich gehe ganz in Gehorsam und in dem Wunsch auf, zu gefallen. Ich lächle Aline zu.

Um sieben gehe ich noch ein wenig ängstlich ins Empire-Zimmer. Ich ziehe die Vorhänge auf. Draußen wird es langsam Tag. Im Halbdunkel beobachten mich schwarze Augen. Ich knipse die Nachttischlampe an und deute einen Knicks an. «Guten Morgen, Monsieur!»

Ich lasse das Badewasser einlaufen, lege den Frottee-Bademantel und die Toilettenutensilien zurecht und achte auf alle Einzelheiten, die die frühe Stunde und die Gegenstände selbst mir eingeben. Würde ich nicht einem Herrn, sondern einer Herrin dienen, wäre ich ohne Zweifel instinktiv sofort eins mit meinen Handreichungen. Ich muß also meine Phantasie nutzen. Vielleicht mißachte ich die üblichen Rituale. Das ist das Vorrecht des Eifers. In den geringfügigen Details bestimmt die Ordnung der Dienerin die Ordnung ihres Herrn.

Ich bin lebhaft und guter Dinge und befleißige mich einer so bescheidenen Zurückhaltung, als stünde es in meiner Macht, mich in Luft aufzulösen. Würde es sich nicht gehören, meine eigene Aufgabe so diskret zu erfüllen, daß der Herr nur sein eigenes Leben spürt? (Wo ist sie geblieben, die stolze Thérèse?)

Lächelnd bin ich zur Stelle, um ihm ein Streichholz unter die erste Zigarette zu halten, die er noch im Bett raucht. Ich werfe die getragene Wäsche in eine Truhe, bürste die Kleider des Vortags und hänge sie in den Schrank. Unter dem wachsamen

Blick verschmelzen meine präzisen Bewegungen nahtlos mit denen eines Dienstmädchens.

«Das Bad für Monsieur ist gerichtet.»

Er ist so unverschämt, die Badezimmertür offenstehen zu lassen, während er den Pyjama ablegt. Ich verbiete mir, irgend etwas zu denken, öffne und schließe Schubladen, räume die mitgebrachte frischgebügelte Wäsche ein und mache Ordnung im Säulenschrank.

«Was wünscht Monsieur anzuziehen?» (Es kostet mich noch einige Anstrengung, mich an die *dritte Person* zu gewöhnen.)

Ich hole die Kleider, die er verlangt, während das Wasser aufspritzt, und lege sie auf einen Stuhl. Das Hemd, das ich selbst ausgesucht habe, lege ich aufgeknöpft aufs Bett.

«Marie!»

Der große Körper steigt vor Nässe glänzend aus der Badewanne. Um die Hüften hat der Slip der Sommerferien seine weiße Spur neben dem tiefen Braun hinterlassen.

«Reib!»

Er weist auf den Pferdehaarhandschuh und dreht mir den Rücken zu. Ich nähere mich ihm – er ist ruhig und ohne Scham – und gehorche. Ich reibe lange und kräftig und lasse das mächtige, muskulöse Fleisch rot werden. Als mich im Spiegel ein lächelnder Blick von ihm überrascht, werde ich genauso rot.

Lang ist der der niederen Arbeiten gewidmete Morgen. Nie war eine Dienerin ihrer selbst so bewußt wie ich.

Als der Zufall mich für einen Moment in die Küche führt, treffe ich dort auf den Briefträger, der gerade seinen täglichen Besuch abstattet. Ich nutze die Gelegenheit. Armande befiehlt mir stumm, ihm, wie es wohl üblich ist, ein Glas Wein zu reichen, und ich umgebe ihn dabei mit freundlich lächelnder Aufmerksamkeit. Ich mache ihm den Hof, denn ich werde seine Gefälligkeit und Verschwiegenheit noch brauchen. Es dürfte kein Problem sein, den wackeren Mann zu erobern.

Beim kurzen Mittagessen des Herrn bediene ich knapp und genau voll stiller Dienstbeflissenheit. Ich lerne die Kunst, jedem Wunsch zuvorzukommen, ohne die Zurückhaltung aufzugeben.

25. Oktober

F. M. S.
Was für eine Unverschämtheit! Während der morgendlichen Intimität schnappt er im Vorbeigehen nach mir. Ich wage es nicht, mich seiner Hand völlig zu entziehen, und mit einer schnellen Bewegung überprüft er... etwas unter meinem Rock. Mit seinem stummen Lachen quält er mich noch ein bißchen mehr.

26. Oktober (nach dem Frühstück)

Heute morgen schleppte ich schwer an der Last zweier Wassereimer. Aline (die gute) vergewisserte sich, daß Armande nicht in der Nähe war, und nahm sie mir ab.

«Gib her!»

«Aber ich bin kräftig, sag ich dir.»

«Du bist nicht daran gewöhnt, deine Herrschaften haben dich verwöhnt.»

«Woran siehst du das?»

«An deinen Händen.»

26. Oktober (abends)

Ihr Herr ist heute abend abwesend. Wird Marie ausnahmsweise einen keuschen Abend in ihrem Bett verbringen?

Der Abend begünstigt ganz entschieden ein bestimmtes Klima. Schon beim Abendessen verändert sich die Atmosphäre. Berührt mich eine zerstreute Hand nur zufällig? Das Schwierigste ist zweifellos, genau das Ausmaß an Anstand und Bescheidenheit zu zeigen, das bei einer solchen Huldigung angebracht ist. Es wäre plump, sie zu übersehen, und sich darüber zu empören wäre lächerlich. Mit einer kaum erkennbaren geschmeichelten Verschüchterung meine ich die richtige Nuance zu treffen.

Nachdem der abendliche Kaffee vor dem Holzfeuer serviert worden ist, welches ich kurz vor dem Diner entfacht hatte, kommen die letzten kleinen Arbeiten für Armande. Ihr Blick ist noch immer verschlossen (dennoch ist sie wohl zufrieden mit mir). Ihr Weggehen bedeutet einen Einschnitt – ebenso wie das Verschließen der Türen und Fenster, das lange dauert. Wenn mich dieser Rundgang fatalerweise auch in den Salon führt, so scheint dort die Stunde nur der Lektüre (oder der Musik) vorbehalten zu sein.

Ich muß noch im Anrichtezimmer neben der Küche warten.

Ohne recht zu wissen, wozu, verbrachte ich gestern abend meine letzten einsamen Momente mit irgendeiner faden Näharbeit, als der kurze Klingelton mich überraschte, obgleich ich ihn doch erwartete.

«Mach die Tür zu!»

Diesmal schloß ich uns mit der *Neunten Symphonie* ein, die unter der Plattenspielernadel erklang.

Kein Vorwand mehr, nichts Banales wie: Durst. Er winkte mich heran. Noch näher. Wieder machte mich diese Hand in meinem Nacken zur Gefangenen. Ich zitterte leicht und schloß die Augen zu den ekstatischen Klängen der Musik.

Das niedrige Möbelstück war dasselbe. Die Hände genauso unverschämt. Das Szenarium ist unverändert, und die Wiederholung enttäuscht und beleidigt mich.

... Die aufwühlende Freudenhymne war schon lange verstummt, die Nadel kratzte sinnlos weiter in der knisternden Rille, und in meiner Verirrung gab ich ihr keuchend ein lächerliches Echo.

Kaum war ich heute morgen wach, da spürte ich schon meine Entfremdung. Ich mag zwar als Marie leben, im Schlaf bin ich aber weiter Thérèse. Der Wecker reißt sie aus ihrem tiefsten Morgenschlaf. Dieses widerliche Klingeln um 5 Uhr 30 ist nicht *real*. Ich habe meinen Finger noch auf dem Knopf und stelle es ab; benommen frage ich mich in meinem Bett einen Moment lang, was das bedeuten soll. Dann setzt das Bewußtsein ein.

«Reib.»

Es sieht fast so aus, als vergrößere sich meine Kraft durch diesen gewaltigen Leib, auf den sie sich vorwagt.

Er schlüpft in den Bademantel, den ich ihm hinhalte. Und während er sich vorn abtrocknet, streichle ich mit flinken Händen durch den dicken Stoff seine Schultern, Hüften und die harten Gesäßbacken. (Thérèse beobachtet Marie ironisch – oder ist es umgekehrt?) Stille. Niemand spricht. Ich weiche seinem Blick im Spiegel aus und konzentriere mich bis zum Ende ganz auf diese Aufgabe, die absichtlich ausgedehnt wird. Das Ganze bewegt sich an der Grenze zum Zweideutigen, und ich kann die leichte Angst dabei ebenso wenig unterdrücken wie die Lust.

26. Oktober

F. M. S.

«An der Grenze zum Zweideutigen» ist zuwenig gesagt. Die Wahrheit ist (denn diese morgendliche «Aufgabe» ist mehr oder weniger nur ein Vorwand), daß meine Hand, als gehörte sie mir gar nicht, ins Spiel kam und an einer bestimmten Stelle zu verweilen wagte.

Ich errege mich schnell, und als er sich umdreht, sehe ich: nicht nur ich allein. Ich kann meine Augen nicht daran hindern, den furchterregenden und bis dahin *de visu* unbekannten Beweis zu ergreifen; er ist ganz so, wie ich ihn mir in meiner Phantasie vorgestellt habe. Ich trotze dem Schauder, der mich rückblickend überläuft – aber welche Idee kommt mir da? Mit leisem Lächeln, das für meine Kühnheit um Verzeihung bittet (der Kühnheit der Schüchternen), verbeuge ich mich schnell und setze einen flüchtigen Kuß auf – diese Unverschämtheit.

Er nutzt die Situation sofort aus, legt mir gebieterisch die Hand auf den Kopf, hält mich in halb kniender Stellung fest und zwingt mich, die flüchtige Huldigung in eine lange, mühevolle Liebkosung zu verwandeln.

Wie soll ich vor mir selbst verbergen, daß ich mich auf den Pfad gefährlicher Lüste begeben habe und nicht mehr zurück kann?

27. Oktober

Simon

Tägliche Verfolgung: Wenn er von seiner Schufterei im Keller zurückkommt, versteckt Simon sich jeden Morgen vor Armande und belauert mich am Fuß der Treppe. Ich weise ihn ständig zurück, schaffe es aber doch nicht, seine dreisten Hände zu entmutigen. Immerhin ist er nicht mehr so selbstsicher und zynisch wie sonst, sondern verblüfft, daß ich ihn verspotte. Mein spöttisches Lächeln scheint ihn zu irritieren und die Arroganz in seinem Blick beginnt einer gewissen Unruhe zu weichen.

Meine Hände sind schon ruiniert, und das macht mich traurig. Rückblickend habe ich Angst: Wieso war Armande, deren Auge doch nichts entgeht, nicht über meine glatten Hände erstaunt? Aline hat recht: Ich muß wirklich die Vergangenheit einer verzärtelten Zofe haben, die nie grobe Arbeiten zu verrichten hatte.

Der Herr ist nicht zum Essen heimgekommen. Ist dieser Tag nicht ein Gewinn, da ich langsame Fortschritte bei meinen Kolleginnen mache? Wird die mißtrauische Armande mich akzeptieren? Obgleich ich ständig meine ländliche Herkunft ins Gespräch bringe, ist klar, daß sie mir keinen Moment lang glaubt. Ich verschweige auch nicht, daß ich in der Stadt gedient habe, hüte mich aber, stolz darauf zu wirken.

Ich achte auf meine Sprache und bemühe mich, einfache Worte zu benutzen. Es ist ohnehin das klügste, wenig zu reden. Und wenn ich außerdem noch gehorsam und zurückhaltend bin, gefalle ich ihr am besten.

Ich vergesse nicht, schüchtern zu erscheinen. Es fällt mir leicht. Aus der Sicht Armandes handelt es sich dabei wohl um das plausible Gegengewicht zu meiner Jugend und zu einem physischen Reiz, den ich bei aller Vorsicht nicht ganz unterdrücken kann. Um das Gegengewicht zu allem, was ihr sonst noch zu denken gibt – da sie nun mal von ihrem Herrn weiß, was sie weiß. Sie wird mich um so leichter akzeptieren, je mehr ich in ihren Augen das «Objekt» ohne viel Geist und Persönlichkeit bin.

28. Oktober

Schon wieder Simon

«Laß mich heut abend in dein Zimmer ...»

«Bist du verrückt?» (Jetzt duze ich ihn also auch schon.)

Folgen auf die Forderungen jetzt Bittgesuche? Vergeblich, mein Freund Simon. Marie ist nicht deinetwegen hier: Die Sklavin hat sich ihren Herrn ausgesucht.

Du bist dir hoffentlich darüber im klaren, daß der ständige Mißerfolg deine Besessenheit steigern wird? Ich stoße ihn mit den Händen zurück.

«Laß mich vorbei.»

In seinen Augen sehe ich, daß er nur widerwillig gehorcht und nicht aufgeben will.

... Und doch, Simon (perfide Erleuchtung in meinen Gedanken), bist du nicht ein Teil von Maries Schicksal? Ach, diese Thérèse soll doch schweigen.

Von meinem Fenster aus erblickte ich heute den Postboten, der gerade den Hof überquerte. Die Ledertasche trug er auf dem Wanst vor sich her. Ich lief zur Küche hinunter und fand dort nicht meinen Postboten, sondern eine mir unbekannte Person namens «Monsieur Victor» am Tisch sitzen.

Hätte Aline es mir nicht schon angedeutet, so würde auch seine Anwesenheit hier in der Küche mir verraten, daß er zum Haus gehört. Die Haltung Armandes bezeugt dies ebenso wie die Ehrerbietung des guten Postboten.

Er hat gewaltige Arme, mächtige Schenkel, einen kupferroten Bart, röter noch als die Borsten Simons, einen dicken Schnurrbart, der wie ein Feuerbogen die Oberlippen verbirgt, und blaue Knopfaugen. Diese starren mich an und wandern dann fragend zu Armande. *Er macht mir angst.*

«Das ist Marie, die Neue.»

Ich schenke dem Postboten Wein ein. Die blauen Augen lassen nicht von mir ab.

Von Aline erfahre ich, daß Victor nicht nur Verwalter von Besitzungen ist, sondern auch Bauer auf La Châtaigneraie (außerdem ist er noch Bürgermeister). Aus dem zweiten Stock kann man die Dächer seines Hofs hinter den Gesindegebäuden erkennen. Dieser schreckliche Herkules ist eine wichtige Persönlichkeit. Er ist ein Witwer, wie unser Herr, wenn ich richtig verstanden habe. Ein gefürchteter und geachteter Mann, der über ein vielköpfiges Gesinde gebietet. Selbst Simon gehört ihm und wird nur täglich für einige Aufgaben zum Herrenhaus abgestellt.

Nachdem ich den Abendkaffee vor dem brennenden Kamin gereicht habe, kann ich ein Gefühl der Frustration nicht unterdrücken. Mir ist kalt. Unter dem Gekrakel meiner Schrift erscheint mir wie eine Wasserspiegelung das furchteinflößende Gesicht des roten Atlas mit den Porzellanknopfaugen.

*

Philippe de B. an Pierre F.,
Paris

La Châtaigneraie, 28. Okt. 19..

Teuerster Freund,
der vorliegende Brief soll nur eine «Empfangsbestätigung» sein. Ich hoffe, Ihnen mit nächster Post weitere Neuigkeiten über unseren Schützling mitteilen zu können; einen eingehenderen Bescheid, wenn Sie wollen.

Seien Sie auf jeden Fall bedankt, daß Sie Ihr Versprechen gehalten haben. Marie ist seit einer Woche in meinen Mauern.

Sie haben nicht zuviel versprochen. Das Mädchen ist mehr als reizend, es ist wunderbar. Wunderbarer, als ich zugegebenermaßen von einem Mädchen ihres Standes jemals zu hoffen gewagt hätte. (Warum sollte eine Bedienstete übrigens nicht wunderbar sein?)

Hinzukommt, daß sie selbst – glücklicherweise – davon offenbar nicht übermäßig überzeugt ist (ich werde darauf achten, diese Bescheidenheit zu erhalten) und bei aller wünschenswerten Anpassungsfähigkeit und Geschmeidigkeit ihre schöne Schüchternheit bewahrt hat. Da sie auch ihren Dienst anscheinend recht ordentlich verrichtet, glaube ich, daß ich mit Ihrer Vermittlung sehr zufrieden sein kann.

Ich habe unsere Schülerin von den ersten Tagen an einigen grundsätzlichen Prüfungen unterzogen. (Ich sage «unsere», denn ich darf wohl annehmen, daß sie gelegentlich auch ein bißchen Ihre Schülerin war. Etwa nicht? Gute Anlagen sind zweifellos vorhanden und sehr wahrscheinlich hat sie Talent. Wir werden das mit der Zeit herausfinden – bei Benutzung, wenn Sie mir diesen Ausdruck nachsehen. Für den Augenblick habe ich mich, um sozusagen das zukünftige Klima anzudeuten, mit nebensächlichen Launen begnügt. Die letzten beiden Tage war ich sogar abstinent; es wäre schlecht, ein wirkliches Interesse zu zeigen. Machte man zuviel Wesens um die junge Person, so würde es ihr nur in den schönen Kopf steigen, den man ihr aber nicht verdrehen darf.

Die Erfahrung hat Ihnen wie mir bewiesen: Die Frauen sind nur allzu flink bei der Hand, die Gunstbeweise auszunutzen, die wir ihnen dummerweise gewähren. Ein Grund mehr, sie, soweit es sich um Bedienstete handelt, strikt im Rahmen ihrer Stellung zu belassen und selbst die geringste Versuchung von ihnen fernzuhalten, sich dieser zu entziehen. Ich werde, was dies betrifft, über Ihren Schützling wachen. Ich darf sagen, daß dies bereits jetzt der Fall ist, was wiederum keineswegs unvereinbar ist mit dem Privileg, das ich mir vorbehalte.

Adieu, mein Lieber. Ein Wildschwein erwartet mich (hier sagt man, wie sie wissen, eine *Sau*), außerdem noch einige Freunde in diesem wunderbaren Wald von B., den Sie ja kennen und der mir so etwas wie Heimat bedeutet.

Ich schreibe Ihnen also bald. Und ich warte auf eine bestimmte Gelegenheit, die sich demnächst bieten wird, Sie einzuladen, damit Sie sich mit uns zusammen nasse Überzieher holen. Ich verspreche, die Sache so verführerisch zu gestalten, daß Sie nicht auf die Idee kommen werden, sich ihr zu entziehen.

Der Ihre

Ph. de B.

*

29. Oktober (nach dem Frühstück)

Liebe Aline... Heute morgen suchte ich sie wegen irgendeiner Aufgabe und fand sie weder im Eßsaal noch in der Halle, auch nicht im Großen Salon. Die Tür zum Vestibül des rechten Flügels stand offen, ich spitzte automatisch die Ohren, und irgendein sechster Sinn wurde wach.

Ich hörte Stimmfetzen, Stöhnen... Verwirrt ließ ich mich zu einer Indiskretion hinreißen – es zog mich an die geschlossene

Bibliothekstür. Warum traute ich mich nicht zu lächeln? Die ewige halberstickte Litanei der Lust wirkte beinahe peinigend auf mich, als ich sie so belauschte, und doch pochte mein Herz vor Erregung. Dann, als könne man nicht mehr an sich halten, die Explosion und ihr ersterbendes Echo: «Ah, ah, Mon-...sieur!»

Ja, die liebe Aline... Wer vergißt nicht den Respekt, wenn er seinen Tribut zahlt? Und diesem Tribut ist auch sie – wen wundert es – unterworfen.

29. Oktober (abends)

Seltsames Gefühl, wie in den Spielen meiner Kindheit in «Bedingungssätzen» zu leben: Wenn ich dieses wäre, wenn ich jenes machte...

Wenn ich Kammerzofe wäre.

30. Oktober

Ein feuchter Herbstsonntag.

Wir sind noch früher als sonst aufgestanden. Es war noch finstere Nacht. Im kalten Nordwind des Allerheiligentages sind Armande, Aline und ich zur Dorfkirche gegangen. Wir haben um sechs Uhr an der Frühmesse teilgenommen, die der Pfarrer von B. jede Woche abhält.

Es handelt sich um eine Pflicht, die von Armande wie auch von Aline fraglos akzeptiert wird, und auch ich werde nicht versuchen, mich ihr zu entziehen.

In dem eiskalten, finsteren Gewölbe habe ich mich also neben meine Schwester Aline gekniet. Ebenso wie die anderen flüsternden Schatten habe auch ich meine Stirn über die gefalteten Hände auf den blanken Armstützen gebeugt. Im Gemurmel leiser Stimmen kann ich mir nicht verkneifen, nach dem hellen Gesicht auszuspähen, das über das geknotete Halstuch gebeugt ist. Mein Herz verkrampfte sich über meine Nutzlosigkeit.

Seit vier Tagen hat er mich nicht mehr mit einer einzigen seiner Launen beehrt. Zwar sind sie in ihrer immergleichen Ungeniertheit verletzend, doch wenn er sie ganz unterläßt, merke ich, wie sehr ich sie – so bizarr es ist – zur Befriedigung meiner *Verirrung* brauche.

*

Thérèse C. an Pierre F.,
Paris

La Châtaigneraie, den 30. Oktober 19..

Lieber,
auf diesen neuerlichen Blättern finden Sie eingehendere Einzelheiten aus dem Leben Maries. An gewissen Punkten sind sie Ihnen vielleicht zu dunkel (so genau kenne ich Sie), für mein Schamgefühl jedoch schon zu deutlich.

Sie machen eine Verlorene aus mir.

Ja, ich sage: Sie! Denn nur um Ihrem trügerischen Raffinement zu genügen, traue ich mich nicht, mir gewisse Anspielungen zu versagen. Das ist doch das «Spiel», das Sie wünschen, nicht wahr?

Mein Leben hier entspricht nicht unbedingt dem, was ich erwartet hatte. Doch werden unsere Phantasien je erfüllt? Die Erfahrung verändert unsere Sicht und gibt unserer Position eine unvorhergesehene Bedeutung und Würze, mit der ich nicht gerechnet hätte.

Lächeln Sie nicht! Was das libertinistische Zwischenspiel angeht, so hätte ich wirklich einigen Grund, enttäuscht zu sein oder zumindest eine gewisse Knauserigkeit zu beklagen. Besonders deshalb, weil man sich so leicht über den Zauber und die Verführungskünste hinwegsetzt, über die zu verfügen Thérèse sich schmeichelte. Ganz augenscheinlich haben wir alles getan, ihre Wirkung zu verhindern.

Außerdem: Dieses Abenteuer, in das Thérèse sich gestürzt

hat – ist es nicht Marie, die es durchsteht? Rechte und Vorrechte sind in ihrer Stellung leider auf ein Mindestmaß verringert. Allerdings bin ich weit davon entfernt, mich entmutigen zu lassen. Im schonungslosen Licht der Realität beginne ich, an diesem Spiel gefallen zu finden. Ich fasse mich in Geduld und konzentriere mich auf das «Werden» von Marie.

Verstehen Sie mein Kauderwelsch?

Schreiben Sie mir schnell. Es ist jetzt möglich. Ich habe mich der Diskretion unseres Postboten versichert. Meinem charmanten Lächeln verdanke ich, daß meine Ehre nicht gefährdet ist.

Mehr als es den Anschein hat, bin ich jedoch von einer bestimmten Entwicklung beunruhigt und neugierig, Ihre Reaktion zu erfahren. Ihr Blick ist kritischer, weil er nicht von der Umgebung hier abhängt. Sie werden vielleicht das Rätsel gewisser Einzelheiten entschlüsseln können, die ich nicht verstehe, weil ich sie zu dicht vor der Nase habe.

Seien Sie nicht grausam, ich bitte Sie. Seien Sie ironisch, wenn es Ihnen paßt, aber in Maßen. Wie Sie merken, bin ich nur noch Ergebenheit.

Ich küsse Sie. Wer gibt Ihnen diesen Kuß? Thérèse? Marie? Ich glaube, es ist immer noch

Thérèse

PS: Man hat Ihnen sicher meine Post nachgesandt. Lassen Sie mir mit Ihrer Post bitte den eventuellen Brief zukommen, Sie wissen, welchen (Sie erkennen ihn leicht an den afrikanischen Marken). Ich muß dem fernen Gatten antworten.

Da dies mein einziges Geheimnis, wenn ich so sagen darf, vor Ihnen ist, haben Sie die Güte, die übrigen Briefe zu öffnen, wenn es solche gibt, und ihren Inhalt für mich zusammenzufassen.

*

Wiedererwachen der Liebeslaune... Das letzte Klingeln gestern abend hatte endlich wieder einen anderen Zweck, als mir freizugeben.

Man versteift sich auf das immer gleiche «ritterliche» Verfahren. Die Absicht, die dahintersteckt – mich noch in einer zusätzlichen Unterwerfung festzuhalten –, ist sicherlich kränkend. Muß leider zugegeben werden, daß die Unterworfene unter diesen Bedingungen zu schnell und womöglich sogar gern ihre Denkfähigkeit aufgibt?

Das ändert nichts an der Tatsache, daß ich bei kühlem Kopf innerlich gegen diese Überheblichkeit rebelliere. Ich war sehr wenig darauf bedacht, den Anschein zu erwecken, als hieße ich sie gut, und da ich dreiste Hinterlist befürchtete, enthielt ich mich heute morgen jeder unvorsichtigen Schmeichelei.

Ich habe mich jetzt an meine Lage gewöhnt und richte mich in ihr ein. Da ich meine Unerfahrenheit fast gänzlich verloren habe, kann mein Eifer sich so recht entfalten und kommt den gewohnten Wünschen mehr als beflissen zuvor.

Es wird noch einmal ganz deutlich: Maries Arbeit verlangt Geduld und Geschick ist ihr Adelstitel. Wenn sich auch das, was noch von Thérèse in mir steckt, manchmal gegen den Dienst sträubt, so wehre ich mich doch nicht gegen die seltsame Verlockung, die von ihm ausgeht. Hinter der heimlichen Leidenschaft, die sich in ein professionelles Bewußtsein kleidet, verbirgt sich eine verdächtige Liebe zum *Gehorsam*. Ein philosophischerer Geist als der meine wird herausfinden, was ich daran nicht verstehe.

Meine neue Persönlichkeit füllt mich zunehmend aus, und ich verkleinere mein Universum auf das Format dieser Bleibe. Ich habe es fast nicht mehr nötig, mich damit zu beruhigen, daß alles nur provisorisch sei. Zuweilen, wenn ich allein bin, erröte ich zwar noch bei dem Gedanken an mein unmögliches Unterfangen, doch der Wahnsinn des Unternehmens belastet mich nicht mehr: Ich bin vielmehr das Spielzeug einer Art Faszination.

Ich bin eine geduldige Ameise und mein Geist beschäftigt sich mit Einzelheiten. Ich habe das pompöse Silbergeschirr ausgegraben, das wohlgeordnet in der Anrichte stand und auf «Einladungen» wartete. Teller (Rechauds) und Soßenschüssel werden wieder täglich benutzt. Ich habe alles sorgfältig geputzt und mit dem Gebrauch findet alles seinen vornehmen Glanz wieder.

War ich gespannt auf Armandes Reaktion einem so kühnen Einsatz gegenüber? Nun, es reicht ihr aus, daß diese Bemühungen zum Wohle ihres Herrn eingeleitet werden und daß sie einzig und allein dem Stolz seines Tischs dienen sollen. Das mit Monogramm versehene schwere Metall strahlt einen beinahe fleischlichen Glanz aus und verleiht der einsamen Tafel einen fast romanhaften Prunk. Ich bin kühn geworden und habe das Gedeck sogar an eine andere Stelle gesetzt. Vom Ende dieser langen, polierten Wüste, wohin eine orthodoxe Einstellung es verdammt hatte, habe ich es in die Mitte des großen Tischs verlagert, dem Kaminfeuer gegenüber, das ich vor dem Diner entfache. Auf der makellosen Zierdecke sieht alles sehr erlesen aus, das Silber glänzt aufs feinste und das Kristall glitzert. Ich vergesse auch die letzten Herbstblumen nicht, die ich mit eigener Hand geschnitten habe.

«Was für ein Luxus», sagt der Herr, als ich die Kerzen des Rechauds in ihren silbernen Blumenkronen anzünde, und er tut so, als amüsiere es ihn. Seine Augen aber strafen die Ironie Lügen.

Seit ein paar Tagen führt mich ein kurzer Spaziergang täglich bis an den Rand des Parks, der jetzt in einem wunderbaren Gelb leuchtet. Zweimal habe ich dort auf den geschützten Beeten späte, langstielige Astern geplündert. Armande, die sonst alles beurteilt, hat sich darüber nicht gewundert und es mir durchgehen lassen.

Von den großen rosa, weißen und malvenfarbenen Blüten scheint überall im Haus ein Schwanengesang auszugehen. Selbst im Empire-Zimmer habe ich einen großen Strauß in die Vase aus Sèvres-Porzellan gestellt. Jeden Abend arrangiere ich ihn neu. Bevor ich das Bett aufschlage und zuweilen über dem schrägen Namenszug auf der Bettwäsche ins Träumen gerate, bevor ich die Pyjamahose und die aufgeknöpfte Pyjamajacke nebeneinander bereitlege.

Stille, namenlose Fürsorglichkeit, mach aus mir eine demütige Marie.

Es ist die Stunde, daß Aline aus dem Haus geht. Für einen Moment beneide ich sie, weil sie keine Klausnerin ist. Ich gebe ihr einen Freundschaftskuß auf ihre frischen Wangen, um ihr Adieu zu sagen. Sie erwidert meine Freundschaft und küßt mich auch.

Heute abend hörte ich den Wagen im Hof aufheulen. Ich hielt den Mantel und blickte zu den dunklen Augen auf.

«Darf ich die Rückkehr Monsieurs erwarten?»

«‹Darf ich?› Wie schön zu dich ausdrückst, Marie! Nein. Schließ alles ab und geh schlafen. Ich habe meine Schlüssel.»

Was sagte mein Blick im Dämmerlicht der Halle? Worauf antwortete das leise Lächeln unter dem schwarzen Schnurrbart?

Dies Gesicht noch einmal über dem meinen, dieser gebieterische Mund... Fröstelnd stehe ich auf der Schwelle zu meiner elften einsamen Nacht. Ein Schicksal, das größer ist als ich, schaut auf mich herab.

1. November

Die Dienerin verzichtet manchmal darauf, vor dem Eintreten zu klopfen. Als ich heute morgen zu meinem Herrn ins Zimmer trat, atmete er noch friedlich und tief. Er war wohl spät ins Bett gekommen und schlief noch. Ich bewegte mich ganz leise und zog die Doppelvorhänge auseinander. Über den Wipfeln der Bäume lag die feuchte Morgendämmerung des Allerheiligentages.

Als heimliche Beobachterin blieb ich still vor dem Mahagoni-Bett stehen und staunte darüber, wie verletzbar ihn seine Bewußtlosigkeit machte.

Die blinden Lider sind wie abgelegte Waffen. Plötzlich das gefährliche Trugbild einer willkürlichen, verbotenen Geste. Ich muß mich zurückhalten, um nicht die Hand auf die kräftigen Schultermuskeln zu legen oder unter dem Pyjama im heißen Schatten der Brust nach einem geheimen Makel an diesem Leib zu suchen.

War es das Privileg meiner Stellung, daß ich von einer flüchtigen Sekunde zur andern über eine unendliche Macht zu verfügen schien? Warum zögerte ich an der Schwelle zur Versuchung?

Eine Bewegung ließ mich aufschrecken; ich knipste die Nachttischlampe an.

«Guten Morgen, Monsieur, es ist acht Uhr.»

Jetzt ist es schon Gewohnheit, daß sich etwas Zweideutiges in unser angenehmes Morgenritual mischt. Er ruft, triefend vor Nässe, durch die offene Badezimmertür. In meiner Eile ist eine Spur von Übertreibung, auch in meinem natürlichen Benehmen angesichts dieser Schamlosigkeit. Ich strahle über das ganze Gesicht.

Eifrig trockne und reibe ich. Warum dieses zweideutige Lächeln in seinem Gesicht? War ich zu ungeschickt?

... Es ist besser zu schweigen, o heimtückischer Geist, der mich von fern belauert.

Verwirrender Taumel des Dienens. Dies ist ein enger Weg, und er führt nirgendwohin.

1. November

F. M. S.
Da taucht also wieder dieses «Zweideutige» auf, liebe Thérèse? Oh, du mußt die arme Marie durch eine gewählte Ausdrucksweise schützen!

Dieses Trocknen, Reiben, diese ganze Zeremonie, wird das nicht immer schlimmer? Legt deine Hand nicht allen menschlichen Anstand ab und wird am Ende völlig anarchisch? Stiehlt sich von hinten um die Hüfte und wischt kühn mit dem Schwamm an einer Stelle, an die sie nicht gebeten worden ist...

Hält sich dort lange auf und verändert tiefgreifend das Profil. Nennt man *das* Ungeschicklichkeit?

Während also meine unverfrorene Hand bei ihrer liebevollen Arbeit, von ihm stillschweigend ermuntert, sich zu zerstreuen vorgab, besaß ich den Mut, seinem Blick standzuhalten. Um dort auf welchen Befehl zu warten, welche kaum überraschende Bitte in diesem ausgefallenen Dialog? Ließ ich mich langsam auf die Knie niedersinken, weil ich, wenn auch innerlich angespannt, so fasziniert war?

Mein Mund umgibt die riesenhafte Strafe mit zärtlicher Aufmerksamkeit, umzüngelt sie in einer langen und mühevollen Liebkosung. Je mehr mein unglücklicher Mund – oh, Ungerechtigkeit! – diese glühende Wut umschmeichelt, um so mehr gerät sie ins Rasen und richtet sich stolz auf.

Diese Hand, die auf meinem Kopf liegt und ihn hin und her führt, während sie dabei mein Haar knetet – verstärkt sie noch meine Erregung? Ist dieser Griff, der mich zur Gefangenen macht, nicht zynisch? Verurteilt er mich nicht despotisch dazu, das zu verrichten, was ich in meiner Naivität nur flüchtig anzudeuten im Sinn hatte?

O ja, wie eng ist diese Gasse!

Fröstelnd unter meinem Nachthemd legte ich mich gestern abend hin, als die Klingel läutete, die mich bis ins Bett verfolgt.

«Hat Monsieur gerufen?»

Er steht im Pyjama mitten im Zimmer und zündet sich eine Zigarette an. Sein Blick legt sich auf mein offenes Haar und gleitet langsam über meine hastig mit einem Baumwollhemd bekleidete Figur nach unten.

«Du warst schon im Bett?»

«Ich wollte gerade, Monsieur.»

Schweigend befiehlt er mir heranzutreten. Mit einem flüchtigen Lächeln kommt er mir entgegen...

(Und plötzlich empfinde ich, daß dieses Lächeln, so flüchtig es auch sein mag, ein *schwarzes* Lächeln ist, schwarz wie seine Augen, wie seine Seele... und wie leider auch die meine! Und wie alles, was ich von meinem Aufenthalt hier vorausahne.)

Er achtet kaum auf seine Worte.

«Mir war, als hätte ich Durst.»

Ich stehe mit gesenktem Blick vor seiner hohen Gestalt und sehe seine Hände, auf denen dunkle Härchen wachsen, nach meinen Zöpfen greifen, die über meinen Brüsten herabhängen.

«Gott, woher hast du das?»

«Von meiner Mutter.» (Die Antwort ist dumm.) «Sie hatte prachtvolles Haar. Ich erinnere mich: Als ich ganz klein war, hatte ich Lust –» ich zögere vor dem Bild – «es in die Hand zu nehmen.»

Er sucht meinen Blick und hebt mit beiden Händen die schweren Schlangen, als wolle er ihr Gewicht prüfen. Sie winden sich in seinen Händen, als besäßen sie selbst ein tierhaftes Leben.

«Weißt du, daß manche Frauen in Paris sie sich abschneiden lassen?»

Ich öffne ungläubig die Augen. Er murmelt: «Zum Glück hat diese Mode die Bediensteten noch nicht erreicht.» Dann fügt er nachdenklich hinzu: «Ich kenne nur noch ein anderes Beispiel...»

Er hat nie soviel geredet. Ich gebe meiner Eitelkeit nach. «Sie sind so lang, daß ich darauf sitzen kann.»

Unsere leisen Stimmen sind Gefangene der Sinnlichkeit. Hingerissen sehe ich, wie er das reibt, was er in den Händen hält. Während seine Finger unter den Haaren meine Brüste streicheln, bleibt sein breiter Daumen, als sei er besessen, auf den Haarknoten.

Bin ich nahe am Ziel? Unsere Körpergerüche vermischen sich. Und das bindet mich an ihn. Wir stehen unbeweglich da, und ich halte den Atem an.

Mit einer Bewegung seiner Handgelenke wickelt er plötzlich die Zöpfe um seine Fäuste und zieht sie nach beiden Seiten, so weit es geht. Dann zerrt er langsam und stetig weiter. Ich gebe einen kleinen Schmerzenslaut von mir, den ich gleich wieder unterdrücke, und zwei stumme Tränen rinnen mir die Wangen hinunter.

Er lockert seinen Griff, zieht dann wieder fester, hält mein Haar hinter mir mit einer Hand umklammert und zwingt mich, in seine Augen aufzublicken, die schwarz wie Lava sind. Er öffnet meinen Gürtel; von meinen Schultern, meinen Armen läßt er den Schlafrock zur Erde gleiten.

Er braucht beide Hände, um mich ganz zu entkleiden. Lasse ich mich zu bereitwillig an ihn drücken? Bin ich zu sehr einverstanden mit dieser Geduld, die mich zum Wahnsinn treiben kann (aber nur beherrschte Erregung ist), mit dieser Männlichkeit, die ich durch seinen Pyjama an meinem Bauch fühle?

Es wäre übertrieben, wenn ich sagen würde, daß seine Hand mich zu dem hohen Bett stößt; sie begleitet mich eher dahin.

Mir bleibt leider nicht die Zeit, naiv die Bettücher zurückzuschlagen, die ich als bescheidene Dienerin kurz zuvor noch so sorgfältig geordnet hatte. Nein! Schon hat er mich mit hartem Griff wieder an den Nackenhaaren gepackt und mich zum

Fußende des Bettes gezogen. Er drückt mein Gesicht in die seidene Steppdecke und zwingt mich zu der schrecklichen Opferhandlung nieder.

Erhoffte ich mir noch etwas, als ich schüchtern aus dem Badezimmer zu ihm zurückkam? Alle Unverschämtheit dieser Welt liegt in dem Klaps auf meine Hüfte.

«Geh schlafen.»

Ich weinte wie eine Wahnsinnige in meine Kissen. Das wird nicht wieder vorkommen.

4. November

An der Küchentür laufe ich in Victor hinein. Er ist so riesig, daß er kaum in den Türrahmen paßt.

Er schaut mich mit diesen Porzellanaugen an, und mein instinktives Zurückschrecken belustigt ihn. Er begutachtet in aller Ruhe das Inventar: das Gesicht, die Haare und die stramm hervorstehenden Brüste unter der Schürze. Genüßlich wandert sein Blick von oben nach unten; seine Gier ist so offensichtlich, daß sie fast etwas Anständiges und Ehrliches bekommt.

Doch der Unverschämte bleibt nicht ruhig; ich fühle plötzlich, wie er sich quält. Die schreckliche Kraft der Natur geht in ihm um; entsetzlich launig grinst er in seinen gewichsten Schnurrbart.

«Mache ich Ihnen angst?»

Die Hirschkuh versucht, sich vor dem Löwen sorglos zu geben. «Aber nein!»

Und ob, Lügnerin! Fürchtet auch er den unerbittlichen Blick von Armande?

Den ersten Brief, den ich heute morgen erhielt, habe ich nicht ohne gewisse Angst mehrere Stunden in meiner Schürzentasche aufbewahrt, bevor ich ihn in meinem Zimmer öffnete. Er enthielt aber nichts – oder fast nichts – von dem, was ich hätte fürchten müssen: Ironie mit – wer weiß – leichten Zeichen von Eifersucht.

Dieses so ungeduldig erwartete Zeichen aus einer anderen Welt scheint mir leicht *neben* der Sache zu liegen. Welche Veränderung meiner Sicht hat das bewirkt?

Dieser Brief ist an Thérèse gerichtet, aber ist es nicht schon Marie, die ihn liest? Oder eine aus beiden zusammengesetzte Person. Hab ich mich etwa *jetzt schon* verändert?

Der Herbst wirft seine letzten Flammen. Die Septemberhitze ist vergessen, aber das Licht hält sich. Die Sonne steigt aus den Morgennebeln an einem blauen Himmel auf. Auf den Ziegel- und Schieferdächern, den Eisenringen, den alten, von Patina überzogenen Steinen der Gesindegebäude, den Rosen und den verwelkten Blättern der Bäume liegt eine unwirkliche und rührende Vergoldung.

Mein alltägliches Leben ist ebenso unwirklich wie meine Person, wenn ich sie überhaupt noch verkörpere. Ich sage mir immer wieder, daß ich in einem Traum lebe; wenn ich ihn beenden will, muß ich es nur wollen.

Ist das genug?

Unwirklich sind auch diese bescheidenen Aufgaben, die aber dennoch auf mir lasten, deren Spuren an meinen rauhen Händen zu erkennen sind. Unwirklich ist auch die Unterwerfung, die mich gezeichnet hat und in der ich mich bewege, grundlos wie in einem Traum... Hellwach, um alles wahrzunehmen, und neugierig, alle Details zu erspüren, aus denen man im Traum eine unbekannte und beunruhigende *Wahrheit* erschließt...

Was bedeutet dieser seltsame Hunger nach Unterwerfung? Von welchem unsichtbaren und demütigen Vorfahren habe ich diese Neigung geerbt? Woher diese Herausforderung an mich selbst? Woher diese Verirrung?

*

Philippe de B. an Pierre F.,
Paris

La Châtaigneraie, den 4. November 19..

Freund und... rettender Engel,
bei Ihrem gestrigen Brief mußte ich lächeln; er hat mir außerordentliches Vergnügen bereitet. Es ist schon eine Überraschung, sich so gründlich verstanden zu wissen.

Da ich jetzt besser unterrichtet bin, kann ich Ihnen auch meinerseits die guten Erfahrungen mitteilen, die ich mit Ihrem Schützling gemacht habe.

Mein erster Eindruck war schon sehr günstig, wie Sie wissen, und daran hat sich nichts geändert. Ich möchte sogar behaupten, daß er noch nicht an die Wahrheit heranreichte, denn meine Zufriedenheit wächst von Tag zu Tag. Und mit ihr die Dankbarkeit, die ich Ihnen schulde.

Zunächst also noch einmal vielen Dank. Bei dem, was Sie mir da übersandt haben, handelt es sich in jedem Sinne um eine *Perle*. Und wenn ich diese ganze glückliche Fügung ermesse, so will ich Ihnen nicht die Beleidigung antun, zu glauben, es handle sich um einen Zufall.

Ich bin entzückt von Ihrem Scharfblick. Sie müssen meine Absichten wirklich genau erraten haben, um mir auf Anhieb ein geeignetes Objekt in die Hand zu geben. Wie ich Ihnen sagte, entspricht diese junge Person nicht nur meinem Geschmack, sondern eignet sich auch auf nahezu vollkommene Art und Weise zu dem Gebrauch, den ich mit ihr vorhabe.

Da Sie sich aber in diesem Punkt so wenig täuschen, müßten Sie das fragliche Objekt nicht viel besser kennen, als Sie mir immer versichern? Oder wären Ihr Gespür und Ihr mir so wohlbekanntes psychologisches Feingefühl noch um vieles untrüglicher, als ich es mir in meiner Verwirrung vorgestellt habe?

Ich möchte an diese zweite Möglichkeit glauben, obgleich Sie, was diesen Punkt betrifft, etwas sibyllinisch sind. Hielte ich mich jedoch an die erste, so werde ich – wie ich Ihnen kaum versichern muß – auch rückblickend nicht eifersüchtig sein. Ich könnte Ihnen im Gegenteil kaum meine Überraschung verbergen, wenn Sie es sich nicht vorbehalten hätten, von einem solchen Objekt, das sich sozusagen unter Ihren Händen befand, Gebrauch zu machen.

Natürlich stehen Ihnen in Paris ganz andere Dinge zur Verfügung als mir hier in meinem bäuerlichen Leben. Doch unter diesen Umständen kann ich mich nur dazu beglückwünschen.

Und gleichwohl ist es – Kreuzdonnerwetter! – nicht zu begreifen, daß Sie ein solches Objekt freiwillig ziehen lassen. Oder seid ihr Pariser schon so entsetzlich übersättigt von gewissen Wohltaten? Oder übertrifft Ihre Freundschaft wirklich alles – entschuldigen Sie, daß ich zuletzt darauf komme –, was ich verdient habe, da Sie sich meinetwegen um den Genuß eines so entzückenden «Gegenstandes» bringen?

So entzückend, daß ich mir nicht vorstellen kann, Sie hätten unter Ihrem Personal und in Ihren Örtlichkeiten, mögen sie auch noch so gut ausgestattet sein, nicht ein Plätzchen dafür gefunden.

Und dennoch, nein! Wie ich Sie kenne, kann ich kaum glauben, daß Sie das betreffende Objekt nicht zumindest «ausprobiert» haben. Wenn ich recht verstehe, hatten Sie dazu Gelegenheit. Sie sind nicht der Mann, sich so etwas entgehen zu lassen.

Widmen wir uns also dieser mehr als einnehmenden Gestalt, ihren strahlenden Augen (wenn sie nicht gesenkt sind), ihrer so jugendlichen Erscheinung, die schon Erfahrung verrät, wenn sie auch noch von ihren Vorurteilen behindert wird. Widmen wir uns dieser erregenden Schüchternheit, die ich mich abwechselnd zu erhalten und zu mißhandeln bemühe. Auch Sie haben Ihre Erfahrung (das setze ich einfach einmal voraus, Sie

Schuft!) mit diesem runden, festen Fleisch, das nervös und zurückhaltend zugleich ist, mit dieser Folgsamkeit, die gerade reserviert genug ist, um erzwungen zu wirken. Sie kennen jene unbestreitbare Begabung, deren ganzen Umfang ich bisher nur ahnen kann, denn ich gehe mit Absicht sehr langsam zu Werke. Sie kennen diese prachtvollen Haare, auf die sie mit Sicherheit sehr stolz ist; die ich gestern erst in ihrer ganzen Fülle und Länge zu bewundern mich entschied; die ich mir gestern erst mit eigenen Händen zu malträtieren erlaubte – eine Lust, die ich bis dahin aufgeschoben hatte, denn es ist so schön, diesen gewaltigen, festen Haarknoten zu sehen, der wie eine schlummernde Kraft ist.

Desgleichen habe ich bis jetzt nicht geruht, diesen so quecksilbrigen Körper, der so voll guten Willens ist, zu entkleiden. (Nicht, daß ich ihn nicht von Anfang an genossen hätte, wie Sie sich vorstellen können. Aber ich duldete nicht, daß man ihm die Wichtigkeit beimaß, ihn genüßlich zu entblößen.)

Fester Busen, Hüften, wie ich sie liebe – soviel verborgene Kraft bei einer so niedriggestellten Person. Ich wette, daß man ungeduldig darauf wartete, mich sozusagen mit der Nase auf diesen prächtigen Anblick zu stoßen. Darüber hinaus habe ich diesen fleischlichen Stolz, der stärker beachtet und nachdrücklicher anerkannt werden möchte, sicherlich schwer enttäuscht, ja gekränkt.

Sie kennen meine Theorie für solche Fälle: Ich gehe Schritt für Schritt vor, mäßige meine Neugier bewußt. Ich entblättere diese junge Rose sehr langsam, und ihre verborgensten Blütenblätter (ich bin nicht so naiv, sie unberührt zu wähnen) werden noch eine Weile auf meine Lust warten müssen.

Im Moment bediene ich mich flotter, draufgängerischer Floskeln und verhalte mich, als wollte ich dem entzückenden Leib nur eine sehr oberflächliche Ehre erweisen (das ist der eigentliche Skandal) – während er vor Verlangen brennt, sich einen freieren Ausdruck zu verschaffen.

Ich lasse sie mir auf die übelste Art und Weise (gerade vorhin noch) zu willen sein – besonders was die Umstände betrifft, unter denen ich es verlange.

Kurz, im Augenblick behandle ich das arme Kind noch wie einen Schuh, den man erst austreten muß. Das läuft nicht ohne Angst und Enttäuschung ab seitens der Person, an die Sie denken. Und ich glaube, daß ich hinter diesen entzückenden, niedergeschlagenen Lidern zweimal schon (das letzte Mal erst vor kurzem) mühsam unterdrückte Tränen sah. Sie sind der genaue Ausdruck dessen, was ich im Moment wünsche und erlaube.

Es ist sehr wichtig, daß diese junge Person nicht durch ein Übermaß an Gunstbeweisen meinerseits ihre niedrige Stellung vergißt. Später werde ich für Abhilfe sorgen; ich spare mir einige Vergnügen auf. Was ich bisher genossen habe, war mir keineswegs gleichgültig.

Die erste Stufe der Erziehung ist also erfolgreich beendet worden, und um die Methode ein bißchen zu variieren, nehme ich mir etwas anderes vor: die schöne Ungeduldige für einige Zeit auf die allerundankbarste Weise mit Gleichgültigkeit zu übergehen. Ich selbst habe daran wenig Verdienst, denn ich erwarte in zwei Tagen den Besuch einer sehr geschätzten Freundin, der mich zu widmen meine angenehmste Pflicht sein wird. Und diese Freundin wird mich vielleicht nicht gern solche Pädagogik betreiben sehen (sie hat übrigens einen sehr wachen Blick). Es sei denn, sie entscheidet sich aus einer Laune heraus, daran teilzunehmen. Für den Augenblick aber wünsche ich nicht, eine solche Perspektive zu eröffnen.

Ihr Schützling wird mir ein wertvollerer Beistand sein als mein übriges Personal. Von meiner alten Armande einmal abgesehen ist mir mein Personal zwar ergeben, verfügt aber sonst über keine bemerkenswerten Qualitäten. Das Mädchen ist eine nahezu vollendete Dienerin, wenn es dergleichen überhaupt gibt. Jedenfalls träumt man davon, nur solche zu besitzen.

Ich freue mich, der lieben Freundin, die wir erwarten, ein perfektes Zimmermädchen zur Verfügung zu stellen, wie sie es unter meinem derben Personal kaum vermuten wird.

Es ist sehr leichtfertig von mir (doch hat es Ihnen wirklich mißfallen?), mich so lang und breit über die Reize der jungen Marie auszulassen, auf Kosten ihrer eigentlich professionellen Qualitäten. (Ich bemerke die unfreiwillige Komik des eben geschriebenen Satzes. Sie mögen mir bitte verzeihen. Nicht jeder hat Ihr Talent.)

Was ihre Kenntnisse angeht, so bringt nicht einmal Armande, die in ihren Urteilen keinesfalls rücksichtsvoll ist, irgendeine Kritik vor. Das kommt einem Lob gleich. Was das übrige betrifft: Eifer, Gehorsam, Initiative, Ergebenheit und sogar eine lächelnde Miene – das sind offensichtlich ihre geringeren Qualitäten. Sie ist eine Perle, sage ich Ihnen! Ich würde ihr gern einen guten Lohn zahlen, wenn ich es nicht überhaupt für einen Irrtum hielte, Domestiken gut zu bezahlen. (Was die andere Seite ihrer Talente angeht, dafür wird natürlich nicht gezahlt, sonst verlöre es ja seinen Reiz.)

Zudem ist das Mädchen nicht dumm. Ich würde sogar sagen, es ist intelligent, obgleich ich der Konversation mit ihr bisher noch nicht den Vorzug gegeben habe. Also bleibt die Frage, weshalb sie sich bei ihrem Aussehen und ihrer Erscheinung darauf einläßt, unter so miserablen Bedingungen zu leben. Übergroße Schüchternheit vielleicht? Oder einfach Gewohnheit? Das ist wenig wahrscheinlich. Ich lasse mich vielleicht von einem Firnis täuschen, den sie sich im Dienst guter Häuser erworben hat (dem Ihrem zum Beispiel).

Ich werde jedenfalls über die Mittel nachsinnen – denn noch ist Zeit dazu –, diesen seltenen Vogel fest an mich zu binden. Darauf lege ich doppelten Wert: erstens zu meiner persönlichen Bequemlichkeit und dann wegen des heimlichen Vergnügens, ein Schicksal in seinen Diensten zu wissen, das es in vielerlei Hinsicht verdient hätte, begünstigt zu werden. Was die Mittel betrifft, so sehe ich nur eines, und ich werde es, wie ich glaube, bald zur Verfügung haben.

Dies also, mein Freund (die Vorsehung hat Sie mir geschickt), sind die Details, die ich Ihnen schulde, verbunden mit tausend Dank. Ich werde Ihnen lange (wenn nicht auf ewig) verpflichtet sein.

Morgen mache ich eine Blitzreise nach Paris. Ich habe leider nicht die Zeit, Sie zu treffen. Dort werde ich die entzückende Begleiterin abholen, auf die das ganze Haus wartet. Sie wird sich hier ein paar Wochen lang von den Strapazen einer glänzenden Saisoneröffnung erholen.

Ich zähle auf Ihre Visite unter meinem Dach, sobald mein charmanter Gast hier Quartier genommen hat. Ich weiß, daß Sie solchem Umgang keineswegs abgeneigt sind. Dabei wird sich übrigens die Gelegenheit bieten, von der ich Ihnen kürzlich erzählte.

Vorläufig übersende ich Ihnen per Expreß etwas von der Ausbeute meiner gestrigen Jagd, mit der ich nicht unzufrieden bin.

Ich füge mit anderer Post jene Originalausgabe bei, die Sie in meiner Bibliothek einmal mit so großem Interesse betrachtet haben.

Sehen Sie darin nur ein schwaches Zeichen der Freundschaft Ihres

B.

*

5. November

Die guten Vorsätze wanken. Wie dumm diese Tränen gestern abend wieder waren!

Aber meine Eigenliebe gewinnt die Oberhand. Sie stützt sich auf die Intelligenz von Thérèse und den verbliebenen Humor von Marie (welcher leider Gottes ihre einzige Waffe ist und sie mehr in Gefahr bringt als schützt).

Das soll genügen. Es würde mein Schamgefühl zu sehr verletzen, mehr darüber zu sagen. Welches zweifelhafte Vergnügen findet der ferne Geist, der noch über Thérèse herrscht, bei dem Gedanken an den Zwang, dem er sie unterwerfen möchte? Wer kann zwischen den Zeilen lesen?

Armande war nach oben gegangen. Ich saß allein in der Küche und hörte die große Standuhr ticken, als die Klingel mich auf die Fliesen hinausrief, die unter meinen Schritten widerhallten.

Ich stehe schweigend an der Tür zum Salon und bewege mich nicht. Der bedeutungsschwere Blick, den ich gut kenne, empfängt mich. Während ich auf den Befehl warte, mache ich mir unwillkürlich auch schon Gedanken darüber, welcher Art die Laune diesmal sein wird.

Diese Stimme, so beherrscht wie ein Präludium, kenne ich.

«Schließ die Tür zu!»

Ich gehorche, ohne mich von ihm abzuwenden. Er sitzt wie gewöhnlich tief in seinem Lehnstuhl am Kamin, und der Rauch, der vom Aschenbecher auf dem kleinen Tisch aufsteigt, zerteilt seine Silhouette. Von einer Schallplatte kommt leise ein Violinsolo, das mir nicht unbekannt ist.

Da er nichts sagt, mache ich einige Schritte auf ihn zu; das ist die erste Stufe der unvermeidlichen Unterwerfung. Eine persönliche Nuance untermalt meine ehrerbietige Haltung: etwas Fragendes. Meine Augen auf die seinen gerichtet, sind ganz Lächeln und Liebenswürdigkeit.

Ich verharre ergeben und von neuem reglos und achte darauf, das stille Angebot nicht zu übertreiben, welches meine Anwesenheit bereits darstellt. Die Entscheidung liegt nicht bei mir. Wenn es Ihnen gefällt, Seigneur, schicken Sie mich ohne

Erklärung fort, und ich werde mich erlöschen wie der Rauch Ihrer Zigarette.

Ich spiele nervös mit den Fingern an meiner weißen Schürze. Ein Zucken seiner Augenlider scheint mir zu befehlen, ich solle näher treten. Ich gehorche widerstrebend und gehe bis auf zwei Schritte an ihn heran.

Tartini? Boccherini? Mein Gedächtnis sucht mechanisch nach einem Namen für die kunstvollen, berauschenden Triller des Violinbogens. Kurz bevor sie ersterben, stoppt eine Hand das Rauschen der Nadel und stellt wieder Stille her. Man hört nur noch das Knistern der Flammen im Kamin.

Ich werde keine Fragen stellen, finde Gefallen an dem eigenartigen Spiel: Ich bin passiv und sonst gar nichts. Und dennoch, glauben Sie, Seigneur, daß der Verzicht, zu dem Sie das Objekt Ihrer Verfolgung zwingen, auf ewig zu ertragen sein wird? Fürchten Sie eine Falle, eine bloß gespielte Hingabe, da Sie nicht geruhen, mir die Gastlichkeit eines gewissen Mahagonibetts anzubieten?

«Zieh dich aus!»

Ich gehorche langsam, löse die winzige Schürze und zögere, da er sich nicht rührt und ich nicht weiß, wie es weitergehen soll.

«Los!»

Ich fühle mich durch die intimen Gesten seltsam erniedrigt, die ich ihm vorführe. Liegt darin eine Huldigung für den «Herrscher», der tief in seinem Sessel sitzt? Ich ziehe die Beine aus dem aufgehakten Rock, langsam knöpfe ich meine Korsage auf.

Ich zaudere noch, den letzten Schleier fallen zu lassen. Als die zarte Seide über den Kopf gezogen wird, ist es nicht die stolze Thérèse, die sich entblößt; es ist Marie, Seigneur, die errötet, weil sie ihre Erregung nicht verbergen kann, während sie sich endlich Ihrem dunklen Blick darbietet. Es ist Marie, die nach dem Häkchen des Büstenhalters, der letzten Zuflucht ihrer

Scham, tastet. Es ist ihr Herz, das sich verkrampft, als das runde Fleisch herausspringt.

Ich drehe ihm den Rücken zu, um meine Kleider auf den Stuhl zu werfen.

«Die Strümpfe!»

Er hat recht. Ich bücke mich, ohne mich abzuwenden, rolle sie nach unten bis zu den Füßen und fühle mich dabei ganz verrückt. Alle Bescheidenheit ist vergessen. Ist das jetzt Marie, die sich mit berechnender Langsamkeit bewegt, die ihn bewußt reizt und seinen Augen, ganz nahe vor ihr, genüßlich eine erblühte Landschaft zur Schau stellt?

Ich bin jetzt endlich von Kopf bis Fuß nackt und drehe mich zu Ihnen. Ich bin die demütige Eva, die Sie sich in Ihren Launen vorgestellt haben.

«Bring mir was zu trinken!»

Der artige Knicks ist in diesem Zustand etwas lächerlich. Unmerklich schleicht sich ein Hauch von Ironie ein.

Kalte Fliesen im Halbdunkel, unter den Schritten eines weißen Schattens. Die Szene hat etwas Barockes. Mein Bauch fröstelt vor der kalten Luft des Kühlschranks. Cognac, Soda, Eis klirrt leise auf einem silbernen Tablett. Das der Laune unterworfene Fleisch erregt sich im Wechsel der Temperaturen. *Ich spiele absichtlich die Sklavin.*

Im Lichtkreis des Lampenschirms beuge ich mich über den niedrigen Tisch. Er zeigt auf das Bärenfell, das vor dem Kamin auf dem Boden liegt.

«Leg dich hin!»

Hier, auf dem Boden? Kaum wahrnehmbar verstreicht eine Sekunde; stumm gehorche ich. Das dichte Fell ist weich und steif zugleich und strömt in der Hitze einen Geruch aus, der sich mit dem des Kaminfeuers vermischt. Meine Hüften spüren den harten Boden unter dem Fell.

Er löscht das Licht, und plötzlich sind wir beide in ein tanzendes Halbdunkel getaucht. Ich liege mit dem Nacken auf meinem festen Haarknoten, und meine Augen gewöhnen sich allmählich an die alles verzerrende Optik. Die Flammen werfen phantastische Schatten, und schwarze Augen beobachten mich über einem Glas, das vor Kälte beschlagen ist.

Ein Moment verstreicht in regungsloser Stille.

Er trinkt langsam, spielt mit seinem Glas, in dem ein Eiswürfel klickt, und läßt kein Auge von diesem weißen, von Flammen geröteten Fleisch auf dem Fell. Mein Blick sucht etwas, an dem er sich festhalten kann, und findet den Kronleuchter, wo große Tränen aus Kristall aufleuchten und herabzufallen bereit sind. Ich bewege mich auf meinem Tierfell, lege das Gesicht auf die rauhen Haare und blicke in die wilden Flammen.

Laß dieses aufreizende Spiel nicht ewig dauern. Entblöße doch auch deinen schrecklichen großen Körper. Wirf ihn auf die Beute, die er nicht verdient hat.

Er stellt sein Glas ab und steht plötzlich auf, als habe er mich gehört. Seine Stiefel aus fahlgelbem Leder sind dicht vor mir. Er sieht aus meinem Blickwinkel riesenhaft aus.

Nein, er zieht sich nicht aus, sondern läßt sich schwer auf den freien Teil des Fells nieder. Er stützt sich auf seinen linken Arm, streckt sich dicht neben mir aus und lehnt sein stoffbedecktes Knie gegen meinen Schenkel. Seine Hand legt sich auf meine zusammengepreßten Knie...

Und dann... doch ich will lieber schweigen. Man soll nur erfahren, daß er sich kurz darauf, so wie er war, auf mich fallen ließ und mir verworren lächelnd seine schwere, geharnischte Masse aufbürdete.

Ich schreie nicht deshalb, weil er so gewalttätig ist, sondern ich fühle mich auf andere Weise verletzt. Dieser Sadismus, der sich in steifen Velours, Leder und Knöpfen panzert, ist eine Sünde, die ich nicht vergeben kann.

Und dann muß er seine absichtliche Frechheit auch noch auf

die Spitze treiben: Er preßt den Mund an meinen Hals und läßt mit dumpfem Stöhnen seiner Lust freien Lauf.

Als ich in den Salon zurückkehre, liegt er immer noch, das Gesicht zur Decke, mit weit von sich gestreckten Armen und Beinen wie eine Leiche im rötlichen Halbdunkel. Seine plötzliche Erstarrung ist bedeutungsvoll für mich: sehe ich darin eine Art Rache?

Wie wenn er das spürte, und es mir auch noch nehmen wollte, richtete er sich halb auf; er beugt ein Bein, stützt sich auf die ausgestreckten Arme und läßt mich nicht an meine Kleider.

«Bring mir die Pantoffeln!»

Das ist wieder eine seiner Launen. Die Absicht ist klar: Er will, daß ich nackt bleibe. Was er aber nicht weiß, während ich mich ihm füge: daß die scharfsinnige Thérèse Marie zur Hilfe kommt.

Er beharrt und entläßt mich – Gipfel der Erniedrigung –, ohne daß ich mich wieder anziehen darf. Und es ist wieder Thérèse, die Marie, dieser seltsamen Nymphe, die durch das stille Gemäuer irrt, mit ihrem Stolz beisteht.

... Und sie beugt sich auch über das Gesicht in den Kissen. Und bevor Marie die Augen schließt und in den Schlaf sinkt, läßt Thérèse die einzige Tugend vor ihr aufleuchten, die Wert besitzt: Geduld.

Nachdem ich an diesem Morgen meine Beherrschung wiedergewonnen habe, überlege ich mir meine Rache. Der gemeine Folterer ist für zwei Tage abwesend, und meine Rache heißt *Simon*.

Der Zufall wollte, daß Simon nicht nachgab und mich wieder einmal am Fuß der Treppe erwartete. Ich ließ mich von seinen stummen Bitten erweichen, als sei ich des Krieges müde. Aber begriff er überhaupt, was mein endlich nachgiebiges Lächeln bedeutete? Ja, ohne Zweifel, als ich mich von jeder

Zurückhaltung freimachte und ihn in der kommenden Nacht zu empfangen versprach. Das würde mein letztes Opfer auf dem Altar seines Verlangens sein.

Strahlend verließ er mich, und ich wußte schon, was er dabei dachte. Er stellte sich weiß Gott welche Wonnen vor und hoffte, meine Zukunftspläne zu seinen Gunsten zu ändern.

Ich hingegen plane, mich meiner zweifelhaften Rache hinzugeben, von der ich im voraus weiß, daß sie lächerlich ist.

6. November

Da ich auf mein eigentliches Opfer verzichten mußte, nahm ich mir vor, mich an seinem Diener für die zahlreichen Kränkungen schadlos zu halten.

Eine derartige Rache mochte dem, der sie erlitt, mild erscheinen, erfolgte sie doch «auf Kosten meiner Person». Es ist jedoch nur eine Frage der Zeit, bis sie ihre Wirkung tut. Die Saat wird schnell aufgehen.

Was für eine blinde Rache, sagen Sie?

Als «schwaches Geschlecht» haben wir unsere eigene Art, das Problem in größerem Zusammenhang zu sehen; in gewissem Sinne verkörpert jeder Mann den Gegner. Der in meiner Reichweite kam gerade recht, um einige Waffen zu erproben, bis sie ein paar Tage später...!

Unter dem Vorwand, etwas zu nähen, war ich allein in der stillen Küche geblieben und öffnete zur vereinbarten Zeit die Tür zum Hof. Er wartete schon draußen in der Nacht auf mich.

Sein Gesicht verlor im Licht die gespielte Selbstsicherheit. Ich entwand mich seiner Umarmung und ließ ihn die Schuhe ausziehen. Mit seinen Galoschen in der Hand folgte er mir die Treppe hinauf.

Erhellte irgendeine Vorahnung diesen Geist, den für stumpfsinnig zu halten mir gefiel? Ich zog mich schnell aus und fühlte mich dabei sogar unter seinem Albinoblick noch wohler als er bei seiner linkischen Entkleidung.

Ich bürstete mir ausgiebig die Haare (warum soll ich dir nicht das Almosen einer gewissen Koketterie gewähren, da ich deine sichere Beute bin?) und dachte dabei an eine bestimmte Person: War das hier die stolze Thérèse? Es war Marie, cher Monsieur, welche die Bürste auf den matten Marmor legte.

Es war ein sehr bescheidener Simon, zu dem sie sich schweigend und bei gelöschtem Licht legte. Seine Seele war ebenso schutzlos wie sein nackter Leib. Auf dem vom Mondlicht beschienenen Bett streckte sich ein vergiftetes Geschenk neben ihm aus.

Die Falle war gestellt, und die Hände durften ihren Zynismus vergessen. Seine Albinoaugen drückten in dem milchigen Halbdunkel nur noch Leidenschaft aus. Vielleicht war auch ein unruhiges Aufblitzen darin, das im Moment des Besitzens alles zu verlieren fürchtete. Bedeuten diese in das Haar vergrabenen Lippen nicht *Unterwürfigkeit*?

Unter so günstigen Voraussetzungen mußte ich natürlich sorgsam den Anschein wahren. Hätte ich etwas anderes gewollt, wäre es mir natürlich nicht gelungen, mich «hinzugeben». Mein Plan verlangte jedoch, daß mein unwürdiger Partner Beweise erhielt, die all seine Hoffnungen erfüllten. Ich wollte erreichen, daß er nach diesem nie wiederkehrenden Fest das ganze Ausmaß seines Verlustes spürte.

Auf keinen Fall durfte der Eindruck entstehen, daß ich mich seinem Begehren entziehen wollte. Mit feinem Zögern und Seufzern der Hingabe brachte ich ihn vielmehr zu dem Glauben, daß die Umstände mich überwältigten, er nach und nach in ein verbotenes Königreich eindrang.

Ich stellte es so geschickt an, daß mein Körper schließlich willig wurde. Und ich geriet zweimal so sehr in Leidenschaft, daß ich fast nur noch daran dachte, ihn zu erobern und mehr zu verlangen, nicht daran, ihn zu beherrschen.

«Darf ich wiederkommen?»

«Du weißt, daß es unmöglich ist... Außerdem habe ich dich gewarnt!»

Er konnte es nicht akzeptieren. Ich las es in seinen widerstandslosen Augen unter den fahlen Wimpern.

Mit den Schuhen in der Hand stieg er hinter mir die Treppe hinunter. Er wartete, bis ich zu Armande in die Küche gegangen war und die Tür hinter mir geschlossen hatte. Dann überwand er die gefährliche Zone und verschwand leise nach draußen; das Gift war ihm tief ins Herz gedrungen.

Ich habe kein sehr gutes Gewissen mehr beim Schreiben dieser Zeilen.

*

Thérèse C. an Pierre F.
Paris

La Châtaigneraie, den 6. November (abends)

Lieber «Pygmalion»,
bin ich nicht Ihre Galathée? (Das klingt doch schön, oder?) Diejenige allerdings, die Sie aus guten Gründen niemals heiraten werden.

Ihren Brief habe ich vorgestern erhalten. Ich habe ihn mehrmals gelesen und dann vernichtet, so sehr bin ich auf äußerste Vorsicht bedacht.

War das nicht ein sehr guter Brief, wenn man es recht bedenkt? Darf ich Sie umarmen?

Ich beklage mich nicht über die Ironie, die aus den Zeilen schimmert. Wie soll einer darauf verzichten, der so ist, wie Sie eben sind? Und sich an jemanden wie mich wendet? Doch ich verschweige Ihnen nicht, daß ich diese Art der Nachsicht nicht besonders schätze, mit der Sie jene Verworfenheit behandeln (was für ein häßliches Wort, das Sie zum Glück nicht benutzen!), für die Sie mitverantwortlich sind.

Ist Marie nicht Ihre Schöpfung? Meinen Sie, Entarteter, daß

ich Ihre hinterlistigen Absichten nicht bemerkte, als Sie mir halfen die Person Maries herzustellen? Sie sollten zumindest zugeben, daß ich schon ganz gut reagiert habe – und nicht nur dem Inhalt, sondern auch der Form nach, obwohl Sie schamlos genug sind, sich über die «Undeutlichkeit» gewisser Details zu beklagen. Oh, ich hasse dich, gemeiner Dämon!

Aber ich klage nicht Sie allein an. Sie finden hier weitere Seiten, die ich Ihrer Neugier zuerst vorenthalten wollte. Was ich noch an Schamgefühl habe, weiß sich leider nicht gegen Ihren Einfluß zu wehren. So bleibt mir nichts, als die scheinbare Objektivität, mit der Sie Ihre guten Ratschläge verkleiden, mit ein paar einfallsreichen Bosheiten meinerseits zu beantworten.

Ich brauche die Unterstützung dieses Tagebuchs sehr, wie künstlich es auch erscheinen mag. Dieser Trick ist aber nur in Maßen hilfreich. Schamgefühl schließt Aufrichtigkeit nicht aus, wie Sie wissen, und ich gehe schon weiter, als würde ich mir selber beichten. Was Gefühle und Ereignisse betrifft: Ich würde manche Dinge vor mir selbst verbergen, die ich Ihnen aus Verpflichtung offenlege.

Ich weiß nicht, ob Ihnen ganz klar ist, wohin mich das führen wird... Ja, Sie wissen es bestimmt. Ich war zu dumm und zu phantasielos, als ich Ihnen mein Versprechen gab. Eines jedenfalls ist mir klar: Genüßlich seine Verfehlungen zu beschreiben ist eine noch größere Sünde, als sich ihnen zu überlassen. Wenn ich mich also um Ihretwillen der Verdammnis preisgebe, so geschieht es ohne die geringste Hoffnung auf Vergebung. Machen Sie meine Verlegenheit bitte nicht noch größer, indem Sie mir einflüstern, daß vielleicht auch in der Verdammnis noch irgendeine sündige Lust enthalten sei. Ich kenne mich, Sie infamer Mensch, wenn ich mich auch nicht begreife.

Sie finden auf den beigefügten Seiten also die Schilderung der neuesten Mißlichkeiten. Ich habe den Eindruck, daß sich damit ein Kapitel schließt: das erste über den Aufenthalt von Marie in La Châtaigneraie. Das ganze Haus erwartet morgen die Rückkehr des Herrn und jenes geheimnisvollen Gastes, den er aus Paris abgeholt hat. Marie ist zweifellos neugieriger auf diesen Gast als alle anderen, denn ihr Herr hat ihr die spezielle Betreuung jener Dame auferlegt.

Ich fürchte sehr, in diesem neuen «Kapitel» von meinen Aufgaben in Anspruch genommen zu werden – auf Kosten des «Beiwerks» (bisher weniger schmeichelhaft als erhofft). Wie ich Monsieur kenne, wird er anderes im Kopf haben als die kleine Marie.

Folglich werden gewisse Hoffnungen wohl auf später, wenn nicht auf den Nimmerleinstag verschoben werden.

Welche Hoffnungen, fragen Sie? Ist Ihnen das denn nicht klar? Sie allzu maskuliner Geist! Ich kam mit vielen Erwartungen und einigen hintergründigen Plänen hierher, merkte aber schnell, daß ich viel zu naiv gewesen war. Ich mußte in meiner Naivität größere Kränkungen erdulden, und das «Objekt», das ich bin, sinnt auf Rache. Wenn Gott mir Standhaftigkeit verleiht, soll eines Tages aus meiner eigenen Unterwerfung die des Gegners folgen. Ich bin mir im klaren darüber, daß es sich um ein gewagtes und langfristig angelegtes Unterfangen handelt. Da ich es mir aber nun einmal in den Kopf gesetzt habe, bleibt mir nichts anderes übrig, als mich in Geduld zu fassen und mich einstweilen in ein vorbildliches Kammermädchen zu verwandeln.

Geben Sie zu, daß ich Sie trotzdem ein wenig in Erstaunen versetze. Hätten Sie das von Ihrer Thérèse gedacht? Hätten Sie geglaubt, daß sie ihren Stolz so weit vergessen könnte? Daß sie eine Aline zur Freundin nehmen und sich auf das Niveau eines Simon begeben würde?

Bleibt nur zu wünschen – da ich mir geschworen habe auszuhalten –, daß das Regiment meiner provisorischen «Herrin» nicht zu hart sein wird. Sie ahnt nicht, welche Schätze an Hingabe sie erwarten, vorausgesetzt sie gefällt mir. Ich hoffe, daß sie schön ist und daß es angenehm sein wird, ihr zu dienen. (Sie sehen, ich bin eine Dienerin, wie sie im Buche steht.) Da ich meinen Gastgeber und die Absichten kenne, die ich seiner Gastfreundschaft nun einmal unterstellen möchte, dürfte sie weder alt noch häßlich sein.

Was das übrige betrifft... In diesem neuen Abschnitt meiner Lehrzeit kann ich mich gewisser Befürchtungen und auch einer gewissen Ungeduld nicht erwehren.

Es ist schon spät, Pygmalion (Pyg, klingt das nicht hübsch?), ich muß Schluß machen. Marie braucht dringend ihren Schlaf. Sie gehen vermutlich erst schlafen, wenn die fleißige Ameise sich in noch dunkler Nacht wieder erhebt.

Bevor Sie sich mir entreißen, Sie Dämon, küssen Sie noch einmal Ihre

Thérèse

PS: Vielen Dank dafür, daß Sie mir den Brief aus Afrika übermittelt haben. Verfahren Sie bitte weiter so. Ich bin es mir schuldig, diesem Kolonialisten-Gatten regelmäßig zu antworten. Er hat mir durch seine einjährige Abwesenheit eine Laufbahn eröffnet, die ich mir niemals hätte träumen lassen. Schicken Sie also bitte die versiegelte Antwort ab, die Sie in diesem Kuvert finden – und noch einmal vielen Dank.

II

12. November

Ist sie schöner als ich? Welch dumme Frage richte ich da an meinen Spiegel! Wie sollte eine einfache Dienerin mit dieser erfahrenen Schönheit konkurrieren?

Da ich seit fast einer Woche am Rande der Erschöpfung bin, habe ich seitdem das Heft nicht wieder aufgeschlagen. Gewiß, mir bleiben zwar zur Zeit nur wenige Erholungspausen, aber versteckt sich hinter diesem Schweigen nicht vielleicht auch eine gewisse Eifersucht? Es macht mir große Mühe, all die widersprüchlichen Gefühle zu entwirren.

Alles begann am Sonntag: in dem Moment, da der Wagen auf dem Kiesweg knirschte und dann vor Aline und Marie anhielt – vor diesen schüchternen Dienerinnen, die dazu abgestellt waren, dem Gast einen ehrerbietigen Empfang zu bereiten.

Eingehüllt in einen Pelz stieg eine frierende Gestalt aus.

«Ich bin Marie, gnädige Frau, und stehe zu Ihren Diensten!»

Mit wenigen Schritten bot die Gnädigste meiner Eifersucht das Bild einer «großen Szene». Ihr achtloses Lächeln, als ich meinen Knicks machte, verletzte mich mit einem sonderbaren Schmerz.

Während ich mit Aline den schweren Koffer ins Haus trug, begann mir zu dämmern, was da auf mich zukam: Eine Sache ist es, einem Herrn, eine andere, einer Herrin zu dienen. Für

Aline war es kein Problem, für mich jedoch wurde es Demütigung, auf die ich, wie mir langsam klar wurde, nicht vorbereitet war.

Die Aussicht, die den Geist Thérèses beflügelt hatte, war eine andere. Mit der freiwilligen Unterwerfung war bisher ein «Spiel» voll sinnlicher Überraschungen verbunden gewesen; hierin gerade hatte der Reiz meiner Stellung gelegen.

Doch plötzlich veränderte die bloße Anwesenheit von Madame de N. die Sicht der Dinge von Grund auf.

Hatte sie geahnt (immerhin kannte sie ihn ja gut), was mich und meinen Herrn verband? Heute weiß ich, daß sie mich bei diesen ersten Begegnungen mit einer leichten Bosheit behandelte, so als existiere ich für sie kaum. Ihr geistesabwesender Hochmut, der aus mir fast ein Objekt machte, ließ mich an diesem Abend jedenfalls die unerbittliche Wirklichkeit spüren. Ich erniedrigte mich auf eine erbärmliche Weise, wenn ich dulden mußte, wie diese Konkurrentin über mich wie über ein geborgtes Kleidungsstück verfügte.

Konkurrentin... ach, aber ich hatte von vornherein alle Mittel eingebüßt, mich mit ihr zu messen. Sie zwingt mich, für eine Zeitlang auf alle Ansprüche zu verzichten.

Als sie dem ersten Bad entstieg, das ich für sie bereitet hatte, war selbst die Schönheit dieser perlmuttnen Venus für mich fast eine Beleidigung. Wie fern lagen jetzt die männlichen Launen meines Meisters! Runde Schultern, gewölbte Hüften, die schamlose Arroganz dieses Fleisches beraubte mich meiner Persönlichkeit – wie wenn meine Hände seit Ewigkeiten für nichts anderes dagewesen wären als zur Pflege dieser unter einem Frotteemantel achtlos dargebotenen Brüste.

Was hatte es mit diesem nachträglichen Vergleichen auf sich, als ich endlich allein in meinem Zimmer war und mich nackt vor den Spiegel stellte?

Schlimmer als dieser fleischliche Hochmut, der liebevolle Aufmerksamkeit gewohnt ist wie ein Schlemmer seine Speise, schlimmer ist der strahlende Glanz dieser fahlroten Haarpracht, die ein verständnisvoller Coiffeur mit einer Spur von Mahagoni abgetönt hat.

«Ich kenne nur noch ein anderes Beispiel...» War es dieses hier?

Feuriger Strom, den ich Tag für Tag bürste und bearbeite. Und dessen unverschämte Pracht mir an jenem Abend noch eine zusätzliche Kränkung bescherte.

13. November

Am Tag nach ihrer Ankunft brachte mich meine eigene Ungeschicklichkeit in Verwirrung. Ich war in der Wäscherei, um bestimmte Kleidungsstücke, die vom Transport übel zugerichtet waren, wieder in Ordnung zu bringen. Von dort wurde ich dreimal, kurz nacheinander, von der Klingel ins Parterre beordert. Ein paar Nichtigkeiten scheuchten mich innerhalb kaum einer Stunde dreimal die Treppe auf und ab.

Inzwischen glaube ich, daß sich hinter diesen Forderungen nichts Böses verbarg. Eine Dummheit, nun gut, aber sollte ich deswegen schlechte Laune bekommen? Sollte man mir das zu allem Unglück auch noch vom Gesicht ablesen? Die Sanftmut in diesen grünen Augen, die nicht ohne Ironie waren, brachte mich beinahe auf diesen Gedanken.

Am folgenden Tag hatte ich die Gewißheit, als sich nämlich die Vorgänge unter den gleichen Umständen wiederholten und diesesmal kein Zweifel daran blieb, daß ich auf die Probe gestellt werden sollte. Ich hatte Gott sei Dank Zeit gehabt, mich zu besinnen; so konnte keines der fast unmittelbar aufeinander folgenden Klingelzeichen meinen Eifer schwächen. Bemüht, für meinen «Irrtum» Verzeihung zu erlangen, war ich ganz Lächeln und Beflissenheit.

Gab es jetzt, ohne daß ein einziges Wort gefallen war, eine Wende in unserem Verhältnis? Madame de N. wußte von diesem Augenblick an meine Unterwerfung zu würdigen, und sie wurde menschlicher.

Es gibt keine vornehme Dame für deren Bedienstete. Es gibt niemanden, der ihr lange Zeit fremd bleiben könnte, schon gar nicht die Dienerin, die (wie die Verfasserin dieser Zeilen) ihre Rolle freiwillig spielt.

Ich habe in diesen letzten Tagen schon einen beachtlichen Weg zurückgelegt. Aber dabei verliere ich das Ziel nicht aus den Augen, auch wenn ich mich täglich, auf Umwegen sogar, weiter von ihm entferne und immer tiefer in dieses aussichtslose Unterfangen versinke.

14. November

Das Ziel rückt in immer weitere Ferne, das Verhalten meines Herrn beweist es.

Als ich am Morgen nach seiner Rückkehr in sein Zimmer trat, wäre ich kaum überrascht gewesen, wenn ich es leer gefunden hätte oder wenn er dort nicht allein gewesen wäre. Ich war unfähig, mir jegliche Indiskretion zu versagen, und hielt nach irgendeinem Zeichen Ausschau. Es war meine Pflicht, ihn zu wecken, aber lieferte diese lässige Person, die das Nebenzimmer bewohnte, meiner Eifersucht nicht erst den ärgerlichen Anlaß?

Als Dienerin wahrt man Abstand, und ich hüte mich vor jeglicher Koketterie. Andererseits dachte der Herr nicht daran, mich zur Morgentoilette zu bitten.

Der zurückhaltende Ton unserer knappen Gespräche machte nur allzu deutlich, wie die Nähe einer anderen Person unseren Umgang verändert hatte. Es ging so weit, daß ich den Eindruck gewann, irgendeine amüsierte Ironie spiele um seine schwarzen Augen. Und wenn ich in Stücke gerissen worden wäre – um nichts in der Welt hätte ich meine Enttäuschung zugegeben.

Nachdem der Ton nun einmal vorgegeben war, blieb unser vormittäglicher Umgang weiterhin von Distanz bestimmt. Allenfalls glaubte ich, in einer ganz besonderen Freundlichkeit so etwas wie ein beruhigendes Versprechen zu erkennen: *Nur Geduld, wir finden schon wieder zusammen!*

Am vierten Tag war das Zimmer leer und das Bett nicht berührt. Ich widerstand der Verlockung, die mich an die verschlossene Tür zum Nachbarzimmer zog, und ging hinaus. Vielleicht genierte er sich ein wenig, jedenfalls kam unser Herr an jenem Tag wie auch an dem darauf folgenden nicht vor halb acht herunter.

Es ist also klar, daß man auf Marie nun keine Rücksicht mehr nimmt. Als ich heute von der sonntäglichen Frühmesse zurückkam, war das Zimmer wieder leer. Ist es nicht der Demütigungen genug, wenn ich nicht einmal mehr wage, das Badewasser einlaufen zu lassen? Will man mir selbst meine bescheidensten Privilegien nehmen? Ich legte die Bettwäsche und zwei Kleidungsstücke zur Auswahl bereit. Was für eine indiskrete Angst ließ mich da an der Verbindungstür den Atem anhalten? Durfte ich meinen Ohren trauen, die gar nicht *hören* wollten?

Also doch: eine «Konkurrentin». Soweit ging es also. Bis zu diesen flatternden Atemstößen, bis zu diesem Stöhnen, das mir tief ins Herz stach.

Haben Madame gut geschlafen?

Vorsichtig genug unterdrückte ich die ironische Frage. Auf dem Bett, das noch von den Spuren der Verwüstung gezeichnet war, stellte ich artig das Frühstückstablett ab. Blinkte nicht der Spott aus diesen Augen, die zu lächeln schienen?

Ich ziehe die Vorhänge auf; ein nebliger Morgen. In der stickigen Zimmerluft schwebt eine anhaltende Sinnlichkeit.

Dieses befriedigte Fleisch unter seinen durchsichtigen Hüllen. Dieser fast schon vertraute träumerische Blick, diese behagliche Stille. Langsam schlägt die Intimität in Mittäterschaft um. Mein Inneres, das zu verhärten schien, erweicht. Die weißen Zähne beißen behutsam in den Toast mit Konfitüre.

«Marie... diese Empfänge werden anstrengend. Heute morgen fühle ich mich träge.»

Die Empfänge, natürlich! Ich lasse das Badewasser einlaufen.

«Was wird Madame heute anlegen?»

(«Madame»... «Monsieur»... Ist das Marie, die sich hier zeigt? Jetzt spreche ich die Anrede natürlicher aus, als ich sie schreibe.)

«Marie, kommen Sie!»

Zur Stelle, lächelnder Despot. Ein rosa Fingernagel hinter meinem Rücken richtet sich auf die Verbindungstür.

«Solange ich hier bin ist damit Schluß. Sie wissen, wovon ich rede.»

Ich erröte furchtbar. Sie lächelt milde und reicht mir das Frühstückstablett. Strahlend vor Vergnügen blickt sie mich an.

«Böse?»

«Nein, Madame.»

Sie erhebt sich und streckt die nackten Arme aus.

«Sie gehören mir. Ganz allein mir.»

Dann setzt sie sich an den Frisiertisch. Ich stecke ihr grob das feurige Haar für das Bad zurecht.

«Wann stehen Sie auf, Marie?»

«Um halb sechs, Madame. Heute um Viertel nach fünf, wegen der Messe.»

«Arme Marie!»

Arme Marie, ja. Wer hätte mir noch vor einem Monat so etwas Verrücktes prophezeit? Was Sie wohl sagen würden, Madame, wenn Sie es wüßten.

An diesem Morgen wird der allerangenehmste Dienst ganz

nach Belieben ausgedehnt. Meine geschickten Hände sind mit allen Geheimnissen vertraut: Sie trocknen, sie legen ein, sie bürsten, streicheln und schmücken mit fehlerlosem Griff.

... Ich könnte sie nicht hassen, diese strahlend schöne, in blaßgrüne Seide gekleidete Erscheinung, die plötzlich zärtlich wird und mir im Hinausgehen noch ein Lächeln schenkt.

*

Thérèse C. an Pierre F.
Paris

La Châtaigneraie, den 16. November 19..

Pyg meines Herzens,
da der Name Ihnen ja nicht so unsympathisch ist (und wohl auch Ihrer Eitelkeit schmeichelt), verbinde ich ihn hier mit dem, was Ihnen gehört, wie Sie wissen.

Verzeihen Sie, daß ich Ihnen so lange nicht geschrieben habe. Wenn ich es wie Sie (das ist keineswegs ein Vorwurf) auch postwendend täte, würden wir gar nicht mehr aufhören. Und ich wäre durch die vielsagenden Blicke meines rotbäckigen Briefträgers bloßgestellt, gegen die ich mich ohnehin kaum noch zu wehren vermag.

Im übrigen gibt es Umstände, die mich entschuldigen. Mehr noch als für meine Kolleginnen – diesmal ist es kein Scherz – wuchsen für mich die Anforderungen des Dienstes.

Zunächst einmal: Was ist Ihnen bloß Simons wegen in die Krone gefahren? Sollten Sie etwa, ohne es zu wissen, eifersüchtig sein? Sagen Sie mal, geliebter Pyg (ach, ich bete Sie an!), könnte Sie ein so gewöhnliches Gefühl, das Sie verurteilen, seit ich Sie kenne, *wirklich* anfechten? Und, ich bitte Sie, um wen geht es? Um einen armen Bauernknecht! Sollte etwa da der Schuh drücken? Wo Sie doch nicht die geringsten Skrupel besaßen, mich den Launen eines besessenen Landjunkers auszuliefern?

Würde Ihr rätselhafter Kopf am liebsten noch unterscheiden zwischen der Verpflichtung, mich *unterzuordnen*, die mir auferlegt ist, und der «Wahl», die Sie mir andererseits vorzuwerfen wagen?

Aber mein Lieber, mein Lieber, ich habe Simon nicht *ausgewählt*! Begreifen Sie nicht, daß es sich um eine *Rache* handelte (völlig subalterner Art, das kann man wohl sagen, und nicht im entferntesten zu vergleichen mit dem, was ich vorhabe)? Ist es mein Fehler, wenn ich mir die Mittel nicht gerade aussuchen kann?

Was diese mir «unwürdige» Grobheit angeht, die mich «schwieligen Händen» ausliefert, so kennen Sie, mein Freund, die Frauen doch zur Genüge. Es kann passieren, daß ihre Laune sich mit solchen Händen abfindet.

Nun gut, sprechen wir nicht mehr davon. Aber werden Sie vor allem nicht ironisch, um sich gegen ein Gefühl zu wehren, das ich Ihnen wahrscheinlich leichtfertig unterstelle. Und hätten Sie es wirklich für einen Moment empfunden – ich würde Sie deswegen nur noch um so heftiger lieben. Wissen Sie das?

Darf ich mir im übrigen herausnehmen zu betonen, wie vernünftig ich bin in allem, was Ihre Person betrifft? Darf ich Sie daran erinnern, daß ich mir nicht einmal die kleinste aller Fragen zu Ihrem Verhalten gestatte, die mir auf der Zunge brennen, seit ich Sie verlassen habe? Allerdings darf ich Ihnen sagen, daß ich mir kaum Illusionen mache. Ich glaube nicht gerade, daß Sie im Kloster leben, während ich in der Zelle sitze.

Ja, in der Zelle. Seit zehn Tagen mindestens. Ist meine Mäßigung nicht musterhaft? Eine schöne Zurückhaltung, werden Sie sagen, die einer verschmähten Frau... Aber Simon? Glauben Sie, daß er sich bitten ließe. Nun gut, fangen wir nicht wieder an! Der Anlaß ist dumm. Ich habe nicht die geringste Lust, den Unglücklichen zu befriedigen. Er ist ein Bauer ohne Wert auf meinem Schachbrett (ein «Aufpasser»). Ich habe höchstens Lust, wenn meine Stunde gekommen ist (regen Sie sich nicht auf!), die Strafe zu verschärfen.

Seit der Ankunft von Madame de N. bin ich also ein Zimmermädchen und nichts anderes. Sie werden bei der Lektüre meiner Tagebücher sehen, daß man es sich zur Aufgabe gemacht hat, meine Erziehung insgeheim zu vervollkommnen. (Da genau liegt die vollständige Unterwerfung ohne Gegenleistung, die Sie sich in Ihren finsteren Phantasien für mich ausgedacht hatten.) Diese wenigen Seiten werden Ihnen – wenn auch unzureichend – schildern, daß ich an gewissen Tagen wirklich kurz davor war zu fliehen.

Was hat mich wohl davon abgehalten? Wahrscheinlich der Stolz. Sicher habe ich es Ihnen zu verdanken, daß ich hartnäckig geblieben bin. Und Ihrem Bild, mein Lieber, auf einem gewissen Bahnsteig, vor einem Waggon der dritten Klasse, in der ich unbedingt fahren wollte, um mich bereits in meine neue Rolle einzuüben. Erinnern Sie sich: «Noch ist es Zeit, Thérèse. Sind Sie wirklich entschlossen?» Das war keiner Ihrer Schliche mehr, mit denen Sie mich auf die Probe stellen wollten. Ich spürte, daß Sie es ehrlich meinten. Doch wie hätte ich, nachdem ich mich erst einmal so weit darauf eingelassen hatte, kleinlaut zu Ihnen zurückkehren können?

Beim wiederholten Lesen Ihres Briefs (ich hätte ihn besser vernichten sollen) schaudert es mich vor der Leichtfertigkeit auf diesen Seiten meines Tagebuchs, die sich heute in Ihren Händen befinden. *Jetzt* schäme ich mich. Gewiß, Sie lasten mir nichts an, zu groß ist Ihre Furcht, ich könnte zu schreiben aufhören. Aber zumindest heute – und das geschieht Ihnen recht – habe ich nichts zu beichten, was ich bereuen müßte.

Ganz gleich, was wir einander vielleicht eines Tages bedeuten werden: Sie bleiben derjenige, der gelesen hat, was besser verschwiegen worden wäre. Aber da Sie die ganze Sache inszeniert haben, wären Sie der letzte, der das Recht hätte, mich zu verurteilen.

Ich werde mir wegen meines Verhaltens nicht den Kopf zermartern, da können Sie ganz beruhigt sein, Sie Heuchler. Ich wiederhole: Ich sehe das Sündhafte vor allem in der Beschreibung, die ich davon anfertige.

«Köstliche Beobachtungen» oder nicht, wenn ich gegen meinen Willen erröte, sollte Sie das nicht zur Ironie verleiten (die Sie im übrigen nur schlecht verbergen). Genießen konnten Sie es, vor kurzer Zeit, als Sie noch der Anlaß waren. Mein Erröten, das sehen Sie ganz richtig, wird mich nicht daran hindern, «meine Absichten weiter zu verfolgen». Selbst wenn ich dafür länger Marie bleiben müßte.

Dies bringt mich auf einige Ihrer Anspielungen, die so ärgerlich sind, weil sie gerade das verstecken, was sie angeblich enthüllen. Woher kommen diese «schmeichelhafte Meinung» (die von irgendeiner dubiosen Person über meine Wenigkeit verbreitet wird) und dieses «Loblied», das angeblich über Ihre Dienerin gesungen wird, und dann noch diese erbaulichen «Zukunftsversprechen»? Woher, wenn nicht *aus Châtaigneraie*?

Warum ärgern Sie mich mit Ihren albernen Geheimnissen? Sie haben schon zuviel gesagt – oder zuwenig! Ich erscheine Ihnen vielleicht lächerlich, doch ich verlange, daß Sie mir diese «fremden» Informationen übermitteln. Seien Sie mir wenigstens einmal gehorsam, wenn Sie vermeiden wollen, daß ich Repressalien ausgesetzt werde. Ich will Ihnen nicht drohen, daß ich Ihr Doppelspiel offenlege – Sie wissen schon, wem gegenüber! Ich habe guten Grund, das nicht zu tun. Aber ich kann warten. Ich lerne zusammen mit meiner Schwester Marie gerade die allerhöchste Tugend: Geduld.

Aber genug der Anwürfe. Es ist spät: Dies ist eher die Stunde der Zärtlichkeiten als der Vorhaltungen. Ach, mein Freund, der Stil dieser Zeilen (woher nur wieder diese Scham?) verbietet mir Gefühlsausbrüche. Aber finden Sie doch heraus, ja, erraten Sie, was Ihnen in unserem gemeinsamen Wahnsinn noch von der Seele Ihrer treu Ergebenen bleibt – ja, Ihrer *treu Ergebenen*

Thérèse

PS: Wenn auch nur scheinheilig (so sind Sie nun einmal), machen Sie sich zu Recht über meine eitle Ausdrucksweise lustig. Aber vergessen Sie nicht, daß ich diese Gespreiztheit in Ihrer Schule erlernt habe. Wenn ich, was meine Feder betrifft, weniger geschickt bin als Sie – könnte das der Grund sein, weshalb Sie mich vor kurzem in anderer Hinsicht «mit Geringschätzung bedacht» haben? Was allerdings den Mut betrifft, hier von «Affektiertheit» zu sprechen, so sind Sie wirklich umwerfend! Wenn nicht Sie mich dahin getrieben hätten, wo ich bin, hätte ich jetzt keinen Anlaß, um meines Schamgefühls willen (von dem auf diesen Seiten immer wieder die Rede ist wie von einem verlorenen Paradies) meinen Stil zu vergewaltigen. Werden Sie weiterhin von mir verlangen, meine Vorwürfe im aufrichtigen Tonfall einer unheilvollen Passion vorzutragen?

*

18. November

Victor

Als man mich wieder einmal zum Bauernhof schickte, geriet ich durch einen Zufall Victor in die Quere. Der Zufall hat es wohl auf mich abgesehen.

Er ist immer noch derselbe Schäker und erlaubt sonst niemandem, sich um mich zu kümmern. Meine Zurückhaltung ihm gegenüber tut seinem Eifer keinen Abbruch.

Im kalten Hinterraum, wo wir allein sind, strecke ich den Korb, in den er die Früchte legt, weit von mir. Diese langsame Bewegung – er brütet irgend etwas aus. Wie verberge ich die dumpfe Angst in meiner Brust?

Er zieht das nasse Tuch von dem dicken Butterklumpen, schneidet geschickt ein cremiges Stück ab und balanciert es auf seinem langen, flachen Messer in das hingehaltene Tuch.

Sein Handrücken liegt auf dem Tisch. Er lehnt sich etwas

vor. Da alle meine Nerven gespannt sind, bekomme ich mit, wie sein Blick sich auf meinen Busen heftet.

«Darf man mal anfassen?»

Wie von einer Wespe gestochen weiche ich einen Schritt zurück.

«Wirklich nur anfassen, Marie...»

Er kommt um den Tisch herum, überlegt, wie groß seine Chance ist und wie groß die Gefahr. Hinter mir, aber weit draußen, das Trippeln von Schritten. Ich atme durch, um die Angst zu unterdrücken, die mich verärgert.

«Nur anfassen... wenn Sie darauf bestehen!»

Während seine riesige, rotgefleckte Hand tastet und dann verweilt, fährt mir ein Zittern in die Knie, Gott sei Dank vom Rock verdeckt.

Noch einen Schritt zurück. «Geben Sie mir meine Tasche!»

Ich schnappe sie ihm weg, entwische den gierigen Händen und fliehe.

Sogar jetzt noch, während ich diese Zeilen niederschreibe, wird mir bange vor dem, was aus mir werden kann. Vor dem Charakter Maries, sollte ich sagen. Mir wird wieder ganz deutlich, welchen *Mantel* mir die Freiwilligkeit verleiht.

20. November

Das Wetter wird klarer und zugleich diffuser.

Wenn Madame de N. hier die Hausherrin wäre, hätten sich unsere Beziehungen sicher nicht so rasch angebahnt. Ihre Aufgaben und Sorgen hätten sie auf Abstand gehalten. Dagegen haben für Madame de N., die mit sich selbst beschäftigt ist, ein paar Tage genügt, aus mir ihr Eigentum zu machen. Woher rührt bloß meine Willfährigkeit gegenüber dieser Tyrannei?

Bei einem Dienst, der so intim ist, kommt es auf kleinste Nuancen an. Während der Morgen- oder Abendtoilette ist die Verbindung so eng, daß die Wünsche der Herrin von ihrer Dienerin sogar ohne Worte verstanden werden.

Mein eigenes Vergnügen ist so ersichtlich, daß es gewiß in

diesen katzenhaften Beziehungen seinen Part spielt. Nach der ersten Kühle tat man, als genieße man mit gleicher Innigkeit. Jetzt dagegen wird die Huldigung so selbstverständlich entgegengenommen, daß es beleidigend wäre, davon wieder abzuweichen. Außerdem wäre es naiv, sich davon auch nur die geringste Anerkennung zu erhoffen.

Liegt der Reiz des Spiels nicht gerade darin, daß der Tyrann immer raffiniertere Forderungen stellt? (Die Zähne meines Kamms sind ausnahmsweise in eine Klette geraten. «Ein bißchen mehr Feingefühl, Marie!») Subtile Ungerechtigkeit liefert eine angenehme Würze. Unfehlbar sei der unermüdliche Liebesdienst dieser Hände – das mindeste, was man erwarten kann.

Die Dienerin hat das Spiel begriffen. Innerhalb der Grenzen, die von einer intimen Koketterie weiter hinausgeschoben werden, kommt es zu immer mutigeren Initiativen. Voller Aufmerksamkeit betrachten die grünen Augen jeden Morgen im Spiegel dieses bescheidene Wesen, welches das Haar durchkämmt und irgendeine neue Frisur vorschlägt. Heute wird sich die schwere Haarschlange zu einem Zopf winden. Das Ergebnis des geschickten Fleißes wird im Seitenspiegel überprüft und mit einem Augenzwinkern gutgeheißen. An der Muschel des Ohrs erscheint ein feines Läppchen, auf dem eine Smaragdperle schimmern wird.

Wenn auch ihre Erscheinung unverändert hochmütig bleibt, so ist da dennoch ein heimliches Einvernehmen, das sie wandelt.

23. November

«Aline, Victor macht mir angst!»

Wir sitzen in der Küche, Seite an Seite, und nähen. Plötzlich gibt sie mir einen Kuß.

«Ich weiß, Liebling. Es wundert mich nicht. Weißt du, ich habe es auch über mich ergehen lassen!»

«Und jetzt?»

«Jetzt! ...»

Die skeptische Miene gab ihr etwas Philosophisches: *Ich müsse mich damit abfinden.*

Ich hake nach: «Was soll das heißen?»

Sie sieht mich vielsagend an und lächelt schwach. Sie neigt den Kopf über die Näharbeit und legt mit kleinen, stockenden Sätzen ihre Beichte ab. Auch sie hatte Angst vor dieser erschreckenden Kraft, die sie jagte, bis sie sich ergeben mußte.

«Wie konntest du es tun?»

«Ich hatte keine andere Wahl.»

«Und danach?»

«Danach... es macht mir weniger angst als vorher, verstehst du! Im Grunde ist er nicht schlecht.»

Ich denke über diese Sätze nach. Sie werden mich nie überzeugen.

Sie fügt hinzu: «Vor allem ist er ein einsamer Mann. Seine Frau hat ihn vor vielen Jahren verlassen. Sie hat sich davongestohlen und wurde nie wieder gesehen.»

Ich wiederhole: «Und jetzt?»

Jetzt? So «auf die Schnelle», wenn es ihn überkommt und er sie zufällig auf dem Hof trifft, während sie «Proviantnachschub» holt. (Genau da macht es mir angst.)

«Er hat keine besondere Lust mehr auf mich...» Sie sieht mich zärtlich und mitfühlend an. «Nun interessiert er sich für eine andere.»

Mir läuft es kalt über den Rücken. Ich habe eine Idee: «Und Simon?»

«Simon, nein, niemals! Natürlich hat er es versucht. Er hat nur ein paar Ohrfeigen geerntet.»

«Also warum Victor?»

Nun ja, weil Victor sie schließlich gar nicht nach ihrer Meinung gefragt habe. Und wenn sie sich gewehrt hätte, mit einer Hand hätte er sie wie ein Schilfrohr zusammengeknickt. Aber Simon könne sie sich schon vom Leibe halten.

«Und außerdem ist Victor für uns alle der ‹Chef›. Selbst

wenn ich stark genug gewesen wäre, ihm die Stirn zu bieten, hätte ich mich ergeben müssen. Sonst wäre ich vor die Tür gesetzt worden. Er ist der Verwalter für alle Dörfer hier in der Gegend. Alles gehört dem Monsieur.»

Daran hatte ich natürlich nie gezweifelt. Und Monsieur selber?...

«Monsieur, das ist der ‹Herr›, was denkst du denn!»

Auf diese Logik weiß ich nichts zu erwidern, noch weniger als sonst jemand hier. Ich bohre weiter: «Und wie wirkt das auf dich? Die Sache mit dem Monsieur?»

Sie blinzelt mich bedeutungsvoll an. «Und auf dich, du Schlingel?»

Wir lächeln beide.

«Na ja, zur Zeit, verstehst du...» Ich fahre fort: «Als ich hier ankam, hast du mir erst einmal die kalte Schulter gezeigt... Gib's zu! Wovor hattest du Angst?»

«Ich hatte keine Angst. Aber ich fand dich so schön... Mir war sofort klar, daß Monsieur sich nichts mehr aus mir machen würde.»

«Aber Aline, du bist doch auch schön!»

«Mach dich nicht über mich lustig...»

(Ich mache mich nicht über dich lustig, liebe Aline. Du weißt es nicht, aber du bist schön.)

«Und danach warst du schnell beruhigt?»

Sie lächelte mich schüchtern an. Jetzt war ich es, die sie um den Hals faßte und ihr die rosigen Wangen küßte.

Eine letzte Frage, ein wenig später:

«Sag mal, Aline, und dein Mann?»

«Was Monsieur angeht, da weiß er von nichts. Wegen Victor mußte er wirklich gewisse Zweifel haben, als der mir ununterbrochen nachstellte. Er wagte trotzdem nicht recht, mich auszuquetschen. Aber das war eine üble Zeit.»

«Das wollte ich nicht wissen, Aline. Ich meine, wie hältst du es mit deinem Gewissen?»

«Aber meine Liebe, das ist doch etwas ganz anderes! Ich liebe meinen Mann!»

Na bitte! Ich lasse mir auch das noch ein wenig durch den Kopf gehen. Warum sollte es ausgerechnet mich überraschen?

«Aline, ich habe Angst vor diesem Wüstling. Ich würde mich ihm nie unterwerfen. Ich möchte gern, daß du mir hilfst.»

«Ich helfe dir, soweit ich kann. Aber vor allem mußt du es so einrichten, daß Armande nicht dich, sondern mich zum Hof hinüberschickt.»

«Das hat sie schon zweimal getan. Es sieht fast so aus, als würde sie es absichtlich machen.»

Wenn man vom Teufel spricht... Armande ist gerade eingetreten. Ihr bohrendes Auge richtet sich auf die beiden gebeugten Nacken. Ich habe ihren Blick aufgefangen, als ich, ganz die fleißige Dienerin, einen Faden zwischen den Zähnen, den Kopf hob.

Was geht hinter Ihrer herrschsüchtigen, verschlossenen Miene vor, Armande? Was denken Sie *wirklich* über Marie?

25. November

Sie sind gestern spät heimgekommen. Armande war schon lange im Bett, und ich wartete allein auf die Herrschaften.

Die Amazone steckt noch in den Jagdstiefeln, welkes Laub hängt noch an ihren Kleidern, als sie sich ein paar Häppchen von dem Imbiß schnappt, dem der Monsieur schon kräftig zusagt. Unterdrücktes Lachen, samtweiche Blicke, die verschlungenen Hände auf der Tischdecke – ist es Absicht, wenn diese sinnliche Unbekümmertheit sich um nichts schert, nicht einmal um meine Anwesenheit?

«Es ist schon spät, Marie, gehen Sie hoch und ziehen Sie sich aus. Ich werde Sie auf mein Zimmer läuten.»

Dem Befehl gehorchend (der den Vorschriften widerspricht), mache ich mir im Bademantel die Haare für die Nacht zurecht... Bin ich eifersüchtig? Die Klingel ruft mich; was würde mein Blick erwidern, da neben dem kleinen Fleck auf dem Belag des Spiegels?

Sie lehnt im Sessel und streckt mir die gestiefelten Füße entgegen. Dann knöpfe ich ihr das rote Jagdkostüm auf.

«Bereite mir ein Bad.»

Schon seit einiger Zeit rechne ich mit diesem Duzen. Sie greift nach meinen kapriziös schwingenden Zöpfen.

«Marie, was für eine Haarpracht!»

Bescheiden, fast aufrichtig: «Madames Haare sind viel schöner.»

«Wirklich?»

Unwillkürlich hält sie mich fest. Ich glaube, ihre Gedanken zu erraten. Da ist noch jemand, den sie mit dem in Verbindung bringt, was ihre Finger umkrallen.

Halb grausam, halb vergnügt, die Spur eines Lächelns. «Wenn du einmal nicht artig bist, schneid ich dir alles ab.» Nahe an meinem Ohr deuten zwei Finger die Schere an. «Hier.»

Verbirgt sich Konkurrenzneid hinter dem Scherz?

Nein, ganz entschieden nein: Ich bin nicht eifersüchtig. Im Gegenteil, ich bin Komplicin und höchstens ein bißchen erregt durch die ganze Atmosphäre. In Gedanken fragt Marie sich schon, welche Rolle nach dieser Abendtoilette auf sie wartet.

Niemals, du in Frottee gehüllte Schönheit aus Feuer und Perlmutt, bist du so selbstlos bedient worden!

Geduldig und unnachgiebig kostet meine Hand, wenn sie sich an dieses sanft frottierte Fleisch wagt. Auf der Schulter sich wölbend, unter die Achsel gleitend, behutsam unter der Brust, wandert sie dann ruhig hinab. Bist du auch geschickt genug bei diesem gewagten Vormarsch? Noch einmal eine Liebkosung, die nicht wagt, ihren Namen zu nennen, und du wirst mit dieser unwirklichen malvenfarbenen Seide bekleidet.

Meine Inbrunst war willkommen, und die stillschweigende Übereinkunft erwachte von neuem. Der erlesene Gegenstand meiner pflegerischen Zuwendungen nimmt am Frisiertisch Platz. Dann klopft es zweimal. An der Verbindungstür? Ihr lächelnder Blick im Spiegel läßt mich wissen: Er soll warten!

Seit Ewigkeiten, wahrhaftig, bin ich die Dienerin, die ihre Herrin schmückt. Trotzdem wird aus diesem betörenden Vergnügen allmählich ein Spiel, dessen Geheimnis nur sie kennt.

Vergoldetes Blut, gebräuntes Gold, dunkel schimmernde Glut. Meine Hände lösen den schweren Knoten, tauchen in die hinabstürzende, zerfließende Flut. Meine gespreizten Finger fahren in den Duft und kämmen die provozierende Fülle in immer ausschweifenderen Zügen. Und für einen flüchtigen Moment kann ich mir – weil es nicht meine Haare sind – besser vorstellen, wie sich die männliche Begierde an ihnen schon bei der Berührung entzündet.

Die unermüdliche Zärtlichkeit schärft das Eisen für die Falle, die Madame gleich legen wird. Ich höre Bilitis singen, während meine Bürste in der Flamme knistert, die im Schloß meiner Hand gefangen ist. Der grüne Blick im Spiegel nimmt die Ansteckung wahr. Ich merke, daß ich mich in eine Odaliske verwandle.

Von dem vorgeneigten Kopf schwingt jetzt die Mähne herab und nah am Ohrläppchen beginnt die feinfühlige Bürste sie zu striegeln.

Wie zart ist doch der weibliche Körper... Ich bin entzückt über meine eigene Zuvorkommenheit.

Gefährliche Schönheit. Welch feinen Kontrast erzeugt noch die winzige rosa Muschel an der Quelle eben des Stroms, den meine Hand anschwellen läßt... Vergleiche (O Baudelaire!) diese schlanke Taille mit der Weite dieses Beckens. Oder die großen grünen, goldschimmernden Augen mit diesem kleinen Mund, der sich für einen Moment auf dem Gesicht einer sanften Träumerin kräuselt.

Verstecktes Lächeln: Meine Augen senken sich bei dem

skandalösen Bild, das mir in den Sinn kommt. Langsam und voller Zärtlichkeit breite ich die glänzende Flut über die Schultern aus.

Sie erhebt sich und zieht mein Gesicht mit den Fingerspitzen wortlos zu ihrem heran. Nahe heran an diesen zweideutig flimmernden Blick. Ich bin ganz Hingabe. Plötzlich, wie zum Spaß, legt sich ihr Mund auf meinen. Dann, ganz entschlossen, preßt sie ihre fleischigen Lippen auf meine; daraus wird eine Liebkosung, die meine Zunge nicht zurückweist, sondern heimlich erwidert.

Ich erröte, lege die Bürste hin – den Finger auf dem Flacon, in dem heimtückisch, unbeweglich und abrufbereit das Parfum schlummert – und blicke sie fragend an. Zustimmung, die malvenfarbene Seide gleitet zu Boden.

Ich greife ihr Haar und versprühe das Gift: hinter das Ohr, dann, auf den Knien hockend, auf die Wölbung der Hüften. Die Priesterin wird kühner; ich massiere die milchige Haut mit einer Liebkosung, die auf einer üppigen Rundung ausläuft.

Während ich mich erhebe, lächelt mir die wohlgerundete Venus über die Schulter zu. Jetzt die Brüste von unten, reife Früchte, von meinen Händen gesalbt und gewogen. Schließlich, ich bin wieder auf den Knien, die Scham. Eine Hand führt meinen Mund mit leichtem Druck unter die Wölbung ihres Bauchs, dann ein kurzes Verweilen und das Schlußsiegel gemeinsamer Liebeslaunen ist gesetzt.

Hinter der Tür wird jemand ungeduldig. Schnell die rosa Seide über diesen polierten Marmor, darüber breite ich ein letztes Mal die Haarflut aus.

«Geh! Gute Nacht, Marie.»

Mein Mund spitzt sich zu einem Anflug von Respektlosigkeit: «*Gute Nacht*, Madame.»

Heute abend werde ich auf der Schwelle von Lesbos verweilen.

*

Thérèse C. an Pierre F.
Paris

La Châtaigneraie, den 28. November 19..

Mein Lieber,
Ihr Brief von heute morgen beunruhigt mich so sehr, daß die Antwort keinen Aufschub duldet.

Monsieur de B. hat Ihnen also doch geschrieben. Das war ja ohnehin klar. Vielleicht sogar mehrmals, wenn ich Ihre Anspielung auf diese Einladung, «deren wahrer Grund deutlicher werden wird», recht verstehe.

Wenn Sie mich wenigstens früher benachrichtigt hätten. Ich bitte Sie, mein Freund, geben Sie eine Reise oder irgendeinen widrigen Umstand vor, aber verschieben Sie diesen Besuch, denn noch ist Zeit dafür.

Begreifen Sie mich doch: Hier wünscht niemand mehr als ich, Sie zu sehen. Das muß ich Ihnen doch nicht sagen, oder? Aber in dieser Situation! Und nach dem, was ich Ihnen von den Personen berichtet habe, denen Sie mich hier unterstellt sähen!

Ich bezweifle nicht – dafür kenne ich Sie zu gut –, daß Sie diesen Umständen durchaus etwas Pikantes abgewinnen könnten. Und ich hätte schon seit langem auf diese Ihre Kühnheit gefaßt sein sollen. Jedoch kann ich mich nicht urplötzlich mit dieser Aussicht abfinden. Ich bitte Sie nochmals: Lassen Sie mir zumindest die Zeit, darüber nachzudenken.

Auf jeden Fall würde es mich sehr wundern, wenn man Sie im Augenblick drängte. Man ist viel zu sehr damit beschäftigt, in den siebten Himmel aufzusteigen. Vertrauen Sie mir und warten Sie mit der Befriedigung Ihrer Neugier (das ist doch exakt Ihr Beweggrund, nicht wahr?), bis dieses rührende Verlangen nach Einsamkeit zu zweit sich gelegt hat. Durch die Aufmerksamkeit, die sie Ihnen zukommen lassen könnte, würden Sie unsere Gastfreundin um so mehr zu schätzen wissen. Um nur von ihr zu sprechen.

Wie gesagt, Sie reagieren auf meine Aufforderung mit einer Ausrede. Wollen Sie doch damit vertuschen, daß es gefährlich wäre, mir diesen Brief zu schicken. Verbirgt sich nicht doch hinter Ihrer vorsichtigen Ausdrucksweise, in allem, was Sie mir schreiben, eine gewisse Angst?

In der Tat ist Ihr Versprechen, nur das Dokument zu *überreichen*, allenfalls dazu geeignet, mich zu nötigen. Merken Sie sich, daß ich darauf nicht hereinfalle.

Das Ende Ihres Briefs, in dem Sie sich über meine Gewissensqualen auslassen, gefällt mir schon besser. «Miteinander verbunden», das sind wir tatsächlich, und hierin glaube ich Ihnen aufrichtig.

Dafür verdienen Sie heute mein Pardon.

Ich beschwöre Sie noch einmal: Lassen Sie sich auf diese Einladung nicht ein, ohne sich vorher mit mir zu beraten. Bleiben Sie noch eine Weile der geheime Zeuge.

Bevor ich mich umstimmen lasse, küsse ich Sie schnell

T.

PS: Es ist legitim, wenn Sie mir das Kompliment hinsichtlich der Eifersucht wieder zurückgeben. Ich gestehe, daß die Ankunft von Madame de N. Maries Frieden (?) für einige Zeit gestört hat. Dennoch – es ist nicht dasselbe. (Für ein weibliches Gemüt, werden Sie sagen, ist es *niemals* dasselbe. Das stimmt: Möchten Sie etwa einen Simon mit einer Madame de N. vergleichen?)

Im übrigen werden Sie bei der Lektüre dieser Blätter erkennen, daß Ihre Marie Fortschritte macht... Machen Sie sich selbst Ihren Reim darauf.

*

30. November (vor dem Schlafengehen)

Grausam ist sie… zärtlich und grausam!

Mein Dienst ist beendet, ich lege die Bürste auf den Frisiertisch. Als sie sich erhoben hat, zieht sie mich an sich, berührt meine Taille nur mit den Fingerspitzen.

Mein Herz will sich schon einer frischen Erinnerung hingeben, aber in ihrem Blick flackert etwas auf.

«Weißt du, was ich jetzt tun werde?»

Ich spüre den Zynismus, der folgen wird, und senke die Augen.

«Sieh mich an!»

Ihre Pupillen werden noch größer. Ihr Blick versprüht wahrhaftig mehr als nur Ironie. Es liegt etwas Scharfes und zugleich Zärtliches darin. Teuflisch und mit kaum wahrnehmbarer Stimme *artikuliert* sie ihre Worte. (Natürlich, das Scheusal, die Verbrecherin, sie wird mir sagen, was sie jetzt tun will!)

Wir stehen beide unbeweglich da. Langsam und unvermeidlich erröte ich. Zärtlich, in der Tat, umschlingt die Grausamkeit ihr kostbares Opfer. Gebannt, widerstandslos, läßt es sich von diesem unfaßbaren Netz umgarnen. Und ich versuche ein kleines Lächeln.

«Denk an mich heute nacht!»

Ihre Finger drücken fester in meine Taille. Tropfen für Tropfen verabreicht sie mir ihr Gift.

«Ich will, daß es dich wach hält.»

Sie kostet es aus, sie lacht hemmungslos, ein tiefes, perlendes Lachen. Dann, eine letzte Berührung, legt sie ihren Mund auf meinen.

«Wann bereitest du morgen früh die Toilette für Monsieur vor?»

«Um sieben Uhr, Madame, wie immer.»

«Gut. Geh jetzt!»

Ich gehorche sofort und wie verhext. Um keinen Preis möchte ich erleben, wie sich diese Verbindungstür öffnet!

1. Dezember

Warum, in Gottes Namen, sind wir im großen Salon? Ich stehe am Kamin und spüre unter meinen nackten Füßen die Haare des Fells zwischen den Zehen. Auf dem Plattenspieler, diesmal erkenne ich es, quält Tartini seinen Violinbogen mit dem *Teufelstriller*.

«Madame» kommt zu mir. Wann war es doch noch, daß ich auf diesem Mund dieses diabolische Grinsen gesehen habe? Oh, Schreck: Ihre Hand geht ihr voraus, eine Schere schwingend, auf der die Flamme des Kamins wilde Reflexe erzeugt.

Mir ist, als sei da irgendwo im Schatten auch noch Monsieur und als lächle er auch. Panisch sträubt sich mein ganzer Körper.

«Warum hast du Angst? Du weißt sehr wohl, daß ich dir nicht weh tun werde!»

Ich flehe sie an, aber ich höre meine Stimme nicht. Ich möchte fliehen oder mich auf die Knie werfen... Ich bin wie versteinert.

Auf der Höhe meiner Brüste hat sie einen meiner Zöpfe ergriffen. Als sie ihn an sich zieht (wo habe ich dieses Bild schon einmal gesehen?) streicht ihr Daumen über das geflochtene Haar. Ihr Lächeln wird breiter, es weidet sich an meinem Schrecken. Ganz nahe vor meinem Gesicht öffnet sie die Klauen ihrer Waffe. Ich *fühle* den kalten Stahl an meinem Ohrläppchen.

Mit einer übermenschlichen Anstrengung will ich sie schließlich zurückstoßen. Unbesieglich hängen meine Arme am Körper herab. Und plötzlich *höre* ich die Schneiden unerbittlich im Haar knirschen – ein Lärm, der nur von dem unheimlichen Schnappen des Metalls unterbrochen wird. Und jetzt fühle ich auf der linken Seite meiner Kopfhaut, daß das Gewicht fehlt, welches mir gerade amputiert wurde. Dieses so leichte Gewicht, doch es wurde mir geraubt wie ein Stück meines inneren Ich.

«Sieh», sagt sie und schwenkt vor meinen tränenden Augen die dicke Trophäe, die sich spöttisch hin und her bewegt.

Sie ergreift gelassen den anderen Zopf und läßt sich Zeit. Ich sehe es kaum, ich errate es: ihr Gesicht nahe an meinem. Sie nimmt sich meinen Mund, und – o Gott! – in tiefster Verzweiflung kann ich nicht anders, als im Salz meiner Tränen ihre Zärtlichkeit zu erwidern.

Von neuem öffnet die Schere ihre grausamen Kiefer.

Und bevor sie zubeißen, erwache ich endlich, mit feuchten Schläfen. Die Hexereien haben natürlich ihre Wirkung nicht verfehlt. Vor diesem Alptraum hatte ich nur einen unruhigen Schlaf voll verworrener Bilder gehabt.

Als ich um sieben Uhr zum Zimmer von Monsieur hinaufstieg (nichts hätte mich dazu bringen können, unpünktlich zu sein), *wußte* ich es bereits.

Nachdem ich meinen kurzen Dienst in dem verwaisten Zimmer absolviert hatte, überraschte es mich nicht, hinter der Tür ein heftiger werdendes Klagen zu vernehmen, das mir nur zu vertraut war. Ich vergaß jeden Anstand und konnte mich nicht mehr zurückhalten, dem schamlosen Keuchen zu lauschen, dem Stöhnen, das eindeutig dazu bestimmt war, mich herauszufordern. Am Ende ein stolzes, maßloses, exaltiertes Röcheln.

Als ich eine Stunde später das Frühstück brachte, sah sie mich mit einem Lächeln an, das es mir versagte, sie zu hassen.

Ich denke, daß mir nichts schwerer fallen würde. Nichts könnte Marie, unter dem unsichtbaren Blick von Thérèse, daran hindern, dieses Wesen mit einem Eifer ohnegleichen zu umgeben.

3. Dezember

Simon

Ich mache mir einen Spaß daraus, ihm auszuweichen. Trotzdem erwischt mich seine zischelnde Stimme auf den untersten Treppenstufen: «Marie...»

Sein Mund öffnet sich und bleibt stumm. Seine Hand liegt auf dem Geländer und sein Albinogesicht wendet sich zu mir hoch.

Die Stille spricht Bände, eine Geste der Hilflosigkeit.

Einen Moment bleibe auch ich stumm. Dennoch habe ich nicht den Mut, so zu tun, als verstünde ich nicht. «Du weißt genau, daß es unmöglich ist.»

Seine Kiefer verkrampfen sich wie unter einem körperlichen Schmerz.

«Übrigens habe ich dich gewarnt.»

Ich sehe, wie sich im Winkel des blassen Augapfels zwischen den Wimpern deutlich eine Träne bildet, die anschwillt, schwankt und dann, ohne zu fallen, auf den Rand des Augenlids gleitet. Seine Hand zittert ein wenig und wandert vorsichtig am Geländer hinauf.

Nur um etwas zu sagen, füge ich noch hinzu, ohne daran zu glauben: «Vielleicht später, wenn ich kann... Ich werde dir ein Zeichen geben.»

Er senkt den Kopf und bewegt sich auf den Keller zu. Irgend etwas rührt sich gegen meinen Willen doch in mir, während ich zusehe, wie diese jungen Schultern plötzlich zucken.

Solange Maries Dasein von Willkür bestimmt ist, kann es nicht mehr bedeuten als eine verschwiegene Unterbrechung im Innern dieses Hauses.

Cythère

Marie, die Träumerin, vor ihrem kleinen runden Dachfenster. Was sucht ihr Blick dort am blassen Himmel des Spätherbstes? Bewegt das unverhoffte Ereignis sie noch immer?

Wir hatten seit gestern einen jungen Gast. (Da ich meinen Part in der Gastfreundschaft keineswegs verweigerte, erhebe ich auf dieses «Wir» einen gewissen Anspruch.) Höchstens 22 Jahre alt, kurzes, gekräuseltes Haar, schneeweiße Zähne unter einer griechischen Nase, die moderne Verkörperung von Michelangelos *David*.

Als er mit dem Schloßherrn vorüberging, schenkte er mir ein letztes Lächeln voll heimlicher Übereinstimmung. Soeben ist er zurückgefahren. Der Sportwagen glitt dröhnend hinaus. Suchte dieser letzte Blick nicht Marie hinter einem der Fenster?

Monsieur de M., ein kräftiger Sprößling des Landadels, ist ein Vicomte. Da er von seinem Vater wegen irgendeiner Pachtverhandlung geschickt worden war, hatte man ihn gebeten, zum Abendessen zu bleiben (hier wird das Diner mittags gereicht). Die Gastgeber, die von seinem heiteren Wesen ganz betört waren, hatten im voraus darauf bestanden, ihre Gastfreundschaft zu verlängern. Man hatte mich beauftragt, das gelbe Zimmer herzurichten.

Ein betörendes Wesen? Marie selbst wäre es nicht eingefallen, dies zu verneinen. Erst recht nicht, nachdem ihr «zufällig» in diesem Blick aus nußbraunen Augen ein gewisses schmeichelhaftes Interesse für ihre Wenigkeit nicht entgangen war. Eine unzweifelhafte Telepathie gab mir in diesem Punkt zu verstehen, was mir auch eine Begegnung in einer Ecke des Flurs nur bestätigt hätte: Jener Blick duzte mich ganz unverfroren.

Die Umstände (das weiß ich zur Genüge) verlangten ein liebenswürdiges Dienstmädchen. Das gab man mir mit einer arroganten Geste zu verstehen – in dem Zimmer nämlich, wo ich mich meiner Aufgabe entsprechend zu vergewissern hatte, ob unser Gast sich wohl fühle.

War es wirklich *Unverschämtheit*? Gewisse Bedenken ließen mich zweifeln; das ewig Weibliche jedoch hatte keine Zeit, darüber nachzusinnen, und ich summte ununterbrochen ein stilles Lied vor mich hin.

Sie sind nur ein Dienstmädchen; wo beginnt und wo endet in diesem Status der Anstand? Wie reagiert man zum Beispiel auf die Hand, die sich so «unschuldig» verirrt, während eine andere am oberen Teil Ihrer Person frisch und munter eine Zwei-Fronten-Abwehr unterläuft?

Schließlich glaube ich doch, daß dieser Mund sich nur halbherzig wehrte, und außerdem hätte ihm ein solcher Kuß einen «erbitterten» Widerstand überhaupt nicht gestattet.

Ob ich wohl, viel später und in Erinnerung versunken, vage gelächelt habe? Am Frisiertisch sitzend, den Kopf in meine Hand geneigt, schien Madame jedenfalls auf eine recht beunruhigende Weise einen intimen Gedanken zu beantworten:

«Bevor Sie schlafengehen, Marie, würde es sich doch wohl schicken, wenn Sie sich überzeugen, daß Monsieur de M. Sie nicht mehr braucht.»

(Lügnerin! Wenn sich das für Ihre Absichten *schickt*, ist es um diese Zeit aber nicht mehr *schicklich*. Ist Ihnen klar, woran Sie mich da ausliefern?)

Meinem Leser zuliebe werde ich mich auf einen heuchlerischen Dialog einlassen. Aber wer wird die Gewissensnöte eines Dienstmädchens ausdrücken, das sich anständigerweise vor Zweideutigkeiten hütet?

«Das ist kein Befehl, Marie!»

«Ich werde Madame trotzdem gehorchen.»

Ja nun, lieber Leser! Was hätte, wenn es nach Ihrem Willen gegangen wäre, Marie denn tun sollen? Trotzdem zögerte ihr Finger an der Tür zum gelben Zimmer.

«Madame schickt mich. Ich soll mich überzeugen, ob Ihnen auch nichts fehlt!»

«Gelobt sei meine Gastgeberin! Aber ja doch, Marie, kommen Sie herein!»

Na, was fehlte ihm denn? Kaum war die Tür wieder zugedrückt, machten sich auf der Stelle listige Hände daran, mir Bericht zu erstatten. Und – mein entfernter Beobachter wird sich nicht anschicken, es zu verurteilen – mein Widerstand war aus Mangel an Überzeugung nur zaghaft. Aber noch einmal: Was sollte ich tun? Mich gegen den Zwang wehren? Ich weiß nicht, wie alles passierte (aber weiß man es je?). Kaum hatte ich Zeit gefunden, mich, wie es sich gehörte, ein wenig zu wehren, da sah ich mich schon – unter den goldenen Ranken des Betthimmels und überfallen von Schreien und keuchendem Gelächter – zur Niederlage gezwungen.

Gütig ist die Natur, sie kommt der Unterdrückten zur Hilfe... Und in der Unterdrückung selbst läßt sie sie eine Daseinsberechtigung entdecken. An dieser mangelte es wirklich nicht. Die Nacht war wie eine sonderbare Fabel, in der das heimtückische Lamm, das fälschlicherweise in Bedrängnis geraten ist, sich langsam in den Anstifter jugendlichen Ungestüms verwandelt. Mehr noch: Findet in diesem Kampf, der immer wieder anhebt, weil nie ein Frieden unterzeichnet wird, das weibliche Gemüt nicht fortwährend neue Möglichkeiten, sich für eine grausame Mißachtung zu rächen?

Sollte dieses Gemüt (o Zensor!) die Boshaftigkeit soweit treiben und hier Einzelheiten ausplaudern?

Die Pendeluhr auf der Kommode entließ drei Stundenschläge, als ich – eine zerzauste, in die Enge getriebene Amazone ohne Sattel und Zaumzeug – einem seltsamen Gaul im Sessel die Sporen gab. Wie rücksichtslose Zeugen überraschten mich die kristallenen Glockenschläge rittlings über diesem zitternden Ausbund an Unverschämtheit – genau in dem Augenblick, da ich genüßlich langsamer wurde und mich der Folter unterzog, die «schon gut anfing» und noch besser endete.

Noch besser... noch besser! Auf dem steifen Instrument der Rache skandiert die innere Stimme der Ironie Silben, die sich jeder Bedeutung entleeren. Dann, unter Seufzen und Stöhnen, gerät sie ganz außer Kontrolle. Von einem Moment zum andern werden diese Hüften immer gewichtiger, immer überzeugender und überzeugter. Und jetzt, endlich gerächt, dieser röchelnde Mund über der feindlichen Schulter, die unter der Lust heftiger erbebt als ein zarter Zweig im Sturm.

Eine malvenfarbige und graue Wolke spielt hinter den Dächern der Wirtschaftsgebäude, und Thérèse bewacht Maries trügerischen Traum (vielleicht in den Fängen der Freiwilligkeit?).

7. Dezember

Das Antlitz von Lesbos

Erst heute ist Monsieur von seiner Reise mit meinem jungen Vicomte zurückgekehrt. Wird er jemals erfahren, was während seiner Abwesenheit aus dieser heimlichen Nacht geworden ist?

Als Madame de N. gestern abend am Telefon erfuhr, daß sie ihr Diner allein einnehmen würde, blickte sie, obwohl sie einen abwesenden Eindruck machte, doch besorgt drein. Ganz leicht, so nebenher, legte sie die Hand auf meine Hüfte.

Scherze, Liebkosungen: Marie serviert diese einsame Mahlzeit. Ahnend, was auf sie zukommen wird, spürt sie um sich herum, ohne es recht glauben zu können, wie schon ein heimliches, lustvolles Vergnügen sich daran macht, sie in seine Falle zu locken.

Armande geht auf ihr Zimmer. Gute Nacht, Armande; in dieser verdächtigen Ruhe, das wittern Sie mit Ihrer feinen Nase, entgeht Ihnen irgend etwas.

«Gehen Sie nach oben und ziehen Sie sich aus, Marie. Ich werde Ihnen läuten.»

Deutet sich in diesen peniblen Wünschen bei der Abendtoilette nicht eine kleine Veränderung an? Vielleicht verfeinert sich der Ritus auf unmerkliche Weise. Sicher spielt sie mit dem Feuer, die Odaliske, die sich hinter dem warmen Marmor niedergekniet hat.

Nachdem die Haare geglättet und über die rosa Seide ausgebreitet sind, muß sich diesmal Marie an den Frisiertisch setzen. Es ist ihre eigene Mähne, die mit einem genüßlichen Lächeln gelöst wird. Und darin vergnügen sich jetzt die manikürten Finger derjenigen, die Kammerzofe spielt.

Diese gepflegten Hände sind es, die sie entblößen und mit flüchtigem Charme einen symbolischen Widerstand beschwören. Sie sind es, die sie zu dem anderen zarten Fleisch im offenen Negligé heranziehen und ihren Mund den Rest jeden menschlichen Respekts verlieren lassen. Und es sind auch diese Hände, die die Benommene zum Bett geleiten und es schließlich aufschlagen.

Es war Marie, die das Licht löschte... Das übrige geht nur sie etwas an.

*

Ph. de B. an Pierre F.,
Paris

La Châtaigneraie, den 2. Dezember 19..

Mein treuer Freund,
nachdem ich es lange genug hinausgezögert habe, bin ich jetzt weiß Gott unverschämt genug, ungeduldig zu werden. Wir erwarten Sie.

Ergreifen Sie also Ihre Waffen, legen Sie die passende Jagdkleidung zu Ihrem Gepäck, kommen Sie und genießen Sie in meinem Wald einen wunderbaren Spätherbst.

Kommen Sie und lassen Sie uns am Kamin die Gamaschen

trocknen und wie versprochen die reizende Gesellschaft genießen, die ich mir seit drei Wochen egoistischerweise selber vorbehalte.

Kommen Sie und schockieren Sie mit Ihrer Pariser Gesinnung all die guten Freunde, die ich so rasch wie möglich mit Ihnen bekannt machen möchte. Kommen Sie, lassen Sie sich von diesem jungen Schützling verhätscheln, einer Bediensteten, die sich zum strahlenden Kleinod meines Personals entwickelt hat. Sie verweilen nur kurz oder (wenn Sie mir eine besondere Freude bereiten wollen) bleiben Sie lange. Sie werden tun, was Ihnen beliebt, und Ihr eigener Herr sein.

Ich erwarte Sie und bin Ihr

B.

*

9. Dezember

Schon wieder Simon

Gestern abend hat mich der Schreck getroffen. Ich hatte gerade den Riegel vorgelegt und Licht in meinem Zimmer gemacht, als er da war, beim Schrank. Etwas Ängstliches lag in seinem zynischen Befehlston.

«Stell dich nicht an!»

Ich klatschte ihm auf die gierigen Hände. Die roten Flecken verblassen.

Der Unterwürfige gibt sich beschwichtigend. Und trotzdem *will ich nicht.* Nein, Simon! Die skandalösen Ausschweifungen, die gerade hinter mir liegen, haben mich nicht gerade auf deine Grobheiten vorbereitet. «Verschwinde!»

«Hör doch, Marie...»

Der Schlaukopf erinnert mich daran, daß unten schon alles verschlossen ist. Der Schurke hat seinen Plan perfekt ausgeklügelt. Ach ja, er weiß, daß ich das Risiko nicht eingehe, zu dieser

Zeit hinunterzusteigen, um ihn hinauszuwerfen... Wart ab, Simon, wenn ich mich ergeben muß, wirst du es bereuen!

«Ich konnte es nicht mehr *aushalten*, Marie...»

Aus der Not wird eine Tugend. Er hat die Kette gewollt, die sich schon um ihn legt. Ich biege meine Taille nach hinten durch und stoße ihn mit ausgestreckten Armen zurück. Das «tugendhafte Mädchen» gibt zu verstehen, daß es sich nichts mehr aufzwingen lassen wird. Sie wird die Qualen dieser männlichen Ungeduld so lange fortsetzen, bis ihre Herrschaft eindeutig anerkannt ist.

«In Zukunft gebe *ich* das Zeichen, wenn mir danach ist.»

Der Vollmond tauchte mein Bett in sein Licht, wie einen Monat zuvor. Schwielige Hände, unwürdige Hände. Eine Erinnerung, ein heimliches Lächeln. Dann, von einem Angriff ungebrochener Leidenschaft geschmeichelt, lasse ich mich anbeten.

Wie beredt doch diese Inbrunst, die auf mir wie das Feuer einer Zündschnur entbrannte! Magd und Knecht am Abend eines langen Tages: ganz im trügerischen Zauber dieser niederen Liebe, und dabei, Glied für Glied diese Kette zu schmieden, die ich ihm schweigend versprochen hatte. Da ich nun schon einmal die Angebetete war, wollte ich auch anbetungswürdig sein. Von einer Laune angestachelt, erregt sogar von der Vorstellung meiner Willfährigkeit, wurde ich im Verlauf der Nacht die heißeste und geschmeidigste aller Herrinnen. Ja, der Bauerntölpel glaubte bald nicht mehr, in seinen Armen nur ein begeistertes Opfer zu halten.

Es ärgerte mich, daß ich ihm nichts verwehrte. Ich trieb die Doppelzüngigkeit so weit, daß ich mit der Einmischung von Thérèse rechnen mußte. Eine ganz seltsame Überzeugung trieb mich dem zweifelhaften Vergnügen entgegen, ihr selbst eine männliche Phantasie zu offenbaren.

Weder könnte ich mir vormachen, bei diesem Spiel nicht selber zweimal in die Falle geraten zu sein, noch könnte ich mit meinem Keuchkonzert dem grobschlächtigen Tyrannen einen Anlaß geben, nicht an sein siegreiches Finale zu glauben.

Dennoch ist er ein gefügiger Sklave. Noch einmal dann das geblendete Opfer, das vor Angst zitterte, alles zu verlieren, als ich ihn heute morgen klammheimlich in die Kälte des nächtlichen Hofs schickte.

*

Thérèse C. an Pierre F.,
Paris

La Châtaigneraie, den 10. Dezember 19..

Mein Lieber,
die Geheimniskrämerei des Briefträgers heute morgen konnte nur bedeuten, daß ein Brief von Ihnen dabei war. Schon bevor ich ihn öffnete, verriet mir eine hellseherische Ahnung, was er enthielt.

Also doch, man bedrängt Sie. Und Sie bedrängen mich Ihrerseits! Und da Sie nun seit zehn Tagen schon kein Lebenszeichen geben, muß ich Ihnen erwidern: Ich stimme zu, selbstverständlich. Denn ist es nicht so, daß die Wertschätzung, die Sie mir entgegenbringen, nun verlangt, daß ich voller Begeisterung eine Aussicht akzeptiere, in der Sie sich anbieten, über meine Notlage zu urteilen?

Wissen Sie, daß ich Ihren Schmeicheleien zum Trotz nicht übel Lust hätte, Sie abzuweisen?

Und ob Madame de N. Sie interessiert! Sollte ich nicht hierin den wahren Grund Ihrer Ungeduld suchen? Die ungewöhnliche Indiskretion dieser Umstände ist, soweit kenne ich Sie, weiß Gott geeignet, Ihren Blick zu schärfen. Es wird gewiß nur selten jemandem gestattet, nicht einmal neugierigen Personen wie Ihnen, die Nase in solche Intimitäten zu stecken. Gewiß wird meine «Gabe», mich Schwierigkeiten des Berufs zu entziehen, ebenfalls Ihren Beifall finden lassen. Aber sagen Sie mir, wem Sie ein heftigeres Interesse entgegenbringen: Ihrer Dienerin oder Madame de N.?

Wie ich die Umständlichkeit Ihres Satzes bewundere, mit dem Sie sich nach einer bestimmten *Schwelle* erkundigen... Nun, Ich glaube, in Wahrheit ist die Schwelle ein wenig überschritten worden. Mir würde es um so schwerer fallen, dies vor Ihnen zu verbergen, als Sie ja in diesen Zeilen ohnehin das verschämte Geständnis entdecken werden. Nach Ihrem Geschmack *zu* verschämt, denke ich. Um so schlimmer für Sie, mein Freund, Sie werden davon nicht mehr erfahren. Beklagen Sie sich gern noch einmal über die weibliche «Logik»; ich schätze dennoch, daß unser Vertrag in diesem Punkt freizügigere Herzensergüsse keineswegs vorsieht. Und außerdem üben Männer, was derartige Ausschweifungen betrifft, eine geradezu verkniffene Zurückhaltung. Merken Sie, daß ich Sie schockieren will?

Beruhigen Sie sich! Verbunden also mit diesem Geständnis einer Entwicklung, die mich nicht unberührt läßt, finden Sie zugleich noch das Geständnis zweier anderer... Zwischenfälle. Das Ganze hat, wie Sie noch sehen werden, Schlag auf Schlag das Dasein Ihrer friedfertigen Marie in Unruhe versetzt.

Wenn Sie in der Affäre mit dem Vicomte (aber ja, mein Lieber, Ihre Dienerin verschreibt sich ganz entschieden dem Adel!) etwas Romantisches entdecken, so spotten Sie nicht zu sehr darüber. Machen Sie sich lieber klar, daß vielleicht ein wenig Lust dabei im Spiel ist, Ihre Eifersucht wachzukitzeln, die zu verschlafen bleibt, wenn sie sich nur an einem armen Bauernknecht entzünden soll. Wenn auch allerdings gerade der... Lassen Sie mich Ihnen, treuer Freund, einen Abschiedskuß geben. Vergesse ich vielleicht gerade etwas? Wo hatte ich nur meinen Kopf? Ging es nicht um eine Antwort? *Wirklich?* Werden Sie etwa behaupten, niemals besorgt gewesen zu sein?

War dieser Kuß gerade eben so vernünftig? Ach, kommen

Sie, Dämon, und bilden Sie sich mit eigenen Augen ein Urteil über Ihr Werk. Kommen Sie und vermehren Sie die Qualen (ich weiß sehr wohl, womit), in die Sie mich getaucht haben.

Kommen Sie, trügerischer Heuchler, und besiegen Sie

Thérèse und zugleich Marie

PS: Dank für die Übersendung des neuen afrikanischen Briefs. Wieder einmal zwingt mich Ihr Versäumnis zur Unpünktlichkeit. Könnte es Ihnen nicht genügen, was Sie aus dem Schicksal dieser entfernten Person ohne deren Wissen gemacht haben? Müssen Sie auch noch mit Kleinigkeiten Ihre Ungnade vergrößern?

PPS: Ich muß Sie wohl kaum an eine gewisse Mahnung erinnern. Pech für Sie, wenn Ihr Gedächtnis Lücken aufweist! Ich wäre durchaus fähig, Sie beim Servieren der Gerichte zu übergehen. Besser noch: Arsen in Ihre Speise zu mischen!

*

11. Dezember

Aline sagt mir, daß Simon heute den Hof von La Châtaigneraie verlassen hat (vorübergehend, wie sie meint). Weich wie Seide und voller Freundlichkeit folgt mir ihr Blick.

Armer Simon! Victor schickt ihn auf einen entfernten Hof, wo er einen schwerverletzten Knecht ersetzen soll (einen «Domestiken», heißt es hier), der für mehrere Wochen ausfällt, vielleicht für Monate. Es ist ein Hof, wo es bereits an Arbeitskräften mangelt, da die Grippe die Dörfer der Region heimgesucht hat. Heute morgen ist er ein letztes Mal gekommen, um im Heizkessel Feuerung nachzulegen. Er habe noch nach mir gespäht, sagt Aline, mich vergeblich mit den Augen gesucht... Wie ein «Gequälter», fügte sie hinzu.

12. Dezember

Man hat uns von einem unmittelbar bevorstehenden «Besuch» unterrichtet. Meinem Herrn bereitete es Vergnügen, sich mir gegenüber recht geheimnisvoll zu geben. Als unsere Blicke sich trafen, war ich die Unschuld selbst.

Als Madame de N. mit mir die Zimmer durchging, die «empfangsbereit» sind, sollte es unbedingt das *gelbe* sein.

14. Dezember

Seit einigen Stunden schon atme ich auf. Es ist zwar noch lange nicht alles überstanden, aber war es nicht weiß Gott schlimmer, als Marie am späten Vormittag hinter ihren Herrschaften herschritt und sah, wie auf dem Kiesweg ein Auto hielt, das sie gut kannte?

Ausrufe, gegenseitige Vorstellung und schon die ersten Verführungsaktionen dieses verwegenen Kerls. Und dann nähert sich das Dienstmädchen, um das Gepäck zu übernehmen.

«Guten Tag, Marie.»

Habe ich unter den Blicken, die mich beobachteten (man hatte bis zum Schluß den Namen des Besuchers geheimgehalten), den richtig nuancierten Ausdruck der Überraschung getroffen? War das Lächeln zu meinem Knicks bescheiden genug?

Ich zitterte. Bevor Monsieur die Gäste durchs Haus führte, begleitete er mich zum Zimmer seines Gastes, ohne zu ahnen, welche Hilfe es für mich bedeutete, daß er mir auf diese Weise ein unvermitteltes Tête-à-tête ersparte. Trotzdem, diese beiden Männer, ganz in meiner Nähe...

«Freut es Sie, Marie –» danke für diese Anrede – «Monsieur wiederzusehen? Ich glaube, Sie kennen ihn ein wenig?»

«Ja, Monsieur.»

War mein Kommentar, begleitet von der Andeutung eines Knickses – an deine Adresse, du Schwindler –, hinreichend anmutig?

«Ich verdanke Monsieur sehr viel.»

Natürlich ist es Marie, der die Ehre zuteil wird, das Essen zu servieren. Von drei Blicken, die sich zuweilen begegnen, ist nur einer *wissend*, doch dieser bleibt diskret. Neben diesem vollendeten Schauspieler bin ich nur ein Kind. Er wird die Fiktion, mein geduldiges Werk, nicht zerstören. Im Gegenteil, seine Vorsicht bewirkt, daß ich meine Rolle noch ein wenig sicherer spiele. Oh, du Ungeheuer, du Verräter, was würdest du sagen, wenn irgendein Zufall, von Gerechtigkeit erfüllt, mich zwänge, den Inhalt dieser Schüssel über deinen Kopf zu gießen?

Wie könnte ich, die Taille von einer Schürze symbolisch eingeschnürt, Befehlen gehorchend, abgerichtet und unterwürfig – ja, wie könnte ich dieselbe Luft atmen wie er?

Ist es im übrigen möglich, daß aufmerksame grüne Augen hinter allem Eifer nicht doch eine gewisse Verzweiflung wahrnehmen?

15. Dezember

Als es Nacht geworden war, lauerten mir diese Augen schon wieder auf: im Frisierspiegel. Woher nahm ich meinen Mut?

«Rät mir Madame, mich zu vergewissern, ob es Monsieur F. zu seinem Wohlbefinden an nichts fehlt?»

Unsere Blicke treffen sich.

«Wünschen Sie einen Befehl, Marie, oder eine Erlaubnis?»

«Einen Befehl, Madame!»

Was sollte ich mit einem Befehl anfangen! Mein Los stand fest. Die Tür zum gelben Zimmer war offen, dieses seit Stunden vermiedene Tête-à-tête erwartete mich... Er kam auf mich zu, wortlos wie ich, auf den Lippen ein eigenartiges Lächeln, das er nicht unter Kontrolle hatte.

Er schließt die Tür, lehnt sich mit dem Rücken an, flüstert halblaut und unausstehlich spöttisch: *«Gelobt sei meine Gastgeberin!»*

Du erkennst es also, dieses auserwählte Stück. Du nimmst es also auf Dich, Verräter, den richtigen Ton zu treffen. Weißt Du, daß Du Thérèse beleidigst?

Aber diese Taille, die Du schließlich umfaßt, diese Lippen unter Deinem Mund, gehören sie nun ihr oder Marie? Wirst Du bestreiten, daß sich in Deine Umarmung nicht auch Zweifel einschleicht?

Nein, sprich nicht, ich flehe Dich an! Findest Du Deine Thérèse wieder? Aber willst Du es überhaupt? Was! Dieses Fleisch, auf dem Deine Hände so oft gereist sind, o geduldiger Geograph, sollte wirklich *gezeichnet* sein?

Sag jetzt, bist Du mit Deinem Werk zufrieden?

16. Dezember

Gastfreundschaft ist schön und gut, aber ein Dienstmädchen braucht Erholungspausen. Nach zwei Nächten fieberhafter Höflichkeit, zwei Nächten voller Lust und Pein (ist Dir eigentlich bewußt, daß Deine Anwesenheit mich sogar in tiefer Nacht zwischen Thérèse und Marie zerreißt?), sah ich heute morgen ziemlich erschöpft aus.

Ist jene, die ich in Deiner Gegenwart meine Herrin heißen muß, verärgert, vielleicht ein wenig eifersüchtig? Weiß man, wohin gewisse Vorahnungen führen? Was malt sie sich aus – sie, die nicht weiß, was zwischen uns ist? Wer hat in ihr plötzlich das Verlangen geweckt, mich zu erniedrigen? War ich zu ungeschickt gewesen oder hatte ich nicht schnell genug gehorcht?

Aber Sie schlafen, mein Mädchen! Und es mußte in Deiner Gegenwart gesagt werden. So wird man auf einmal wegen einer Lapalie fähig zu töten.

... Ich gehe zu weit, gewiß, wegen einer bloßen «Redensart». Ich wäre dazu durchaus nicht in der Lage gewesen; so leicht wird Fiktion zur Realität. Wie wenn ich das Gefühl gehabt hätte, die *tatsächlichen* Pflichten einer Dienerin versäumt zu haben. Selbst Deine Anwesenheit ist, wie Du siehst, keineswegs stark genug, mir die wohltuende Vorstellung zu verschaffen, daß ich mich allem doch nur freiwillig unterziehe.

Ah, Du Schurke, Deine verlogene Diskretion, mit der Du Dich tief in Deinen Sessel zurückziehst und Dich wer weiß was für einer Lektüre widmest! Ich hätte auch Dich töten können, weil Du die Verlegenheit Maries mitansehen durftest, die den Kopf unter dem ersten Donnerwetter ihrer jungen Laufbahn senkt.

Ihre Dienerin, mein Lieber! Sind Sie zufrieden?

17. Dezember

So, die Messieurs sind gegangen. «Monsieur» und «Monsieur», sollte Marie besser sagen. (Schauen Sie, ob Ihnen die förmliche Anrede zusagt!) Schöne Ritter, reiten zur Jagd aus und lassen eine Dame mit ihrer treuen Dienerin allein zurück. Ihr schönen Ritter, war das wohl überlegt?

Obwohl eure Abwesenheit bis morgen dauern dürfte (wir sehen heimliche Schlemmereien und männliche Grobheit voraus!) hat man das Angebot ausgeschlagen, euch zu begleiten. Ist die Amazone vom Unterholz erschöpft? Oder (Blasphemie!) möchte sie sich für einen Moment von diesem sie überfallenden Geschlecht erholen?

Ebenso wird Marie, die wegen der ausziehenden Krieger früh aufstehen mußte, in dieser letzten Nacht ein paar unerläßliche Stunden Schlaf gewinnen. Und was wird sie verlieren, Du verschlagener Peiniger?

Ah, neugieriger Geist, irgend etwas bringt mich darauf, daß Deinem unverschämten Durst wieder einmal ein kleines Geheimnis entgeht (dasselbe nämlich, dessentwegen Du vor ein paar Nächten die arme Marie vergeblich mit Deiner heimtückischen Inquisition verfolgtest)... Etwas Liebkosendes in den Augen meiner Herrin.

Winzige Rache für Deine Verfolgung? Ich lächle still in

mich hinein, oh, Du wirst davon nichts erfahren! Jedenfalls nicht vor der Lektüre dieser Zeilen in Deinem fernen Paris.

18. Dezember

Mutter römischer Ausschweifungen...

Mit einer kurzen Bewegung hielt sie meine Hand fest. Diesmal wollte sie keine völlige Dunkelheit. Doch um die Scham der Odaliske zu schonen, warf sie den ersten besten Schal über die Nachttischlampe. Und durch die rote Seide schimmerte jetzt dunkel das Geheimnis, das aus der Sklavin – oh, Verwirrung! – bald eine fremdartige Herrin machen sollte.

Denn auf die gemeinsamen Spiele folgte jetzt eine lange Belagerung, bei der die zeitweise Herrschaft nach und nach geopfert wurde. Als sei ein lange unterdrücktes Bedürfnis nach Bewunderung, von dem sie selbst kaum etwas ahnte, durch die «unschuldige» Berührung des zärtlichen Objekts ihrer Leidenschaft plötzlich erwacht. Alles Dienen war vorbei und groß war die Verwunderung der am Vorabend noch unterjochten Marie. Wie fieberhaft genoß sie, von einer Laune erhöht, in dieser vertauschten Welt die Rolle der leidenschaftlich Angebeteten.

Mutter römischer Ausschweifungen und griechischer Lüste!

Erinnerst du dich, Pygmalion? Thérèse, das bürgerliche junge Mädchen, entdeckte unter deiner strengen Aufsicht die rhythmische Musik der «verbotenen Gedichte». Ihre dunkle Schönheit kam meinem naiven Geist (ein Dämon trieb dich, ihn zu verderben) damals recht förmlich vor.

Es ist eine ausgleichende Gerechtigkeit, daß ich heute, da mein Herz dich tadeln muß, ihren ganzen Sinn erfasse. Diese Verse, o geschätzter Meister, steigen jetzt mit solchem Klang aus der Einnerung auf, daß ich sie Ihnen in ganzer Länge zitieren könnte. Vielleicht würde dabei ein bißchen Wehmut in Ihnen aufkommen – wer weiß?

Ist sie nicht seltsam, diese Dienerin?

Es ist leicht zu verstehen, daß die arme Marie fasziniert beobachtete, wie in diesen heimlichen Stunden alle Werte ins Schwanken gerieten. Weil ihr Fleisch schön ist, aber auch weil sie «ergeben» ist, kapriziert sich ihre Herrin darauf, sie anzubeten. Und sie spürt, daß, ganz gleich was geschieht, dieses heiße Verlangen, das ihr allen Vorrang opfert, diesmal nicht so schnell erlöschen wird.

Damit die Lust vollkommen sei, verlangte man wohl, daß sie sich in die «Hippolyte» des Dichters verwandelt. Sie besitzt aber leider deren *jugendliche Treuherzigkeit* nicht. Dennoch, *wie ein starkes Raubtier, das seine Beute belauert,* als «Delphine» *zu ihren Füßen, gelassen, heiter und voll Wonne.*

Als letzte Weihe hatte man Marie auch in der Nacht zum Schlafen bei sich geduldet. Sie hätte darauf stolzer als auf alles andere sein können. Noch tief im Schlaf zärtlich vereint, lag Fleisch an Fleisch, und die Haare vermischten sich.

Vom langen, kraftlosen Morgen schweige ich lieber. Wenn Marie auch tagsüber einen greifbaren Beweis brauchte, daß das alles kein Traum war, so mußte sie sich nur erinnern, daß eben noch...

«Marie?»

Ich war in den Salon getreten, wo sie ihr Frühstück erwartete, das sie allein einnahm. Da ihre Augen mich darum baten, trat ich an ihren Schaukelstuhl. Sie vergewisserte sich, daß niemand uns sah, und ließ ihre Hand von meiner Taille bis zu meinen Kniekehlen hinabgleiten. Sie drückte mich fest an ihre Knie, und im nächsten Augenblick konnte ich sehen und fühlen: Der fahlgelbe goldene Haarknoten beugt sich schnell nach unten, ihr Mund berührt die tiefste Stelle meines bekleideten Bauchs, dann hebt sie das Gesicht, wirft mir aus der Halbdstanz noch einen Kuß zu und schenkt mir am Ende ihr unnachahmliches Lächeln.

Prächtige Ritter, die Ihr zurückkehren werdet, schuldhaft wird Euer unbedachtes Eindringen in eine eifersüchtig gehütete Welt sein. Leichtfertig und gewiß auch grob und ungeschickt. Von Euch beiden wärst nur Du allein, o hellsichtiger Geist, vielleicht fähig, in den Augen von Thérèse zu lesen. Doch Thérèse gibt es nicht mehr, denn Du wolltest es so. Die Dienerin Hippolyte wird sich verhalten wie ihr Rang es gebietet, und sie wird den Blick senken. Was die Augen Delphines angeht, so schenke ich ihnen mein Vertrauen. Sie wird Eurer banalen, gestiefelten Männlichkeit kaum die viel zu kostbaren Geheimnisse der «männlichen Sappho» verraten. Diesmal, meine Herren, erwartet Sie ein solidarisches Bewußtsein, und es trotzt, ohne daß Sie es erfahren, Ihrem gottlosen Denken, denn *was können die Gesetze der Gerechten und der Ungerechten uns bedeuten*?

Wenn Du dies liest, bin ich fern von Deinen Blicken und Deinen möglichen Vorwürfen. Da Du Thérèse verrätst, zahlt Marie es Dir heim, wie Du siehst. Um Dich zu rächen, könntest Du ironische Bemerkungen über eine ziemlich literarische Verderbtheit machen. Wisse, daß ich diesen Akzent mit Absicht gesetzt habe. Es ist ein Hintertürchen für mein Schamgefühl. Wenn diese Färbung Dir lächerlich vorkommt, so werde ich sie in der Berührung mit Dir kaum wieder abreiben können. Was die Geziertheit angeht, von der Du sprichst: Ich habe sie ebenfalls von Dir gelernt.

Und Du wolltest Einzelheiten! Gegen alle Vernunft und alles gute Benehmen! Diese Neugier auf eine Welt, die Dich ausschließt, ist typisch für Männer Deiner Art, und Du mußt Dich sehr ärgern ... *Wo Venus allen Grund hat, Sappho zu beneiden.*

19. Dezember

Während ich mich entkleide, erinnert Dein Blick mich an einen anderen. Und an eine andere Umgebung. Ich biete mich dafür ja auch an. Unter Deinem inquisitorischen Blick lasse ich die

Diskretion jener letzten Abende außer acht und lege allmählich die Eigenschaften Maries ab.

Aber die Frau, die Du umarmst, die Du schweigend und leise lächelnd begehrst, die Frau, zu der Du mich machen *willst,* das ist doch gerade nicht Thérèse?

Ich bin noch nicht in der Lage, die Gefühle zu beherrschen, welche Du bei dieser auszulösen wußtest, denn Du zumindest ruhst so sicher in Dir selbst wie eh und je. Ich weiß nicht, ob ich Dir je vergeben werde.

Das Schlimmste ist, daß sich in das, was eigentlich unsere Komplicenschaft sein sollte, ein Zwiespalt einschleicht, gegen den ich machtlos bin. Ich weiß nicht, wie ich mich gegen den Rausch wehren soll, den Du in mir auslöst...

Aber noch weniger kann ich Dir verzeihen, daß Du Deine Thérèse mit dieser Marie betrügst, der ich nicht entgehen kann.

19. Dezember

F. M. S.

Alles in mir bestreitet, was doch deutlich zu sehen ist. Alles will Dir Deine Thérèse wiedergeben. Und Thérèse hat für diese wenigen Tage ihren «allmählich abgelegten Eigenschaften» eine hinzugefügt, die Marie nicht (oder nicht mehr) besitzt. Du wirst diese nackten Hüften unter dem Rock nicht kennenlernen, Du wirst nie erfahren, wie auch für einen anderen, der es zur Zeit verschmäht, dieses Fleisch *geprägt* ist.

20. Dezember

Ich mußte ihm also erlauben (wie sollte ich es ihm verbieten?), da es sein letzter Tag war, allein in mein Zimmer zu kommen.

Was wirst Du von diesem heimlichen Besuch mitnehmen? Welches Geheimnis suchtest Du mit Deinen diebischen Augen? Fehlte Dir dieses Bild so sehr, daß Du die Demut (es ist Deine Art) bis aufs äußerste verletzen mußtest?

Bis heute abend, Dämon! Da diese Nacht die letzte ist, so

wisse zumindest, daß dazu noch Zeit ist, Deine Thérèse wiederzufinden. Denn ich fürchte sehr, daß Du sie in Zukunft nie mehr ganz so wiederfinden wirst, wie sie einmal war.

Adieu, Deus ex machina! Ich werde dieses Heft vor Deiner Abreise nicht mehr aufschlagen.

*

Thérèse C. an Pierre F.,
Paris

La Châtaigneraie, den 22. Dezember

Liebster Bandit,
ich habe völlig erschöpft zwei Nächte lang wie ein Murmeltier in meinem Eisenbett geschlafen.

Stellen Sie sich vor, ein eigenartiger Mensch war fünf Tage lang hier im Herrenhaus zu Gast.

Hätte er sich mit seiner Rolle als Tagesgast zufriedengegeben, so wäre mein Dienst nur um die legitimen Pflichten der Gastfreundschaft erweitert worden (die Pflichten, welche die Herren verlangen und die Diener erfüllen!). Doch dieser seltsame Gast kam ausgerechnet nachts – können Sie das fassen? – mit den unglaublichsten Forderungen (mit welchem Liebestrank machte er mich gefügig?). Und er gab keine Ruhe, bis ich all seine Ansprüche erfüllt hatte (und Gott weiß, seine Anforderungen auf diesem Gebiet sind hoch!), die ihm als Gast, wie er meinte, zustanden.

Und hätte er sich mit normalen Gefälligkeiten begnügt (mein Charakter neigt sehr zur Nachgiebigkeit), so hätte ich es noch durchgehen lassen –

sogar mit einem gewissen Vergnügen, warum soll ich es verhehlen? Doch er mußte das *Bedienen* kräftig herausstreichen, als genüge es ihm nicht, daß er über mich verfügen konnte, als sei es auch noch nötig, daß ich sichtlich durchdrungen würde von der unendlichen Niedrigkeit meiner Stellung.

Unsere feinen Herren sind doch höchst seltsam. Sie haben so ihre Kapricen und dulden übrigens kaum, daß wir mit anderen als mit ihnen selbst Umgang haben, es sei denn mit ihresgleichen. (Ich denke an einen gewissen Knecht.)

Vielleicht ist Ihre Dienerin von dem ganzen Durcheinander angesteckt worden und läßt sich jetzt ebenfalls einfallen, die Dinge komplizierter zu gestalten? Als hätte sie einen solchen Tyrannen samt seiner Verfolgungen schon in irgendeinem früheren Leben *kennengelernt*? Als würde sie jetzt vergeblich versuchen, wieder Geschmack daran zu finden, wie an etwas (Sie merken, wie unwahrscheinlich das ist!), nach dem sie sich tief in ihrem Innern noch immer zurücksehnt.

Was sie allerdings nicht daran hinderte, die Gelegenheit zu nutzen (Sie können sich vielleicht vorstellen, wie) und sich anderswo für diese Qualen zu rächen...

Und doch dieser Hang zur Nostalgie!

Ach, Räuber, wäre nicht der Plan, den Sie kennen, ich hätte das Dienen und Unterwerfen schon gelassen und wäre zu dem Seigneur zurückgekehrt, der einige Tage hier war. Und hätte versucht (aber wäre das möglich?), wieder seine alte Thérèse für ihn zu sein.

Leider muß ich Geduld bewahren. Bevor ich die – ach so ehrgeizige – Aufgabe, diesen anderen Herrn zu unterwerfen, beginnen kann, muß ich abwarten, bis seine Gastfreundin abgereist ist. Wiewohl ihre Anwesenheit mich in gewisser Weise, wie Sie wissen, gar nicht belastet.

Sie erhalten mit diesem Brief auch die Tagebuchseiten, die ich während Ihres Aufenthalts verfaßt habe. Ich wollte nicht, daß Sie sie am letzten Abend lesen. Ich hatte sicher meine Gründe, nicht wahr? Jetzt bedaure ich bereits, daß in ihnen eine gewisse Stimmung, was Sie betrifft, ausgedrückt wird. Nicht, daß ich glaube – lassen Sie sich das gesagt sein –, ich hätte mich über Ihre Person getäuscht. Aber da ich Zeit zur Selbstbesinnung hatte, sehe ich besser, worauf Sie hier mit Ihrer falschen Neugier eigentlich aus waren. Wohl räume ich die Legitimität dieser Neugier ein, wenn ich auch den Zynismus nicht akzeptieren kann, der in ihr stillschweigend zum Ausdruck kommt.

Was aber nun jene andere Person betrifft und jenen Vorfall, der Ihnen entgangen ist, so erwarte ich zugegebenermaßen ebenfalls voll Neugier Ihre Reaktion. Ich bin also neugierig und ein bißchen ängstlich, doch auch fest entschlossen, Sie diesmal unbefriedigt zu lassen, falls Sie behaupten wollen, daß die Details, die Sie meinem Schamgefühl entrissen haben, Ihrem Geschmack nach zu sybillinisch seien. Mein Entschluß steht um so fester, als ich in diesem Punkt wie auch in vielen anderen nicht ohne Gewissensbisse bin (ein Gefühl, das Sie kaum kennen dürften).

Bei Ihrer Rückkehr, werden Sie auch diesen Brief von Monsieur de B. vorfinden, den ich so schwer bekommen konnte und den Sie hier vergessen haben.

Haben Sie diese hübsche Beschreibung des «Gebrauchs», den man von Ihrer untertänigen Marie zu machen gedenkt, tatsächlich «vergessen»? Ihr bizarrer Geist wäre sehr wohl dazu fähig, den Brief absichtlich hierzulassen, damit eine nochmalige Lektüre mich noch stärker von meiner völligen Unbedeutendheit überzeuge. Falls dem so ist, so machen Sie sich bitte klar, daß, wenn Marie auch tatsächlich Gründe hat, sich zu erniedrigen, die scharfsinnige Thérèse mehr denn je auf Rache sinnt. (Aber ich wiederhole mich.)

Ja, ich habe Ihren Brief nochmals gelesen, und ich sollte ihn vernichten. Doch ich sende ihn Ihnen zurück, damit dieses Stück nicht in Ihrer Sammlung fehlt, wenn Sie eines Tages den Stoff für ein schlüpfriges Werk daraus zusammenstellen. Dann hätte mein Abenteuer zumindest zu Ihrem Renommé beigetragen.

Ich verlasse Sie, lieber Herr, denn ich bin plötzlich traurig. Umarmen Sie Ihre

Thérèse

PS: Ich lege noch einen für Afrika bestimmten Brief in diesen Umschlag. Er ist sehr dünn, und Sie können daran schon erkennen, wieviel kürzer er ist als die Briefe, die für Sie bestimmt sind. Das ist gut so, aber auch ein Grund für ein schlechtes Gewissen.

Lassen Sie uns für die Zukunft abmachen, daß Sie bitte so gut sind, jener fernen Person, ohne daß ich es immer wieder speziell erwähne, die Briefe nachzusenden, die für sie bestimmt sind und die Sie unter meiner Post finden. Es ist mir peinlich, Sie mit dieser Aufgabe zu belasten, aber mir bleibt, wie Sie wissen, nichts anderes übrig, da ich sonst meinen Aufenthalt hier nicht rechtfertigen kann.

*

25. Dezember

Sittsamer Weihnachtsabend ... In Abwesenheit der Herrschaften sind die Diener nach B. gefahren, um dort an der Mitternachtsmesse teilzunehmen.

Simon, der für 24 Stunden seiner Verbannung entronnen war, hatte César vor die Kutsche mit dem schwarzen Verdeck gespannt; zusammen mit Armande und Marie waren Aline und ihr Mann eingestiegen. Sie saßen zu dritt auf dem Rücksitz der Kutsche; ich saß allein neben dem Kutscher auf der Bank aus Englischleder. Es hatte nicht geschneit, und César trabte gemächlich durch den Wald. Ich hatte mir eine Decke über die Beine gezogen und trotz meies schäbigen Mantels kam mir die klirrende Kälte mild vor. César schnaubte durch die Nüstern. Zu meiner Linken flackerten rot und weiß die Laternen, als schlüge in ihnen das Herz der Nacht. Ich genoß vorbehaltlos das Glück, das allerdings durch die Einfalt kompliziert wurde. Simon, der arme Simon (welche Erinnerung überkam ihn auf diesem Wegstück?) suchte im Dunkeln mein Knie, das ich ihm entzog.

In der Kirche überraschte ich ihn zweimal, wie er von der Bank der Männer besessen zu mir herüberstarrte. Was erflehte sein Blick? War er bei dieser bescheidenen Feier von Christi Geburt mit dem Herzen dabei?

Auf der Rückfahrt empfand ich mehr Mitleid, und ich überließ mein Bein unter der Decke seiner inbrünstig suchenden Hand. Mit dieser kargen Intimität mußte er sich begnügen. Wie auch Victor war er zum Weihnachtsmahl ins Offizium geladen, aber er durfte nicht einmal neben mir sitzen. Und da er uns auf den Fersen des roten Herkules verlassen mußte, blieb ihm auch nicht viel Zeit, einen ebenso vergeblichen wie offensichtlichen Gedanken zu hätscheln. Im Moment des Abschieds verriegelte ich ohne Rücksicht auf seine leidenschaftlichen Blicke hinter ihm das Tor. Armer Simon! Nicht an ihn dachte ich, als ich unwillkürlich schaudernd die Treppe zu meinem Zimmer hinaufstieg.

28. Dezember

Meine Arbeit im Obergeschoß ist beendet, und ich will zum Mittagsdienst nach unten gehen. Lautlos fällt auf dem Flur ein großer Schatten auf mich. Um den Zusammenstoß zu vermeiden, haben zwei Hände mich bei den Ellbogen gepackt – und rutschen auf meine Taille, als sei es das Natürlichste von der Welt.

Das verblüffte «Oh!» wird erstickt, lautlos ist das Treffen und gehorsam die zufällige Beute. Sieht er im Dunkeln das verlegene Erröten?

Erregt auch Sie dieses kaum verhaltene Stöhnen? Spüren Sie das Zittern der Schultern, die Sie unter Ihren Händen gefangenhalten? Das ist die Sprache, müssen Sie wissen, die in der Stille gewebt wird. Muß man Sie für so mitreißend halten, daß Sie dabei Ihre Kaltblütigkeit verlieren?

Die *Kommoden* tragen an diesem Ort wirklich eine sehr vorausschauende Bezeichnung.* Wußte der Handwerker des 18. Jahrhunderts, als er das Möbelstück mit schwerem Marmor abdeckte, daß er einen Altar baute, auf dem die Dienerinnen, indem sie sich die Ellbogen aufscheuerten, ihren bescheidenen Stolz opfern würden?

*

Thérèse C. an Pierre F.,
Paris

La Châtaigneraie, den 30. Dezember 19..

Pyg Chéri,
wird Ihnen nach Marie auch Thérèse diesen Namen geben? Ich sollte Ihre Eitelkeit nicht ermutigen, aber mir scheint, daß Sie ihn sich trotz Ihrer Fehler für immer verdient haben.

Ich wünsche Ihnen ein gutes neues Jahr.

Wie lange ich auf Ihre Antwort warten mußte! Sind Sie etwa von einer vorübergehenden *Beschäftigung* in Anspruch genommen und schnuppern wieder einmal wie gewohnt an diesen kostbaren Düften?

Sie haben wirklich Glück, Ihr eigener Herr zu sein. Marie kann das von sich nicht behaupten. Sie ist nur ein Spielball des Geschicks. Zwar ist Zwang das Merkmal der untergeordneten Position, doch dies hat auch einen eigenartig faszinierenden Reiz. Ich stelle mir allerdings etwas anderes darunter vor als das, was Sie vielleicht aus dem letzten Blatt dieser Sendung herauslesen mögen – das sage ich Ihnen mit aller Deutlichkeit.

Die freiwillige Versklavung ist die tiefste Erfahrung für den Stolz eines morbiden Geistes. Ich übersetze aus dem Gedächtnis ein Zitat aus dem Englischen, das mir heute zufällig unter die Augen kam. Eigenartige Lektüre für eine Bedienstete, nicht wahr? Es handelt sich nur um die Lesefrucht einer automati-

* «commode», frz. auch: bequem, nachgiebig. (Anm. d. Übers.)

schen Neugier, die mich überkam, als ich in der Bibliothek Staub wischte. Handelt es sich um eine weibliche Mißbildung, wenn ich in diesem Zufall ein prophetisches Zeichen sehe?

Werfen wir jetzt einen kurzen Blick auf Ihren Brief. Denn ich muß ja ein bißchen auf ihn eingehen, nicht wahr?

Verteidigen Sie doch bitte nicht eine Sache, die das gar nicht nötig hat, denn ich ziehe, wie Sie gesehen haben, ganz von selbst alle – oder fast alle – meine Anklagepunkte zurück. Sie laufen Gefahr, zuviel beweisen zu wollen. Ich bin als Folge einer Wette hier, vergessen Sie das bitte nicht; sie ergab sich eines Tages aus einer Kontroverse über den «Stolz». Kontroverse ist etwas zuviel gesagt, denn Sie waren ganz meiner Meinung: Nur wer stolz ist, weiß sich wahrhaft zu erniedrigen. (Begreifen Sie, wie aufgeregt ich war, als ich das oben erwähnte Zitat fand?) ... Wie einverstanden Sie mit jener Maxime gewesen wären! Sie hatten nichts anderes im Sinn, als mich mit gewissen, mir selbst unbewußten Neigungen, die Sie bei mir vermuteten, zu konfrontieren (so sehr bin ich noch immer ein Instrument in Ihren Händen!). Hätte ich mich Ihnen genauso offenbart, wenn ich geahnt hätte, daß Sie zwei Tage später einen Brief von Monsieur de B. erhalten würden, der etwas Angenehmes und Nützliches sucht, und daß Sie mir kaltblütig die enge Pforte öffnen? In der Tiefe meines Herzens habe ich seitdem oft darüber nachgedacht, und heute glaube ich antworten zu können: Ja. Um so mehr, als von dem Moment an, da alles ausgesprochen war (ich habe es Ihnen seitdem mehr oder minder eingestanden), in mir so etwas wie die *Herausforderung* eines unmöglichen Unterfangens entstand. Das heißt: nicht nur eine bestimmte, sehr exponierte Stellung einzunehmen, sondern auch zu ermitteln, inwieweit sich eine andere, im voraus als niederdrückend empfundene Stellung ihrerseits beugen ließe.

Aber ich wiederhole Ihnen immer nur das gleiche: daß Sie, als Sie hierher kamen, weit neugieriger auf Marie als auf

Thérèse waren. Und ich sehe auch ein, daß ich, um «das Spiel zu spielen», bei Ihnen diese vergessen und jene hätte sein müssen. Wenn mir das nicht ganz gelungen ist, so gewiß, weil ich zu schwach dazu bin. Und auch weil ich mich ein wenig vor dieser Absurdität fürchte, aus der es fast kein Entrinnen mehr gibt.

Das ist der entscheidende Punkt. Und jetzt wollen wir nicht mehr davon sprechen.

Ich will Ihnen gern glauben, da Sie es ja beteuern, daß Sie zu gegebener Zeit Ihre Thérèse wiederzufinden vermögen. Erhöre Sie Gott, und möge er mir dieselbe Gewißheit geben!

Was nun Ihre «Hippolyte» betrifft (doch die ist nicht die *Ihre,* oder?), so verhehle ich Ihnen nicht mein Vergnügen über die elegante Art, wie Sie sich aus der Affäre ziehen. (Doch wenn ich zugebe, daß ich auf «Rache» sinne, so hieße dies ja auch zugeben, daß es einen Grund zur Rache gibt.)

Ich liebe Ihre Offenherzigkeit, ein bißchen weniger aber den verborgenen Zynismus, den man leicht aus Ihren Zeilen herausliest, wenn man Sie ein wenig kennt. Besonders was den Begriff der «Reue» angeht, welcher Ihnen, wie Sie bei jeder passenden Gelegenheit beweisen, ganz unbekannt ist. Machen Sie sich in dieser Hinsicht bitte nicht lustig über mich, denn damit gingen Sie zu weit.

Ich schätze also Ihre Objektivität, obgleich ich es auch nicht ungern sähe (da haben wir wieder das ewig Weibliche!), wenn Sie diese Eigenschaft, die Sie wie eine Kunst pflegen, nicht zu weit treiben würden. Ein bißchen Eifersucht (muß ich es noch einmal sagen?) würde Ihnen nicht schlecht zu Gesicht stehen.

Soll man etwas davon in diesen amüsanten Äußerungen sehen (wir kommen nie damit zu Ende!), die besagen, daß Sie angeblich darüber nachsinnen, wie Sie sich an «Hippolyte» rächen können? Machen Sie sich auch klar, was es bedeuten würde, «es ihr heimzuzahlen»? Ich glaube Ihnen kein Wort, aber sehr lustig finde ich Sie doch!

Ich muß mich wirklich beherrschen, nicht in Gelächter auszubrechen, Ihre

T.

PS: Ist meine Naivität, wie so häufig, mal wieder mit mir durchgegangen? Ich merke plötzlich, daß es ja noch eine andere Art geben könnte, sich an Hippolyte zu rächen. Mit Hilfe von «Delphine» natürlich!

Ach, Sie Verräter, das verzeihe ich Ihnen nie! Und außerdem scheint mir diese Rache ziemlich ausgeschlossen.

PPS: Tun Sie doch nicht so, als rege Sie eine kleine Anspielung auf. Im Licht dessen, was mich beschäftigt, und auch im Geiste dessen, was Sie beflügelt, haben Sie ein *schmutziges* Lachen, ja! Und auch diese ganze Intrige, diese Fiktion von Marie (Gott gebe, daß es nur eine Fiktion ist) ist ganz und gar die Idee einer schmutzigen Seele. Ich belästige Sie nicht mit meinen Gewissenskonflikten, aber spotten Sie nicht darüber.

*

1. Januar

Silvesterabend

Die Herrschaften waren gestern abend bei einer Silvestermahlzeit an einem entfernten Ort und Armande und ich taten schweigend unseren Dienst. Welche Vorahnung ergriff mich wieder, als ich, über dies nüchterne, strenge Jahresende nachsinnend, meine Tür entriegelte? Als ich Licht machte, entdeckte ich Simon.

«Bist du verrückt! Was machst du hier?»

«Ich konnte nicht mehr warten, Marie.» (Warum sollte die Antwort abwechslungsreicher sein als die Frage?)

«Wo, auf La Châtaigneraie?»

«Ich bin nach der Arbeit hierhergefahren – mit dem Rad.»

Auf dem Fahrrad von so weit her in der kalten Nacht? Mitleid rührt mein Herz. Und hat diese Beharrlichkeit eines leidenschaftlichen Herzens nicht auch etwas Schmeichelhaftes?

Er zögert und fügt leise hinzu: «Um fünf gehe ich wieder.»

«Du bist dir also ganz sicher! Und jetzt hast du Angst. Womit wirst du für diese zweifelhaften Vergünstigungen bezahlen?»

Er hatte schon gewonnen, doch meine grausame Koketterie machte sich noch über ihn lustig.

«Ich habe dich doch gewarnt!»

Flehe mich an, Simon, mit deiner ängstlichen Miene und mit dem besessenen Blick aus deinen Albinoaugen. Reiche deine ungeduldigen Hände der Kette, die du dir jetzt selber schmiedest.

Es mußte fünf Uhr geschlagen haben, als ich die Augen aufmachte. Er hatte sich im Dunkeln angekleidet, und obgleich er schwieg, spürte ich, daß er dicht neben mir war.

Ich bin plötzlich besorgt. «Weißt du, wo der Schlüssel unten hängt?»

«Beruhige dich! Ich habe selbst einen und kann auch wieder abschließen.» (Der Schuft!)

«Sei bloß leise, wenn du bei Armande vorbeigehst. Sie steht um diese Zeit auf.»

Er stützt sich mit geballten Fäusten vom Bett ab, und seine flüsternde Stimme will etwas anderes.

«Marie...»

Ich unterbinde den Gefühlsausbruch. «Verschwinde, schnell!» Es gefällt ihm gar nicht, mit seinen Schuhen in der Hand im Dunkeln zur Tür zu schleichen. Er entriegelt, und ich spüre, wie er sich noch einmal umdreht. Welches schwierige Geständnis schluckt er hinunter, während sich die Tür hinter ihm schließt?

Als ich um sechs nach unten ging, kamen die Herrschaften gerade nach Hause. Armande machte Frühstück, ich trug es auf und nahm dann mein eigenes ein – nicht ohne zuvor mit einem respektvollen Knicks meine Neujahrswünsche entboten zu haben.

«Ein gutes neues Jahr, Marie!»

War da nicht etwas Eigenartiges in Monsieurs Blick? Etwas Ungewöhnliches in den Augen Armandes, die ich aus gegebenem Anlaß umarmte? An diesem Morgen schien mir alles irgendwie verschoben. Und sei es auch nur, daß ich um diese Zeit meine Herrin zu Bett bringen mußte.

Doch ihr ironisches Lächeln, das ich zufällig im Spiegel erhaschte? Und dieser intrigante Blick vorhin noch?

Endlich fällt Schnee. Er ist leicht, treibt lange dahin und scheint unfähig, den Boden zu erreichen. Und doch hat er alles zugedeckt. Liegt es an dem bleifarbenen Himmel, an der Stille, die wie Watte ist? Marie fühlt sich nicht mehr wohl.

*

Thérèse C. an Pierre F.

La Châtaigneraie, den 2. Januar 19 . .

Mein Lieber,

Sie sind sicher verwundert, so schnell von mir zu hören. Und gewiß noch mehr, zu erfahren, daß dies eines der letzten Lebenszeichen von Marie ist.

Die beigefügten Blätter handeln wieder von Simon. Ich hätte nie gedacht, daß dieser Tölpel den Anlaß geben könnte, ein vorzeitiges Ende meines Aufenthalts hier ins Auge zu fassen.

«Das Ende?» werden Sie fragen. Was soll ich an dem Punkt, wo ich angelangt bin, anderes denken? Ich habe Grund, mein schuldhaftes Mitleid aus der Silvesternacht zu bereuen. Gestern schon beunruhigte mich etwas an der Atmosphäre hier im Haus. Warum wollte ich nicht gleich begreifen?

Ach, dieser ironische Blick, der mich empfing, als ich der schönen Faulenzerin heute morgen ihr Frühstück brachte! «Was gibt es Neues von Ihrem Liebhaber, Marie?»

Meine Gedanken waren so weit von Simon entfernt, daß ich mich nicht verstellen mußte.

«Worauf will Madame hinaus?»

Schnell klärte man mich auf. Ich hatte glauben müssen, daß meine Herrschaften gerade zurückgekehrt waren, als ich gestern morgen nach unten kam. Doch sie waren schon seit mehr als einer Stunde zurück. Und das bedeutete (ich wurde sofort über und über rot), daß dieser Tölpel sich hatte erwischen und ausfragen lassen und natürlich am Ende den Grund seiner Anwesenheit in diesen Mauern nicht hatte verbergen können. Ich sah ihn vor mir, wie er sich, heftig gescholten und seiner Zukunft ungewiß, tödlich beunruhigt auf den Weg zurück in sein Exil machte, welches er nie hätte verlassen sollen.

Und was geschah mit der schuldigen Dienerin, möchten Sie wissen? Nun, es scheint, daß der Zorn sich zwischen der Standpauke und meinem Erscheinen schon weitgehend gelegt hatte. «Aus reiner Menschlichkeit» hatte man die am Neujahrstag lästige Pflicht, mich ebenfalls zu maßregeln, auf später verschoben. Man war sogar auf den Gedanken gekommen, daß meine Beschämung noch viel größer sein würde, wenn man mir erst später enthüllte, daß meine Untat entdeckt sei. Kurz, man ließ sich Zeit zum Nachdenken.

Man verschwieg natürlich (ich muß Ihnen nicht sagen, daß dies mein Kommentar ist), daß die Vorwürfe, welche man mir machen wollte, vor einem «Publikum», das über gewisse Umstände bestens unterrichtet war, schwierig zu formulieren sein würden.

Nun ja, werden Sie sagen: Der Diener wird entlassen oder endgültig verbannt (diese Lösung sagt Ihnen wohl nicht zu?). Was ist schon dabei? Wozu das «Ende» ins Auge fassen?

Und genau an dieser Stelle beginnt eine heillose Verwirrung. (Alles, was folgt, erfuhr eine ganz verstörte Marie, emsig mit der Toilette ihrer Herrin beschäftigt, aus deren genüßlich perfidem Mund.)

Alles war wirklich gut ausgeklügelt worden – und bis zu welchem Extrem! Man hatte beschlossen – ich wette hundert zu eins, daß Sie nicht darauf kommen –, mich schlicht und ergreifend *mit Simon zu verheiraten*! Madame de N. war mit der Aufgabe betraut worden, mich von der Entscheidung zu unterrichten und dafür zu sorgen, daß ich ihr zustimmte. Der Schrei, der sich mir entrang, war, wie Sie sich vorstellen können, durchaus aufrichtig.

Ohne mich zu Wort kommen zu lassen, schilderte man mir, wie stark mein Herr von dem stillen, leidenschaftlichen Feuer beeindruckt sei, welches er bei Simon habe entdecken können. Monsieur könne sich nicht vorstellen, daß eine derartige Leidenschaft unerwidert bliebe, und deshalb sei er zu der seiner Meinung nach gerechtesten Entscheidung gelangt.

Man gab mir zu verstehen, daß er diese Lösung um so nachdrücklicher ins Auge fasse, als sie den bemerkenswerten Vorteil besaß, zwei seiner geschätztesten Diener dauerhaft mit ihm zu verbinden.

Ich denke – und stehe gewiß mit dieser Ansicht nicht allein (wenn ich einem bestimmten sybillinischen Lächeln glauben darf) –, daß diese Lösung für Monsieur de B. den Vorteil eines unbestreitbaren – wie soll ich sagen? – Seelenfriedens mit sich bringt.

Pech für meinen Herrn, daß die Sache unmöglich ist, und Pech für mich, daß ich dies so schwer verständlich machen kann.

Wie soll ich meiner Herrin, diesem schönen Quälgeist, erklären, daß das Geschöpf, über welches sie seit zwei Monaten ihre Herrschaft ausübt, *schon* verheiratet ist? Und auf die «bürgerlichste» Art der Welt! Und woher soll Marie den Mut nehmen, ihr auch noch zu sagen, daß ein Bauerntölpel allenfalls Gegenstand einer Laune sein kann, sich jedoch nicht für eine dauerhafte Verbindung eignet?

«Aber Madame, *ich liebe Simon nicht*! Wenigstens nicht genug», fügte ich hinzu und stach eine letzte Nadel in das Haar auf dem geneigten Haupt, «um ihn zu heiraten.»

«Was machte er dann in deinem Zimmer?»

«Wird Madame mir glauben, wenn ich ihr sage, daß er sich dort versteckte?»

«Das hat er tatsächlich zugegeben... Aber dennoch, Marie!»

Ihre grünen Augen funkelten im Spiegel vor Vergnügen. Und da meine betrübte Miene sicher sehr vielsagend war, warnte man mich, daß es mir bestimmt sehr schwerfallen würde, Monsieur umzustimmen. Er sei in dieser Hinsicht unerschütterlich... Und außerdem habe er sich, bevor er Simon wegschickte, vergewissert, daß eine solche Lösung diesem wie angegossen passen würde (was mich auf die Idee brachte, daß der «gemeine Verführer» am Ende doch nicht so mutlos von dannen geschlichen sei, wie ich mir das vorgestellt hatte).

Ich erspare Ihnen die ganze Scheußlichkeit der Situation. Und im übrigen wartete noch eine andere, nicht minder peinliche Überraschung auf mich. Nachdem meine Herrin eingesehen hatte, daß die erwähnte Aussicht für mich wenig verführerisch war – wissen Sie, welche Karte sie da aus dem Ärmel zog? (Offensichtlich jetzt nicht mehr als Sprachrohr von Monsieur de B.) Sie bot mir nicht mehr und nicht weniger an, als ihre Abreise zu nutzen, die, wie ich ja wisse, unmittelbar bevorstehe, und Simon, La Châtaigneraie samt dessen Herrn (darum werde sie sich kümmern) im Stich zu lassen und mich endgültig einer Aufgabe zu widmen, die mir, wie sie annehme, nicht unangenehm sei.

(Gewiß, liebste Tyrannin, Sie wüßten die Aufopferung Ihrer ergebenen Sklavin zu schätzen. Doch würde es Ihnen auch nicht mißfallen, jemandem [Sie wissen, wem!] einen dicken Streich zu spielen, indem Sie ihn, nachdem Sie abgereist sind, auch um gewisse Zerstreuungen mit dem Dienstpersonal bringen.)

Sie können sich vorstellen, daß Ihre Dienerin angesichts zweier so unterschiedlicher und von ihren eigenen Plänen wie realen Möglichkeiten so weit entfernten Vorschlägen, nur sehr schwer ihre Contenance zu wahren wußte.

Natürlich beteuerte ich, daß ich einen solchen Vorschlag mit Freuden annehmen würde... und zeigte mich sozusagen verzweifelt über die Tatsache, daß es mir nicht möglich sei.

Anscheinend wurde alles immer komplizierter. Wenn ich den Gedanken an eine Fahnenflucht lediglich im Namen der «Wohlanständigkeit» verwarf, so hätte das aus meinem Mund geklungen, als wolle ich meiner Herrschaft eine Moralpredigt halten – eine Narretei, die eine einfache Dienerin sich niemals herausnehmen dürfte. Wenn ich andererseits aber keinen einleuchtenderen Grund finden sollte, so würde mich das einem berechtigten Verdacht aussetzen, was meinen eigenen Vorzug betraf. Also flüchtete ich mich in die Dankbarkeit, die ich Ihnen (ja, *Ihnen*, mein Liebster!) schulden würde. Diese angeblichen Erinnerungen an «frühere Wohltaten» rechtfertigten sowohl eine geradezu mythische Verehrung (wie gut Ihnen der Heiligenschein steht!) wie auch meinen lebhaftesten Wunsch, dem Unternehmen, zu welchem Sie mir in La Châtaigneraie Eingang verschafft hatten, keine Schande zu machen.

Ob eine so noble Seelenverfassung bei einer Person niedrigen Standes einem skeptischen Geist glaubwürdig erschien? Ich bin mir dessen nicht sicher, wenn ich den Blick deuten will, der mich durchdrang.

Das Problem der Eheschließung war damit noch nicht geregelt: Was diesen Punkt anging, beschränkte ich mich auf den brennenden Wunsch, daß Monsieur seine Entscheidung revidieren möge.

Wenn er seine Entscheidung nicht ändert, sondern sich auf sie versteift, wozu er sehr wohl in der Lage ist, sehe ich keinen anderen Ausweg als die Flucht, so schimpflich sie für Marie wie für Thérèse auch sein mag. Ich fürchte mich kaum, einen Willen frontal zu attackieren, der sich schon zu sehr daran gewöhnt hat, mich nachgiebig zu finden.

Sie werden natürlich sofort anführen, daß ich halt für meine Sünden gestraft werde. Ich ärgere mich ein bißchen, daß ich dem zustimmen muß.

Auf die dringenden Bitten meiner Herrin hin (die vielleicht noch hofft, mich unter ihr Banner zu bringen) habe ich eine «Bedenkpause» akzeptiert. Dadurch wird es aber such nicht besser. Für den Moment sind wir übereingekommen, daß Monsieur, der sich auf seine Botschafterin verläßt, mir nichts mehr über den Vorfall und seine Konsequenzen mitteilen wird. So wird mir bis auf weiteres alles Peinliche und Beschämende erspart. Zumindest teilweise, denn seitdem er weiß, «daß ich weiß», genügt allein schon sein Blick, mich in Unbehagen zu versetzen.

Das ist der Stand der Dinge, mein Freund! Welchen Rat kann ich mir von Ihnen erhoffen? In völliger Ratlosigkeit umarme ich Sie.

Nach diesem traurigen Ende der armen Marie dürfen Sie erwarten, sehr bald wiederzusehen: Ihre

Thérèse

*

Ph. de B. an Pierre F.,
Paris

La Châtaigneraie, den 3. Januar 19..

Teurer Freund,
Dank für Ihre freundlichen Neujahrswünsche, und auch Ihnen ein glückliches neues Jahr.

Man ist hier sicher empfänglich für die wundervollen Näschereien, die der Postbote heute morgen gebracht hat, und ich glaube, meine schöne Gastfreundin ist im Moment gerade dabei, Ihnen zu gratulieren. Die Naschsucht zu reizen – einen der hübschesten Fehler unserer reizenden Damen – ist sicher eine der am wenigsten undankbaren Aufgaben!

Ich denke, daß man Ihnen hier heute auf allen Etagen Briefe schreibt, denn Ihren Schützling haben Sie bei Ihren Aufmerksamkeiten ja auch nicht übersehen. Handelt es sich Ihrerseits um Dankbarkeit für den freundlichen Empfang, der Ihnen kürzlich widerfuhr, und über dessen «Anständigkeit», mein liebenswürdiger Dilettant, es ja wohl keine Zweifel gibt?

Sie taten gut daran, Ihre glücklichen Anlagen zur Verfügung zu stellen (was für Sie ja kein großes Opfer ist), um so mehr, als ich andernorts gebraucht wurde und gezwungen war, die Erziehung zu vernachlässigen – welche ich bald wieder aufzunehmen gedenke an der Stelle, wo sie unterbrochen wurde.

Der Tag naht, an dem die vornehme Begleiterin, die seit zwei Monaten mein düsteres La Châtaigneraie durch ihre Anwesenheit erhellt, mich verlassen wird – nach einem im gegenseitigen Einvernehmen mehrfach verlängerten Aufenthalt, den wir gleichwohl stillschweigend abbrachen, bevor die Wonnen auf der einen oder der anderen Seite verblassen würden.

Während dieser ganzen Zeit (oder doch beinahe) zwang mich die Schicklichkeit, die Opferbereitschaft unserer jungen Marie zu übergehen, um die ich mich seit gestern jedoch wieder verstärkt kümmere. Nicht ganz ohne Einfluß auf diese Entwicklung ist der für meine Eitelkeit als Erzieher ein wenig ärgerliche Umstand, daß mir ein lachhafter «Konkurrent» erwachsen ist.

Wie abgestumpft wir auch sein mögen, dem Weibervolk, gleich welches Ranges, gelingt es doch immer wieder, uns mit irgendeiner Bosheit zu verwirren. Während ich also meinte, daß das schöne Kind noch ganz verträumt in ihren Erinnerungen an uns schwelgte, entdeckten wir gestern, daß die Schelmin einen Liebhaber empfing. Und das unter meinem Dach! (Wo sollte sie ihn sonst empfangen, das ist wahr, da sie nun mal hier wohnt?)

Aus dem Verhör der beiden Übeltäter scheint mir deutlich hervorzugehen, daß der dreiste Delinquent (ein junger Knecht, der sozusagen in meinen Diensten geboren wurde) sich mehr aufgedrängt hat, als daß er umgarnt worden wäre.

Ich verberge Ihnen nicht, daß ich im ersten Augenblick sehr ungehalten war, einen derartigen Tölpel auf meinen Ländereien wildern zu sehen. Seine groben Ohren dürften ihm noch klingen von meiner Standpauke, obgleich ich mein wahres Motiv mehrfach verschweigen mußte.

Danach, und alles gut überlegt, schien mir die Gelegenheit für unsere Ausführung eines Projekts günstig, das ich kürzlich schon für unsere Schülerin ins Auge gefaßt hatte. Welch besseres Mittel gibt es, sie noch enger an mich zu fesseln, als sie durch eheliche Bande mit dem am tiefsten verwurzelten Element meiner männlichen Dienerschaft zu vereinen?

Aus einem bestimmten Blickwinkel – und bei geringem Aufwand – bietet diese Lösung mir bequeme Vorteile, auf die ich nicht verzichten möchte. Die gleichen übrigens, die ich schon bei Aline schätze, einer anderen Schelmin, die Sie hier gesehen haben dürften.

Die «Konkurrenz» wird auf diese Weise zwar besiegelt und verewigt, aber das beunruhigt mich nicht, weil ich Mittel kenne, sie mir vom Leib zu halten. Die Umstände erlauben mir nämlich, die Eheleute über lange Zeit fast völlig zu trennen: bestimmt für einige Monate. Ich werde den unwürdigen Ehemann auf einen meiner abgelegenen Höfe verbannen und ihm höchstens einmal die Woche (was sein muß, muß sein!) die Nutzung eines Vorrechts zugestehen, das ich mir für die übrige Zeit selbst vorbehalte. So daß ich die geplante Erziehung (völlig *unbesorgt,* was nicht schaden kann) zu einem guten Ende führen und die liebenswürdige Garantin meiner künftigen Zerstreuungen in aller Ruhe in die «richtige Stellung» bringen kann.

Nun habe ich Ihnen freilich alles mit so leichter Hand notiert, wofür ich um Entschuldigung nachsuche, und alles wäre wunderbar, wenn es nicht einen Haken gäbe. Und in dieser Verlegenheit, mein Lieber, greife ich nochmals auf Sie zurück.

Stellen Sie sich vor, die Schelmin macht mir Schwierigkeiten! Über eine zwischengeschaltete Person, denn Madame de N. dient mir als Vermittlerin. Sie liebe Simon nicht. Sie habe kein Interesse an einer Heirat. Sie bitte um Bedenkzeit, und so weiter.

Da man Ihnen als Antwort auf Ihre großzügigen Geschenke sicher respektvolle Grüße übermitteln wird, seien Sie bitte so gut und nutzen Sie die Gelegenheit.

Nutzen Sie die väterliche Autorität, die mit Ihrem Ansehen verbunden ist, und greifen Sie, wie Sie es doch so gut verstehen, in die Debatte ein. Wenn Sie sich als unterrichtet zu erkennen geben, so werden Sie, davon bin ich überzeugt, den nützlichen Ratschlag erteilen, der mir helfen wird, diesen Widerstand zu brechen.

Sie erweisen einem Freund eine Gefälligkeit und müssen erleben, daß sich daraus noch zusätzliche Pflichten ergeben! Ich wiederhole, daß es mir wirklich leid tut; doch Sie dürfen sicher sein, daß ich mich meinerseits erkenntlich zeigen werde.

Abgemacht? Ich danke Ihnen im voraus und hoffe, daß ich auf Hilfe für einen Bruder im Zölibat bei der Umgestaltung seiner Einsamkeit rechnen darf.

Ich bin ganz der Ihre

B.

*

Isabelle de N. an Pierre F.,
Paris

La Châtaigneraie, den 3. Januar 19..

Lieber Monsieur,
vielen Frauen würde Ihre Art, mir Ihre Neujahrswünsche zu übermitteln, ans Herz greifen. Man hat Sie also über meinen schrecklichsten Fehler unterrichtet, welchem Sie kaum besser hätten Vorschub leisten können.

Ich bin entzückt! Und wenn meine Leber auch darunter zu leiden hat, so verzehre ich dennoch ohne Unterlaß die süße Frucht einer sehr geschätzten Aufmerksamkeit.

Ich bewahre die besten Erinnerungen an Ihren allzu kurzen Besuch hier. Das kommt zu allem anderen noch hinzu. Mit den aufrichtigsten Wünschen verbleibe ich Ihre

I. de N.

PS: Ich bin mir nicht sicher, ob es klug ist, diesen Brief nochmals zu öffnen, wozu mich Ihre amüsante Art, die Galanterie aufzuteilen, zwingen will.

Amüsant? Ich glaube, auch unvorsichtig. Stellen Sie sich vor, daß meine Naschhaftigkeit weniger exklusiv auf mich beschränkt gewesen wäre und ich diese zweite Botschaft in Gesellschaft Monsieurs de B. entdeckt hätte!

Muß ich auf das gewagte «Postskriptum» antworten, das Sie so findig zwischen die Leckereien gemischt haben?

Sagen wir, daß ich tatsächlich bald wieder Pariserin sein werde und daß Sie auf die eine oder andere Weise davon erfahren werden, daß Ihnen ein Tasse Tee an der untenstehenden Adresse mit Sicherheit nicht verweigert werden wird und daß es Ihnen keinesfalls strikt untersagt wird, eine so dringlich verlangte Intimität zu erhoffen.

*

Thérèse an Pierre F.

La Châtaigneraie, den 5. Januar 19..

Schwarzer Dämon,

ich habe vorgestern die köstliche Schokolade zusammen mit Ihren sehr förmlichen Glückwünschen erhalten, und heute morgen kam Ihr Brief von gestern an... Gestern, am 4. Januar im Jahre der Ratlosigkeit von Thérèse: alias Marie, Léonie, Sidonie *Buteau*.

Ich bin nicht so dumm, mich wegen Ihrer großen Freigebigkeit Madame de N. gegenüber eifersüchtig zu zeigen. Es versteht sich von selbst, daß Sie gehalten sind, auf die Rangunterschiede zu achten. Und da Ihre freundlichen Aufmerksamkeiten, was meine Person betrifft, sehr verehrter Wohltäter, an Marie gerichtet waren, so ist auch sie es, die Ihnen durch meine Feder dankt.

Der Brief, den ich heute morgen erhielt, ist von einer solchen Ungeniertheit gekennzeichnet, daß ich es kaum fasse. Ihre Art, Probleme zu lösen – unter anderem das meines Gewissenskonflikts –, zeugt ohne Zweifel von einem zutiefst praktischen Sinn. Aber sie entspringt auch einem so gelassenen Zynismus, daß es mir, entschuldigen Sie, den Atem verschlägt!

Was für eine wunderbare Entdeckung haben Sie gemacht und wie geschmeidig arbeitet Ihre Kasuistik! Da Marie den Herrn Simon heiratet (ich drücke mich «gegenwärtig» ganz wie Sie aus!), ist ja von Thérèse keine Rede, nicht wahr? Und da Marie ihrerseits nicht verheiratet ist, liegt auch keine Bigamie vor. Was gibt es Einfacheres, wirklich!

...Ja, was? Abgesehen davon, daß ich auch Thérèse bin, wie tief die Metamorphose auch sein mag. Und dann: Denken Sie wirklich an die arme Marie Buteau – die echte, meine ich? Wie sicher Sie auch sein mögen, daß Marie zum Zölibat berufen sei und, allgemeiner gesprochen, daß es kein Risiko in sich berge, sie ohne ihr Wissen zu verheiraten – was halten Sie von der Moral eines solchen Vorgehens?

Sie treiben mich zum Wahnsinn!

Wohlgemerkt, ich strebe nicht nach Tugend (dazu fehlt mir Ihre Kaltblütigkeit). Ich muß zu meiner Schande gestehen, daß mir in den drei Tagen, während ich hin und her überlegte, wie das Problem zu lösen sei, einige Ihrer Argumente immer wieder in den Sinn gekommen sind. Doch ich kann nicht so einfach wie Sie zu einem Ergebnis gelangen. Wahrscheinlich aus dem simplen Grund, weil *ich* es bin, um die es sich dreht!

Aber nein, werden Sie sagen, es handelt sich um Marie! Ach, seien Sie still mit Ihrer Logik.

Die moralische Frage einmal beiseite, Sie müssen doch berücksichtigen, daß jene Aussicht, so zeitlich begrenzt sie auch sein mag, doch noch einiges mehr zu bedenken gibt. Die bäurische Willkürherrschaft zu ertragen, ja zu provozieren, ist eine Sache; eine andere wäre es für Marie (entschuldigen Sie die Wiederholung), der legale Besitz eines Simon zu werden – selbst während eines kurzfristigen Ehestandes. Selbst für nur eine Nacht in der Woche, wie Madame de N. versichert, da der Gatte ohnehin die meiste Zeit, mehrere Monate noch, fern von La Châtaigneraie bleiben werde. (Jeden Tag flüstert sie mir irgendein Wort über die Sache zu; irgendein hinterlistiges Argument dafür oder dagegen. Zu allem Überfluß ist sie auch noch allzu bereit für den illusorischen Fall einer «Entführung» der kostbaren Dienerin zu ihren Gunsten.)

... Und welchen Nutzen hätte Marie am Ende von der ganzen Geschichte? Wo bliebe ihre Hoffnung, ihre Rachegelüste zu befriedigen?

Vor drei Tagen war ich nur betrübt; heute stürzen Sie mich in eine sehr erschöpfende Unsicherheit.

Die Blicke, die mich belauern, die lächelnden Gesichter, die mir Mut machen sollen, die Aussicht, *morgen* ein entscheidendes (heimlich einberufenes, wie ich eben erfahre) Treffen mit Simon zu haben, und die Notwendigkeit, noch heute über meine nahe Zukunft zu entscheiden – all das macht mich ungeduldig. Von der herzlichen Zuneigung Alines abgesehen – die natürlich auch informiert wurde –, fühle ich um mich herum nichts als schweigenden Druck.

Andererseits, hätte ich mich auf soviel harte Zwänge, soviel Aufopferung in einer bescheidenen, untergeordneten Position eingelassen, nur um mein Unterfangen dann nicht bis zum Ende zu führen?

Ich bin so entnervt, daß ich mein Heft seit vier Tagen nicht geöffnet habe.

Wäre es nicht Wahnsinn, den Weg einzuschlagen, den Ihr perfider Geist mir weist?

Vor allem: Schreiben Sie mir vorläufig nicht mehr! Mein nächster Brief wird Sie über das endgültige Schicksal Maries unterrichten... Es sei denn, ich kehre einfach nach Paris zurück. (Aber wie kann ich von hier fliehen.)

Ich umarme Sie mit Groll.

T.

PS: Vielen Dank immerhin für Ihre Nachsicht (eigennützig vielleicht?), mich nicht für «morbide» zu halten.

*

Thérèse an Pierre F.

9. Januar 19..

Verdammenswerte Seele,
zusammen mit Ihrem kurzen Brief (entgegen meinen Bitten) ist eben der Brief Monsieurs de B. angekommen, in dem er Sie zu Hilfe ruft und den ich Ihnen, wie Sie es verlangt haben, hiermit zurücksende.

Würden Sie mir bitte sagen, Machiavelli, welchem Motiv Sie gehorchen, wenn Sie mir diese von Zynismus und Eitelkeit strotzenden Zeilen übermitteln, bei deren Lektüre Ihnen ganz heiß geworden sein muß, wie ich Sie kenne.

Strengen Sie sich bloß nicht an, ich finde die Antwort selber. Beweist nicht allein schon die Tatsache, daß Sie mich erst heute über die Schritte unterrichten, von denen Sie schon wußten, als Sie mir am 4. Januar schrieben (das Datum beweist es), wie sicher Sie waren, damit zum entscheidenden Schlag auszuholen?

Aber worauf gründet sich Ihre Sicherheit? Auf Erkenntnisse, die Sie über mich zu besitzen meinen? Ich will es Ihnen sagen: Sie bilden sich ein, daß ich genauso bin wie Sie, und können nicht glauben, daß das, was Ihr Gemüt erhitzt, meine Phantasie kalt läßt.

Ich behaupte keineswegs, daß Sie sich völlig täuschen, sondern daß Ihre Finessen überflüssig sind, weil die Entscheidung schon längst gefallen ist.

Ich will auch nicht länger behaupten, daß Sie falsch gehandelt haben, denn ohne mir viel über seine Absichten und Motive zu verraten (Sie wissen, daß ich mir darüber von vornherein wenig Illusionen machte), bestärkte mich das, was Ihnen der Gegner schrieb, tatsächlich in einer gewissen Entscheidung.

Machen Sie sich also nicht die Mühe, weiter in mich zu dringen. Fügen Sie Ihren vielen Halbwahrheiten keine neue hinzu.

Da Thérèse nicht zu Ihnen zurückgekehrt ist, hat Marie nachgegeben, das müßte doch eigentlich leicht zu verstehen sein. Eine Verschwörung, die zu stark war für ihre schwachen Kräfte, hat noch vor Ihrer letzten Intervention über sie gesiegt.

Alles ist verbrieft und besiegelt: ich trete in *den Stand der unheiligen Ehe.* Das Aufgebot ist heute bestellt und die Trauung für den 22. Januar festgelegt worden. Sie sehen, daß alles sehr schnell ging, nachdem die Vorbedingung meines «Ja» erfüllt war.

Ich denke seither oft an die echte Marie, die irgendwo (nur Sie wissen, wo) in einem Bürgerhaus in der Provinz dient... und die in einigen Tagen, ohne das geringste zu ahnen, durch unzweifelhafte Bande an einen gewissen Simon, Urbain *Auduin* (sein Vorname lautet ebenfalls Urbain) gefesselt sein wird, den sie noch nie in ihrem Leben zu Gesicht bekommen hat.

Sie sind wirklich schrecklich! Und meine innere Qual beweist mir, wie falsch es war, Ihnen soweit zu folgen.

Jetzt bin ich also «verlobt» und habe sogar eine «Mitgift» erhalten. Am Tag der Eheschließung wird mein Herr mir das kleine Haus übertragen, das in der Nähe des Gutes liegt und meine rustikalen Liebesspiele beherbergen soll. Oder vielleicht *sollte*, denn vorläufig, für mindestens zwei Monate noch, wurde mein Dachzimmer zum ehelichen Domizil auserkoren. Und wie Sie wissen, nur für die Wochenenden. Dieser Umstand ist von Bedeutung und hat meine Entscheidung nicht wenig beeinflußt. Zwei Monate sind eine lange Zeit...

Ich brauche Ihnen nicht zu sagen, daß mein Verlobter trotz dieser leichten Eintrübung vor Glück strahlt. Donnerstag abend konnte er es noch nicht fassen, und heute hat er sich schon beinahe an sein Glück gewöhnt. Auf Alines Rat hin übe ich mich von jetzt an darin, ihn zu siezen – werden Sie mir das glauben? Er duzt mich natürlich, doch genießt er sichtlich die den örtlichen Sitten entsprechende Respektbezeigung, welche die liebenswürdige Unterordnung des «schwachen» Geschlechts im Ehestand zum Ausdruck bringt.

Ist dieses Detail Ihnen amüsant genug? Ich weiß, daß es Ihnen gefallen wird. Dieses Opfer an die Bräuche lasse ich mir natürlich mit einer Enthaltsamkeit bezahlen, die er dank der Zukunftsperspektive auf sich nimmt.

Nicht ohne Gewissensbisse denke ich daran, wie prekär ein so erhofftes Glück ist. Doch an sein Glück zu glauben – heißt das nicht schon, glücklich sein?

Madame de N. ihrerseits hat mit viel Würde diese ihr unliebsame Lösung akzeptiert. Da Marie sich jetzt in eine Bäuerin verwandelt, wird sie diesen Ort sehr bald allein verlassen. Der ironische Blick ihrer grünen Augen wird mich nicht zum Altar begleiten.

Schon deuten sich die Vorbereitungen ihrer Abreise an. Geht damit der zweite Akt zu Ende? Im Guten wie im Bösen wird die jetzt beginnende Zeit den Ausschlag geben. Der Herr wird seine Gastfreundin in einer Woche nach Paris zurückbegleiten. Wenn er von seiner Reise zurück ist, wird er – ein ganz besonderer Gunstbeweis – Simons Trauzeuge sein. Danach gebe ich mir zwei bis drei Wochen, höchstens aber einen Monat, um zu sehen, wer in welche «Lage gebracht wird». Im Februar wird Ihre Thérèse auf alle Fälle zu Ihnen zurückkehren. Es müßte schon mit dem Teufel zugehen, wenn die Sache mich hier länger festhalten würde.

Mittlerweile gestalten sich die Beziehungen zwischen Herrin und Dienerin, ob sie nun statthaft oder skandalös sind, ausgerechnet in dem Moment, da ihr Abbruch bevorsteht, immer leidenschaftlicher. Sie haben sich in den letzten Tagen unmerklich verstärkt und werden zu einem unsichtbaren Faden, über Rang und Stand hinweg. Eine stumme Sprache, die nur in den feinen Nuancen des Augenblicks auszumachen ist, vermählt geschmeidigen Gehorsam mit zärtlicher Autorität.

Da die Trennung naht, macht sie der treuen Kammerzofe zahlreiche Geschenke: Strümpfe, Wäsche, Parfum; kleine Zuwendungen, persönliche Aufmerksamkeiten als Belohnung für den Eifer. Der Gipfel der Großzügigkeit: Mir fällt das entzückende rote Kostüm zu, das ich kürzlich so bewundert habe. Als verheiratete Frau werde ich es unter dem Mantel tragen. Ein königliches Trinkgeld, das Marie errötend annimmt.

Monsieur de B. kann eine Geschäftsreise nicht verschieben. Verheißt mir diese Abwesenheit von 24 Stunden, die wirkliche Trennung vorwegnehmend, nicht gewisse heimliche Abschiedsszenen? (Ich bitte Sie, sparen Sie sich diesen lüsternen

Blick!) Pyg, mein lieber Pyg, es ist wohl Zeit, daß diese beunruhigenden Beziehungen aufhören.

Doch ist das, was mich nach dieser Abreise außerhalb der Ehe erwartet, denn «schicklicher»? Und die Eheschließung selbst, die Sie, Machiavelli, so aktiv betrieben haben – macht die Sie nicht eifersüchtig?

Ich bin ganz die Ihre

T.

PS: Ich mußte natürlich in der Handschrift Maries an das Bürgermeisteramt in R. schreiben, um die zu meiner Eheschließung nötigen Dokumente zu erhalten (ich betete, daß die wirkliche Handschrift meiner angenommenen Persönlichkeit dort nicht schon bekannt sei). Ist es zu glauben, daß ich dies *ganz zufällig* am 5. Januar tat, demselben Tag, als ich Ihnen meine Unentschlossenheit schilderte? Nur durch die unglaubliche Beflissenheit des fernen Standesbeamten war es möglich, das Aufgebot so schnell zu bestellen. Alles erscheint so leicht, und in der Tatsache, daß die Ereignisse selbst sich der Verschwörung so sehr anpassen, glaube ich schon wieder ein «Zeichen» zu erkennen.

*

11. Januar

Armande

Auf ihre Art ist sie menschlicher geworden, und sie hat Marie schließlich in ihr Reich aufgenommen. Manchmal bemerke ich sogar deutliche Zeichen eines gewissen Interesses.

Ich wage nicht zu behaupten, daß ich mir ihre Sympathie erworben habe. Immerhin ist ihre Miene weniger verschlossen. Da bei ihr jedes Gefühl despotisch wirkt (auch die ausschließliche Ergebenheit ihrem Herrn gegenüber), werde ich jetzt nach und nach zu ihrem Eigentum. Das ist ihre Art, ihr Herz zu öffnen. Ich bin gehorsam und lasse mich unterwerfen. Ihr gegenüber ist meine Unterwürfigkeit zweifellos am wenigsten berechnend.

«Was halten Sie von Simon, Armande?»

Sie sieht mich mit ihren kleinen grauen Augen, die nicht ihr ganzes Geheimnis preisgeben, einen Moment lang an. «Das ist kein Mann für dich!»

12. Januar

Waffenstillstand

Eine Kammerzofe, ein «Mädchen für alles», das nichts besitzt als seine Jugend und eine schon ausgedehnte Erfahrung als Dienerin; nicht allzu dumm, aber auch nicht ehrgeizig. (Wird man nicht ironische Bemerkungen machen über den geringen Nutzen, den sie aus ihrer Schönheit zieht?)

Ein störrischer, ungehobelter Verlobter, aufgedrängt durch die Umstände... und eine höhere Laune.

Ein vor drei Monaten noch unbekannter Herr, den man heute für allmächtig hält. Sein Interesse schmeichelt einem, und das gilt auch für gewisse Verfolgungen, an die man sich unmerklich gewöhnt hat und deren Fortsetzung man sich – wer weiß? – mit irgendeinem Hintergedanken wünscht.

Schließlich eine Herrin, deren Herrschaft zu Ende geht und die dich unglaublich *geprägt* hat.

Frage: Wie ist die psychologische Reaktion der jungen Frau auf die erzwungene Ehe und alles, was damit zusammenhängt?

Ich kann es nicht wissen und werde es nie genau erfahren. Denn mehr als Marie fürchtet zweifellos Thérèse diese Ehe, die gleichzeitig ihren «morbiden» Geist erregt. Die Idee der «bloßen Laune und reinen Willkür» verblaßt angesichts der bevorstehenden Ereignisse immer mehr und verliert fast ihre ganze Kraft. Wird diese Heirat etwas ändern, wird sie meine Beziehung zu Simon wandeln? Ich ahne und fühle, daß es so ist. Da ist zuerst einmal dieser Mensch selbst. Seine primitive Leidenschaftlichkeit wird durch die Ehe legitimiert und erschreckt mich ein wenig. (Auch der Schrecken hat seinen Reiz.) Wird der kommende Sonntag mit der «Verlobungsfeier» nicht schon eine Bewährungsprobe sein?

Thérèse beschäftigt sich mehr als Marie mit den verborgenen Hintergründen dieser Eheschließung. Stärker hallt in ihr das Echo dieser Entscheidung nach, beunruhigender erscheint ihr die nahe Zukunft, härter das Duell, dem sie sich stellt. Und deutlicher sieht sie, was auf dem Spiel steht.

14. Januar

Abschied von Sappho

«In acht Tagen, Marie, werden Sie verheiratet sein!»

Es ist der vorletzte Abend. Zum vorletztenmal reibe ich sanft dieses aus dem Bad entstiegene Fleisch.

«Wie fühlen Sie sich dabei?» (Ach, Madame, zeugt mein gezwungenes Lächeln etwa von Begeisterung?)

Sie dreht sich um und bietet ihre Brüste meinen hingebungsvollen Händen dar.

«Liebst du Simon wirklich nicht?»

«Nein. Madame weiß das sehr gut.»

Ein Lächeln. «Na, um so besser!»

Wie weit entfernt ist mein künftiger «Gatte» in diesem Moment! Wir lassen uns Zeit. Kein Bittsteller wird heute abend an die Tür klopfen. Die Zeit bringt uns mit Sicherheit nur der geheimen Abschiedsszene näher, welche die Odaliske nicht wird verweigern können.

«Hast du ihn ‹wiedergesehen› seit jenem denkwürdigen 1. Januar?»

«Nein. Madame. Er weiß Bescheid: vor der Heirat nicht mehr!»

Sie lacht. Meine Hand läßt sich Zeit bei ihrer Aufgabe. Unmerklich wird wieder einmal die unsichtbare Grenze zwischen dem Erlaubten und Unerlaubten überschritten.

«Du solltest nicht maulen, dir konnte nichts Besseres passieren als diese Heirat.» Für eine Sekunde sehe ich im Badezimmerspiegel wieder einen Rest von Groll in ihren Augen. «Da du dich ja entschieden hast, mich nicht zu begleiten.»

Ich halte ihr den geöffneten Bademantel hin. «Ist Madame mir deswegen böse?»

«Aber nein, Dummchen!» Ihr Lächeln ist wieder da. «Ich werde es dir morgen beweisen.» (?)

Zum vorletztenmal sitzt sie vor dem Frisiertisch und bietet ihren Kopf den Händen der Kammerzofe dar.

Unter gewissen Umständen ist die Heirat eine Notwendigkeit.

«Worauf will Madame hinaus?»

«Nun sei doch nicht so dumm! So, wie du aussiehst, bist du in deiner Stellung gewissen Launen ausgesetzt... und ihren Folgen. Es ist gut, dafür einen *Verantwortlichen* zu haben!»

Ihr Blick sucht im Spiegel den meinen. «Vielleicht ist es schon höchste Zeit für dich?» (Wie deutlich ihre Anspielungen sind.)

«O nein, Madame!»

«Bist du sicher?»

«Vollkommen.»

«Aber auf alle Fälle weißt du, was dich nach meiner Abreise erwartet... Das Risiko bleibt.»

Eine leichte Schamröte überzieht mein Gesicht. «Aber Madame, da Monsieur mich verheiratet –» ich senke die Stimme, denn ich weiß, daß jetzt eine Heuchelei kommt – «interessiert er sich doch nicht mehr für mich!»

«Spiel nicht Komödie! Wofür hältst du mich?»

Ich gebe mir alle Mühe, zu erröten. Nur das geduldige Knistern meiner Bürste auf dem geneigten Haupt antwortet.

«Gib zu, daß es dich schon lange danach verlangt, einen *sympathischeren* Dienst wiederaufzunehmen!»

Undankbare! Jetzt ist nicht mehr die Stunde der Schüchternheit. Meine Hand hat ihre Mähne fest gepackt, und fast von selbst *wagt* sie es, daran zu ziehen (oh, nur sanft!). Ihr Gesicht dreht sich zu mir hoch und ich beuge mich darüber.

«Sympathischer? Wie kann Madame so etwas sagen?»

Sie läßt es sich gefallen und seufzt, ohne mir zu glauben. «Wie gut du lügen kannst!»

Ich lockere den Griff. Schmeicheln wir aber weiter dieser anderen Laune, die mir ihre Vorstellungen aufdrängt.

«Und außerdem, selbst wenn ich Simon nicht liebe, so schäme ich mich doch bei dem Gedanken, meinen Gatten zu betrügen. Und was Madame mir sonst noch alles andeutet...»

«So etwas Scheinheiliges! Wir kümmern uns um deine Ehre, und... Weshalb lachst du?»

«Ehre ist genau das richtige Wort, Madame!»

«Stimmt. Um deine Ehre, und das ist nun der Dank!»

Sie erhebt sich und lacht verräterisch.

«Du wirst es nicht schaffen, daß ich an soviel Skrupel glaube.»

Sie drängt sich fest an mich... Und dann, als mich trotzdem eine plötzliche Abwehr ergreift, die ihr nicht entgeht, verschwindet für einen Moment alles Diabolische, alles Betörende aus ihrem Gesicht. Es ist so, als besinne sie sich plötzlich (mittels welcher Telepathie?) selbst auf etwas, das...

Wir sehen uns tief in die Augen. Simon, Monsieur de B., die Intrigen von La Châtaigneraie, alles ist plötzlich sehr weit entfernt. In ihrem Blick ist nur noch (weshalb kommt mir das Wort, das ich jetzt schreibe, wie eine Ungeheuerlichkeit vor?) eine Art von... Ergebenheit.

Aber sie faßt sich bald wieder, und ich desgleichen. Ihre Gesten sind aus Rücksicht auf mich ganz behutsam. Ihre Hände, die mir die Schürze abnehmen, sie hoch über den Kopf heben und mir die Korsage lösen, sind fast wie ein Lufthauch, und ihr Lächeln, so nahe an meinen Lippen, ist beinahe unschuldig, und doch unterjocht es mich.

Von neuem gequält fragt sie, als spreche sie zu sich selbst: «Wie, sag mir, soll ich ohne dich auskommen?»

Schon fast im Bett gibt sie mir ihren Schmuck, den abzulegen sie vergessen hat. Diesmal hindert sie mich nicht, das Licht zu löschen. Alles übrige... man vergebe mir: alles übrige geschieht *ganz von allein und ohne Worte.*

Ganz ohne Worte? Ist das möglich? Wird dies «bekennerische» Lächeln, das auf ihrem Gesicht liegt, mich schwankend machen? Wie soll ich mich verhalten, ohne mich selbst zu verraten?

So hättest du also ganz wie eine «extravagente Persönlichkeit» das Recht, hinter das Geheimnis einer fröhlichen Philosophie zu schauen, die Eingeweihten vorbehalten ist und die du aus Unersättlichkeit beneidest.

Erinnere dich an folgendes Urteil Aphrodites: Von drei menschlichen Paaren, die man sich vorstellen kann, ist eines vollkommen, das zweite brauchbar und das dritte lächerlich.

Ich kann nur zustimmen, daß das zweite so ist, wie sie sagt. Und daß das dritte lächerlich ist, will ich nicht bestreiten. Und das erste «vollkommen»... Marie entdeckt in ihrer so einfältigen Seele einen verwirrenden Aspekt dieser verfänglichen Wahrheit. Sie muß lachen, wenn sie an den «verweiblichten» Mann denkt, während sie den Beweis hat, daß Sappho ohne falsche Männlichkeit auskommt.

Man hat erraten, daß Marie bei ihren gleichsam ersten Schritten meinte, ihr sei nur ein einziger Weg erlaubt: jener der Bewunderung. Sie empfing Zeugnisse dieser Art und erwiderte sie. Doch abgesehen davon, daß die Schüchternheit sie vielleicht ungeschickt machte, sollte sie bald erfahren, daß der

«Austausch» nicht der richtige Weg war... Und bald war sie zur Hingabe bereit.

An dieser Stelle verzerrt sich mein Blickwinkel vielleicht. Denn nicht jede «Hippolyte» ist auch eine Marie. Sie haben nicht alle das Glück, unter dem Deckmantel der Nacht ihre dürftige Stellung in einer anderen Welt so sehr zu überschreiten... Und mit eigenen Augen den schnellen Übergang von bloßer Laune zu Leidenschaft zu erleben, der sie in Königinnen verwandelt und sie zwingt, sich selbst auch als solche zu sehen.

Was noch? Einzelheiten? Meinst du, daß diese Dinge sich in Worte fassen lassen?

Ist das Geheimnis dieser «tausend tiefen Küsse» des verdammten Dichters nicht durchschaubar? Stell dir ihre Macht vor, ihr Wissen, das aus guter Quelle kommt, ihr Fieber und ihre Begeisterung – und all das auch bei ihrem Opfer, eines von dem anderen erregt.

Stell dir vor, wenn du dessen würdig bist, wie es auf dem Höhepunkt dieser Woge um das Herz Maries bestellt ist, wenn ihre Hand schwer auf dem vor Leidenschaft glühenden (ach, einst so stolzen) Haupt ruht und sie mit ihrem eigenen Fleisch diesen Mund, *der sie will,* dieses ganze Gesicht bedrängt.

Ach, mein Lieber, genug dieser Narrheiten. Du bringst mich nicht dazu, zu behaupten, ich würde andere Freuden ablehnen. Ich bin keine Überläuferin. Dies hier ist etwas anderes, begreifst du das? Diese Sappho, die dich ärgert, dir Gott weiß was für ein skeptisches Grinsen entlockt – niemals wirst du, noch sonst jemand deines Geschlechts, wie sie von Kopf bis Fuß erzitternd, das Glück kennenlernen, das nur darin besteht, Glück zu schenken.

*

Thérèse an Pierre F.

La Châtaigneraie, den 17. Januar 19 . .

Mein Lieber,
Ihr Brief kam schon vor vier Tagen. Ich habe mit der Antwort gewartet, bis ich allein bin.

Angesichts der Aussichten, die Sie kennen, sammle ich meine Kräfte, überdenke das Maß meiner Torheit, und während Sie mich zu meiner Entscheidung beglückwünschen, zögere ich noch, sie zu verwirklichen.

Dieser tiefste Stolz . . . In Maries bescheidenem Gewand lebt nämlich immer noch Thérèse. Sie erreichen nicht, daß ich mir an der Schwelle zum letzten Akt nicht noch immer Fragen stelle und beunruhigt bin.

Der Herr und seine Gastfreundin sind vor zwei Tagen abgereist, und mir kommt hier alles so leer vor. Nach und nach wird alles aufgeräumt, und die Spuren einer Anwesenheit, welche die Odaliske immer noch beschäftigt, verschwinden. Nur der hartnäckige Duft des Parfums im blauen Zimmer hält sich noch, und wie ein Phantom schwebt darüber das ironische Lächeln.

Hier fällt also der Vorhang nach dem zweiten Akt.

Die nahezu letzte Szene war so, wie ich sie ohne große Verdienste vorausgesehen hatte. Leider war ich zu einem letzten Besuch auf dieser Insel gezwungen, die man heute, glaube ich, Lesbos nennt. (Meine Sätze werden jetzt so umständlich wie die Ihren.) «Gezwungen», genau, grinsen Sie nicht! Wie erregend nämlich gewisse Wonnen auch sein mögen, Sie wissen, daß ich nicht von Natur aus zu ihnen neige. Ich meine, man kann ihren Zauber nur ausnahmsweise ertragen. Es ist sogar höchste Zeit, sie an die zweite Stelle meiner Erinnerungen zu verbannen . . . Im übrigen stimmt es, daß die Ausnahme diesmal sehr schmeichelhaft für die arme Marie war und man ihr vergeben muß, einer Regung der Eitelkeit erlegen zu sein. Ist die Eitelkeit nicht tief in jedem von uns, ganz gleich welchen Rang und welche Stellung wir einnehmen, die geheimste Triebkraft?

Wie hinterlistig aber übergab mich meine katzenhafte Herrin, die mich zwei Monate lang unterjocht hatte, am letzten Abend ihrer Herrschaft den allerwidrigsten Umständen... und sozusagen mit eigenen Händen! Und ohne dabei meinem Herzen alle Befüchtungen zu nehmen, die besonders jetzt (in diesem Moment) aufkommen, wenn ich kühl über alles nachdenke.

Nicht zufällig enden die vertraulichen Mitteilungen meines roten Hefts bei der vorletzten Szene; ich hatte beschlossen, Ihnen die letzte vorzuenthalten. Doch da ich diese Zeilen schreibe, ist mir, als fühlte ich Ihren durchdringenden Blick auf mir ruhen, als würden Sie Aufklärung über das letzte, noch im dunkeln liegende Detail fordern.

Die beiliegenden Blätter werden Ihnen zeigen, wie Sappho, noch bevor sie an ihren eigenen Nutzen dachte, mich lächelnd und hinterlistig auf den Weg meiner bescheidenen Eheschließung führte, wie auch auf den der damit unvermeidlich verbundenen Pflichten. Wie sehr ihr daran lag, mir zu beweisen, daß sie das weitere Schicksal ihrer Dienerin deutlich ins Auge gefaßt und mitgeplant hatte. Was ich aber nicht wußte: Wie sehr ihr daran lag, im letzten Augenblick ihres Aufenthalts dabei sozusagen die Leitung zu übernehmen.

Das Ereignis war offensichtlich im voraus «arrangiert» worden. Ich spürte es sofort. Und man legte dabei grausam wenig wert auf meine Würde, wie Sie sehen werden. Aber ich bin mir immer noch nicht ganz sicher, ob die stolze Persönlichkeit des Monsieur de B. dabei nicht auch so etwas wie eine geheime Beleidigung gespürt haben muß. Ob er während der zwei Stunden, die wir zusammen verbrachten, in der zweifelhaften Liebenswürdigkeit seiner Gastfreundin, ja sogar in ihrem Lachen, nicht auch eine gewisse Verachtung seiner Person gefühlt hat. Ob er nicht schon beim Betreten des Zimmers, wo ich zum letztenmal mit der kostbaren Abendtoilette meiner Herrin zu tun hatte, eine beißende Unverschämtheit ahnte.

Oder der Mann war blind vor Eitelkeit! Oder er war zu besessen von seinen Absichten, zu sehr erfüllt von dem manischen Glauben an seine Allmacht.

Schon daß er, kaum hatte er sich gemeldet, eintreten durfte, stellte eine so ungewöhnliche Vernachlässigung unseres gewohnten Rituals dar, daß ich sofort mißtrauisch wurde. Nur mit dem Pyjama bekleidet, setzte er sich lächelnd zu uns. Während ich mit verkrampften Händen das Haar bürstete, spürte ich ein heimliches Einverständnis in der Luft.

«Marie, man sieht, daß Ihnen Ihre Arbeit Spaß macht!»

«Ich glaube, daß Monsieur mit dem gleichen Spaß zuschaut!» Ganz entgegen meinen Absichten war schon ein schäkernder Ton angeschlagen. Ich erspare Ihnen (oder vielmehr mir selbst) die Einzelheiten des Ereignisses.

Aus den Anspielungen und launigen Reden entnahm ich bald, daß mir eine Falle gestellt worden war. Und daß Madame de N., weit davon entfernt, eifersüchtig zu sein, weil eine so bescheidene Persönlichkeit ihre Nachfolge antrat, ganz im Gegenteil meiner «Inthronisation» beiwohnen wollte. (Das war zweifellos der Sinn jenes geheimnisvollen Versprechens vom Vorabend gewesen.)

Kaum hatte ich meinen Dienst als Kammerzofe beendet, da wurde ich ungeachtet meiner Weigerung, meines Errötens und meiner Verlegenheit die Beute von vier Händen, die mich auszogen, während die grünen Augen meiner Herrin dabei auf treuloseste Weise zusahen. Und so fand sich Marie bald in doppelter und schmeichelhafter Gesellschaft in dem Bett wieder, welchem sie sich bisher nur in Ausübung ihrer (schicklichen oder weniger schicklichen) Pflichten genähert hatte.

... Und sie blieb dort fast zwei Stunden lang. Ich überlasse es Ihnen, einzuschätzen, in welchem Maße sie sich dabei ihrer verständlichen Schüchternheit zu entledigen verstand. Sie wissen zur Genüge, welcherart «Reden» bei solchen Treffen geführt werden. (Ich halte Sie übrigens auch für einen Liebhaber derselben.) Also kann ich darauf verzichten, Ihre Neugier noch eingehender zu befriedigen. Um so mehr, als ich vermute, daß ich selbst gar nicht deren Hauptobjekt bin. Eine Einzelheit immerhin: Ich weiß, daß Sie all das pikant finden, während es für Marie höchst beleidigend war. (Während sie sich kurz vor einem Sieg wähnte, machte man sich einen köstlichen Spaß daraus, sie erneut in die tiefste Abhängigkeit zu stürzen.)

Wie Sie gehört haben, hatte Madame de N. hinterlistig in Erfahrung gebracht, daß ich weder von Simon noch von sonst jemandem schwanger war. (Lächeln Sie ruhig, da Ihnen nicht unbekannt ist, daß es dafür gute Gründe gab!) Werden Sie erraten, wie weit die Kühnheit des dreisten Despoten ging, der – während seine Hand überall herumspielt – die Absicht hat, Ihre Dienerin zu beherrschen? Da er im voraus sicher zu sein meinte, daß mein unwürdiger Gatte – aus Ungeschicklichkeit oder aus Selbstgefälligkeit – nicht säumen würde, für Nachkommenschaft zu sorgen, hielt er es für angebracht, ihm «zuvorzukommen».

Folgendes nebenbei gesagt: Sie wissen, daß eine Laune der Natur (die ich zuweilen beklagt habe) mich vor gewissen und manchmal gefüchteten Konsequenzen schützt. Doch hier weiß «man» nichts davon; diese Einzelheit blieb geheim. Ich weiß nicht, ob aus Gerissenheit oder aus menschlicher Rücksichtnahme, aber ich habe in diesem Punkt nie aufgehört, Angst und die allernatürlichsten Vorsichtsmaßnahmen vorzutäuschen.

Sosehr also die ehrgeizige Absicht des Tyrannen geeignet war, mich zum Lachen zu bringen, ich konnte nicht anders – während unsere Zuschauerin uns mit diabolisch interessierten Augen zusah –, als seine Liebeslaune zu unterstützen, indem ich mich aufs höchste alarmiert und verängstigt stellte.

Man bewies mir, daß es keinen Zweck hatte, aus einer

Mücke einen Elefanten zu machen; jedenfalls war nichts Ehrenrühriges dabei, denn schon andere hatten sich hier an dieser Stelle, ohne es bereuen zu müssen, einem so «natürlichen» Begehren überlassen. (Wieso dachte ich an Aline?) Flehen, Protestieren und selbst Tränen nützten also nichts. Man ging unverzüglich von Worten zu Taten über und verfuhr dabei so wild (und mit was für Werkzeugen!), daß ich bald jeden Grund zu einem irgendwie gearteten Widerspruch verlor. Fast hätte man fürchten können, daß eine solche Hitzigkeit jene oben erwähnte Laune der Natur – wenn derartiges denn möglich wäre – hätte in Frage stellen können!

Nicht allein, daß ich unter den Augen meiner Herrin, die an mehr Bedachtsamkeit meinerseits gewöhnt war, durch die zügelloseste Erregung in Harnisch gebracht wurde. Stärkste Beleidigung: Als Höhepunkt dieser genüßlich gekosteten Liebeslaune wurde ich minutenlang unter dem drückenden Gewicht meines Tyrannen festgehalten. Die Zeit nämlich, die nach dem Verständnis diese «Priapus» nötig war, damit der unschätzbare Same auch wirklich das Terrain befruchte, das er zu beehren geruhte.

Durfte ich jetzt hoffen, die zur Erholung von derartigen Gefühlen geeignete Freiheit wiederzuerlangen? Nein, es hatte ganz den Anschein, als sei ich immer noch nicht aller mit dieser «Inthronisation» verbundenen Pflichten ledig. Während des Intermezzos bat man mich, nach unten zu gehen und ein paar Erfrischungen zu holen. Da ich noch zweifelte, ob es angebracht sei, mich für diese Aufgabe anzukleiden, da mich andererseits mein Bacchantinnen-Kostüm ein wenig manövrierunfähig machte, kam mir meine stolze Gefährtin zu Hilfe, indem sie mit einer Handbewegung auf ihr eigenes Negligé wies.

Und so geschah es, daß ich mich in malvenfarbene Seide gekleidet dieses ungewöhnlichen Dienstes entledigte.

Darauf wurde ich eingeladen, wieder Platz zu nehmen, und ich kam gerade rechtzeitig, um trotz meiner wiedererwachten

Schüchternheit aus nächster Nähe einem Schauspiel beizuwohnen, bei welchem ich kurz zuvor noch selbst aktive Teilnehmerin gewesen war.

Das wenigste, was ich sagen kann (ich spüre, daß Ihr Interesse sich immer mehr steigert): Man hätte schon ein Herz aus Stein besitzen müssen, um einem solchen Gefecht gegenüber fühllos zu bleiben. Daß der männliche Akteur am Vorabend der unwiderruflichen Trennung seine Ehre daran setzte, sein ganzes Talent zu entfalten, versteht sich von selbst. Auch daß der Unterschied zu dem, was man für eine subalterne Partnerin als ausreichend erachtete, beträchtlich war, konnte mich nicht in Erstaunen versetzen. Doch sie hätten die Akteurin sehen sollen! Oder gar hören sollen! Ich vermute, daß auch bei solchen Akteuren die Lust durch die Umstände gesteigert wird. Auf jeden Fall bin ich sicher, daß die Anwesenheit einer Zuschauerin – und gerade dieser – etwas mit dem erstaunlichen Nachdruck zu tun hatte, mit dem man zur Sache ging. Das ist um so weniger zweifelhaft, als man während einer jeden der Figuren dieses Balletts, bei dem es weder auf der einen noch auf der anderen Seite an Einfällen mangelte, freundlicherweise bald (zumindest wenn man dazu den Atem fand) auf den künftigen Nutzen verwies, den die arme Marie von dergleichen haben würde. Darf ich Ihnen gestehen, daß eine solche Aufmerksamkeit (wie immer es mit meiner Bescheidenheit und mit meinem berechtigten Zorn auf den Tyrannen bestellt sein mochte) nicht verfehlen konnte, ganz von allein den Weg zu meinem Herzen zu finden?

Kurz darauf mußte ich jedoch leider wieder etwas zurückstecken. Und zwar in Folgendem... (Verzeihen Sie, wenn meine Erzählung, diesen Punkt betreffend, für Ihren Geschmack zu diskret bleibt.)

Der Umstand, daß sie ohne Verschnaufen mehrere Posten besetzt gehalten hatte, ließ in der Schönen das Verlangen nach einer Pause aufkommen. Sie werden sicher nicht überrascht sein, wenn ich Ihnen sage, daß Venus sich bei solcher Tätigkeit schneller als Sappho erschöpft. Um so mehr aber werden Sie verblüfft sein, wenn Sie erfahren (Sie bringen mich schon wieder dazu, Scheußlichkeiten zu schreiben!), daß man trotzdem unerschütterlich weiter Wache hielt – mit gezücktem Säbel. (Ja, mein Lieber, so ist es! Wenn man auf La Châtaigneraie erst mal mit Artigkeiten beginnt, so hört man nicht so schnell wieder damit auf.) Dann aber, und unter so geeigneten Voraussetzungen, flüsterte meine Gefährtin (oh, Verrat!) ihrem Partner einige Worte ins Ohr, deren Sinn sich kurz darauf erweisen sollte. Auf der Stelle das Schlachtfeld wechselnd, machte der Seigneur, mit einem Lächeln auf den Lippen, es sich sofort wieder zur Pflicht, Ihre Dienerin von neuem zu beehren, welche diesmal viel zu aufgewühlt war, um eine Abwehr vorzutäuschen.

Doch warum mußte es in Form einer so maßlosen Anforderung geschehen, welche bei seinem (ach, schon so lädierten) Opfer nicht gerade uneingeschränkte Zustimmung finden konnte? Warum mußte sie nach einigen für ihre Einfalt trügerischen Präliminarien zu einem Entgegenkommen gezwungen werden, wie man es nur ungern gewährt?

Hätte die herrschaftliche Lust sich damit begnügt, ihre diabolischen Absichten anzudeuten, so hätte ich ihre Ungeniertheit akzeptiert. Höchstens hätte ich einen zusätzlichen Tribut darin gesehen. Aber nein: Ich erfuhr sogleich, daß man diese Etappe mit Hilfe eines Geräts zu beenden dachte, dessen Anblick, schon wenn es ruhte, Furcht einflößte. Angesichts dieser grausamen Bewaffnung konnte ich meine Tränen nicht bezähmen.

Das schlimmste war aber nicht, daß mein Folterer sich durch meinen Kummer angestachelt fühlte, sondern daß seine neue Zuschauerin mich völlig im Stich ließ und ebenfalls ihren Spaß daran hatte. Gewiß wollte sie mich strafen, indem sie mich rückblickend erkennen ließ, wieviel sanfter die Sitten Sapphos sind.

Es wäre übertrieben, zu sagen, daß man mir hiernach die Freiheit zurückgab: Ich wurde auf förmliche Weise entlassen.

Was soll ich dem noch hinzufügen, mein Freund? War ich nicht schon viel zu unanständig weitschweifig für jemanden, der Ihnen manche Dinge verschweigen wollte? Es ist mir gewiß sehr schwergefallen, Ihnen ein doppeltes Geständnis zu machen, das äußerst quälend für das Selbstgefühl Maries war. Und meinen Sie, daß jenes von Thérèse weniger angeschlagen aus diesem Abenteuer hervorgeht?

Natürlich vergesse ich nicht, wie sehr das Verhalten von Madame de N. zu verurteilen ist, wenn man unsere zärtlichen Beziehungen bedenkt. Sie war eine Komplicin, wenn nicht die Anstifterin dieses Hinterhalts, und sie genoß alles offensichtlich so sehr, daß sich eine gewisse Verlogenheit bei ihr nicht übersehen läßt. Wenn ich auch andererseits anerkennen muß, daß sie La Châtaigneraie nicht verließ, ohne mich sozusagen in gewisse Rechte «einzuführen» und mir selbst anheimstellte, welche Vorteile ich daraus ziehen will.

Was nun den eitlen Souverän angeht, so muß er, wie unbestritten seine Herrschaft über Marie auch ist, in den Augen von Thérèse doch naiv erscheinen. So naiv, daß er übersieht, wie gezinkt die Karten sind. Was er sich wie einen zu engen Schuh mit Gewalt überzustreifen gedenkt, ist in Wirklichkeit aus so geschmeidigem Leder gefertigt, daß es bestimmt nicht platzen, sondern sich anschmiegen wird – komme, was da wolle. Wir werden es erleben: Die nahe Zukunft wird zwischen Zwang und geschmeidiger Anpassung entscheiden.

Der folgende Morgen war der Tag unseres Abschieds. Letzte diskrete Gefühlsäußerungen im blauen Zimmer. Großzügiges Trinkgeld «als Beitrag zu Ihrer Aussteuer» für eine Marie, die so dankbar dafür ist, daß sie einen letzten heimlichen Kuß nicht ablehnen konnte.

«Adieu, du Böse», flüsterte Sappho.

Vom Bahnsteig aus, wo ich zu einem letzten Adieu unbeweglich verharrte, sah ich den Waggon im kalten Morgennebel verschwinden. Da fuhr sie also hin, diese Person, die auf künstliche Weise in mein Leben getreten war und die ich unter anderen Umständen sicher zu meiner zärtlichsten und gefährlichsten Freundin gemacht hätte. Ach, mein Lieber, ich bedaure es für Sie, daß Ihr Weg jenen dieser Frau wohl kaum jemals kreuzen wird.

Ich bedaure es ... und beglückwünsche mich dazu.

Gestern, am Sonntag, war der Tag der «Verlobungsfeier». Es herrschte, wie Sie sich denken können, eine ganz andere Stimmung.

Ich wurde Simons Mutter vorgestellt: Mit ihren winzigen grauen Augen, ihrem Mißtrauen und ihrer ganzen Erscheinung sieht sie seltsamerweise aus wie eine Zwillingsschwester von Armande.

Einen Teil des Tages verbrachte ich mit Simon in dem bescheidenen Haus meiner zukünftigen «Schwiegermutter», unter dessen Dach, ironischer Leser, ich bald die von meinem künftigen Herrn und Meister so ungeduldig erwartete Hochzeitsnacht verbringen werde.

Einfaches Wesen unter einfachen Menschen, Bescheidenheit und Schüchternheit verkörpern, den alten Augen, die mich aufmerksam beobachten, zu verstehen geben, daß ich die reinsten Qualitäten einer guten Hausfrau besitze, in Haltung und Sprache genau die richtige natürliche Nuance treffen, die Mäßigkeit, Treue und Folgsamkeit verspricht – das ist nicht so einfach, wie ein oberflächlicher Beobachter es sich vorstellt.

... Ebensowenig wie andererseits die männliche Ungeduld in Zaum zu halten und ihr nichts zu überlassen als ein paar geraubte Küsse; zu lächeln, ohne dabei ironisch zu werden, angesichts des bäurischen Federbetts, das mich in der Nacht zum 22. Januar aufnehmen soll; zu beobachten, ohne dabei Angst zu zeigen, wie hinter der Gestalt des Verlobten schon die des Ehemanns auftaucht; sich am Arm des stolzen Bräutigams, der dir die Taille einschnürt, auf einem langen Spaziergang durchs Dorf zur Schau stellen zu lassen, und schließlich freundlich der stummen Frage nach meinem geheimnisvollen Leben dort drüben im Herrenhaus auszuweichen. Das bedeutet es, Marie zu sein!

Bin ich verrückt?

Ich werde mein Heft nicht mehr öffnen noch Ihnen schreiben, bevor nicht mein neues Leben als Dienerin begonnen hat.

Ich küsse Sie.

III

Montag, 24. Januar

Ich heiße, wie das Standesamtsregister bezeugt, seit zwei Tagen Marie *Auduin*. Mit einem kläglichen Ausdruck in den Augen ist mein Gatte vor Tagesbeginn zu seinem weit entfernten Hof aufgebrochen. Bis zum Samstagabend wird er dort ausharren und an seinen Fesseln nagen, um sich dann auf das geflügelte Fahrrad seiner Glückseligkeit zu schwingen.

Seine Flitterwochen haben nur 48 Stunden gedauert, doch das hat ihm genügt, um schon ganz und gar «Ehemann» zu werden.

Hier für meinen Leser die Chronologie der Ereignisse, die mich zur rechtmäßigen Beute dieses bäuerischen Seigneurs gemacht haben.

Samstagmorgen, 7 Uhr. Die Feierlichkeit dieses Tages erspart mir nur einen Teil meiner Pflichten: ich bin noch früher als gewöhnlich aufgestanden. Auf ihrem Bett sitzend mußte Marie sich erst kneifen, um sich zu vergewissern, daß sie nicht träumte. Seit fast einer Stunde sitzt Aline schon im Anrichtezimmer und pflegt dort fröhlich die Freundschaft zu ihren näheren Bekannten.

Ich habe unseren Herrn bei seiner Rückkehr am Vorabend nur kurz gesehen. Aber ich würde es mir niemals nehmen lassen, ihm das Frühstück an seinem üblichen und beinahe schon geweihten Platz zu servieren. Ich spüre das Interesse in seinen dunklen Augen.

«Marie, kommen Sie, wir haben einen Moment miteinander zu reden.»

Wir sind in der Bibliothek, fern von jedem Zeugen.

«Mach die Tür zu.»

Ist meine Hand auf der Klinke wieder einmal reserviert? Er will mich nur beglückwünschen, ist ganz Leutseligkeit. Auf die gesetzteste Art und Weise erklärt er mir, daß er «mit meinen Diensten zufrieden ist» und «sie noch lange zu genießen wünscht». (Die Dienerin lächelt gerührt.)... Gerade «diese Heirat ist eine gute Sache».

Und dann wird meine Mitgift vervollständigt, und zu dem Häuschen kommt noch ein anderes unerwartet großzügiges, wenn auch vorsichtiges Geschenk hinzu.

«Am Montag wird mein Notar dir eine Schenkung von 6000 Francs übertragen. Sie wird dir tageweise ausgezahlt werden – in zwei Jahren.»

(Das ist der Lohn für drei Jahre... ich werde davon übrigens nichts zu sehen bekommen, aber was soll's. Die Absicht genügt mir schon. Ist es nicht ein Sieg über jemanden, der vor kurzem noch den Fehler vermeiden wollte, «die Domestiken gut zu bezahlen»?) Damit verdoppelt sich meine Dankbarkeit!

Wie diskret das Lächeln, mit dem er auf mich zukommt, auch angedeutet ist, es schmeichelt mir doch. Was soll ich in seinem Blick lesen? Gilt es schon jetzt zu *bezahlen*?

Seine Hände, die mein Mieder beehren, verzichten keineswegs auf ihr Privileg. Sein Mund auch nicht, und die Umarmung wird immer ungeduldiger. Ich kann, errötend, kaum den Kopf freibekommen.

«O Monsieur!... *Heute?*»

... Nein, schließlich geschah doch nichts. Er wollte nur an seine Vorrechte erinnern. (Aber habe ich mein Einverständnis, welches nicht bestreitet, daß es eine Zukunft gibt, auch verschämt genug angedeutet? Erregt dieser verschreckt dargebotene Busen genug Mitleid? Was immer der Sieger davon halten mag, es ist eine Kunst, besiegt zu werden. Sie liegt in diesem Zittern, diesem Seufzen...)

Elf Uhr: (Eben ist ein Telegramm gekommen; es enthält Glückwünsche, aber auch die Erinnerung an die Tyrannei, der ich vor kurzem noch unterlag.)

SIMON, URBAIN AUDUIN, WOLLEN SIE MARIE, LÉONIE, SIDONIE BUTEAU ZUR FRAU NEHMEN?

Feierlich und etwas widerwillig fragt Victor, der Bürgermeister, die Trikolore um den Bauch geschlungen und einen frischen Kratzer vom Rasierwasser auf der Wange, den unwirklichen Schatten an meiner Seite. Zwischen ihm und mir steht ein einfacher Tisch mit einem dicken Buch darauf.

Der Schatten stimmt zu, heiser vor Emotion.

Hinter uns sitzen Monsieur und Aline, unsere Zeugen. Dahinter stehen meine zukünftigen Schwiegereltern und fast das gesamte Gesinde des Bauernhofs, dazu Kinder, die sich in die erste Reihe vorgedrängt haben; ihre Haare sind mit Wasser an den Kopf geklatscht. Sie tragen rosa und gelbe Schleifen. Fast das ganze Dorf ist anwesend. Alle drängeln sich in dem einzigen Raum des winzigen, aus weißem Stein erbauten Rathauses.

MARIE, LÉONIE, SIDONIE BUTEAU, WOLLEN SIE...?

Eine Sekunde lang richtet sich der leicht verstörte Blick der blauen Porzellanaugen auf mich. Die Absurdität der Situation fasziniert mich, und ich höre mein eigenes «Ja», als handle es sich um die Stimme einer Fremden.

Dieses bäuerliche Gefolge hinter den Eheleuten auf dem Weg zur Kirche – ist das nicht absurd? Genauso absurd sind die kurze Ansprache von Monsieur de B., dem Pfarrer, der

Ring den Simon mir an den Finger steckt, und die mächtige, einsame Stimme der ungeschickt bedienten Orgel. Absurd auch beim Verlassen der Kirche, draußen in der trockenen Kälte, die «väterliche» Umarmung des Herrn von La Châtaigneraie.

Fünf Uhr nachmittags: Während es draußen langsam dunkel wurde, mußte das einzige Fenster der überheizten Scheune geöffnet werden, in der zwanzig Gäste lautstark das Hochzeitsmahl beendeten, welches Monsieur de B. spendiert hatte.

Dann wurden Tische und Bänke beiseite geräumt und man tanzte auf der gestampften Erde. Aus den Armen des unermüdlichen und stolzgeschwellten Simon mußte ich in die Arme aller anderen Gäste überwechseln, sogar in die des Herrn Bürgermeisters, der trotz seiner furchtbaren Korpulenz seltsam geschmeidig war. Und schließlich in die unseres Herrn, der bewußt erschienen war, um ein Ereignis zu würdigen, das sein Werk ist.

Zehn Uhr abends: Seltsame, schuldhafte Hochzeitsnacht in den Federn eines Bauernbetts.

Die Wollust ist nicht so lächerlich. Ist sie es jemals? Welche Frau bliebe ihr gegenüber fühllos?

Doch was aus diesem brennenden Verlangen, das sich kaum befriedigen läßt, zu entstehen beginnt und mich ein wenig ängstigt: Ist das nicht der Besitztrieb? Die Beute ist da, jawohl, endlich zugänglich, endlich gefesselt und gebunden. Durch welche unglaubliche Segnung: auf ewig *verfügbar*! Wird sich meine unerschöpfliche, wütende Auflehnung jemals damit abfinden?

Sonntagabend: die zweite (und letzte) Nacht unter dem Dach, wo Simon geboren wurde.

Es ist das Fleisch Maries, das von «unwürdigen» Händen

liebkost wird. Aber ist es nicht Thérèse, die sich bei dieser Vorstellung empört?

Schweig still, schändliche Stimme!

Heute morgen, Montag: Während das Bad einläuft, ziehe ich die Vorhänge auf. Ich bin weiß und sauber, wie aus dem Ei gepellt, und strahle.

«Guten Morgen, Monsieur. Es ist sieben Uhr!»

«Guten Morgen, *Madame*. Wie gefällt Ihnen der Ehestand?»

«Ausgezeichnet, Monsieur.» Mit einem Knicks weiche ich seiner Hand aus, die auf dem Weg ins Bad schnell nach meiner Taille greift. «Viel besser, als ich erwartet hatte.»

Er hebt die Augenbrauen und lächelt mit schmeichlerischer Ironie. Wird es so weitergehen wie bisher? Wird man mich rufen, damit ich irgend etwas reibe? N...n... nein! Wird man mich gehen lassen, nachdem ich meinen morgendlichen Dienst auf würdige Art erledigt habe? Ja.

25. Januar

Die Intimität, ob morgens oder abends, verfeinert sich ständig. Sie kommt mit einem Blick, mit einem Lächeln aus. Es ist ein subtiles, stilles Ballett, dessen einzelne Figuren geheimnisvoll bleiben. Die Macht gefällt sich in Winkelzügen und die Unterwerfung weicht ihnen aus. Jetzt ist die Zeit gekommen, da die Gegner einander abschätzen. Es liegt eine gewisse Koketterie in diesem bewußten Hinauszögern seiner Berufung zum Herrscher, in dieser Laune, die sich im Aufschub gefällt.

Aber ist das Verhalten der Dienerin nicht genauso kokett? Diese Schürzchen, die so makellos sind, als stammten sie aus einer Operette? Diese gestärkten Spitzentücher im Haar? Dies zurückhaltend frische Auftreten und die sorgfältig gekämmte Frisur, in der auch nicht ein Haar unordentlich sitzt? Und die heitere Ergebenheit des «Dienens», die jedem Wunsch zuvorkommt?

Und schließlich trotz alldem diese Reserviertheit und Zaghaftigkeit, die stärker sind als je. Ist das nicht alles sehr kokett?

«Benötigt Monsieur mich noch?»

Ich stehe sechs Schritt von ihm entfernt und schaue unter seinem eindringlichen Blick zu Boden. Es läßt absichtlich mit seiner Antwort auf sich warten. Wir belauern uns gegenseitig. Meine Bescheidenheit wird von einer Sekunde zu Sekunde unerträglicher. (O Seigneur, richten Sie Ihre Augen nicht zu genau auf meine bewußte Zurückhaltung. Kann eine Dienerin *Herrin* sein?)

«Nein, Marie, du kannst schlafen gehen.»

26. Januar

«Wie schön du bist, Marie.»

Aline steht ein paar Schritte von mir entfernt, legt den Kopf zur Seite und fügt verträumt hinzu: «Immer schöner und schöner!»

Was für ein Gedanke geht unter dieser hübschen runden Stirn umher? In welchem Maße ahnt sie, was mein verlegenes Lächeln bedeutet?

Ich umarme sie zärtlich und küsse sie auf die Wange. «Was erzählst du da, Liebling?»

Ihre veilchenblauen Augen dicht vor mir zwinkern boshaft. «Die Ehe bekommt dir.» Sie flüstert: «Wie ‹ist› Simon?» (Ist es wirklich Simon, der dich beschäftigt, oh, meine Schwester?»)

«Gar nicht übel! Die Ehe bekommt ihm!»

Wir lachen beide.

27. Januar (14 Uhr)

Vor einem Holzscheit, der im Kamin langsam verglomm, wartete ich gestern abend allein auf das letzte Klingeln des Tages.

Seit meiner «Heirat» ist dies der entscheidende Moment. Während dieser leeren Minuten scheint Maries Schicksal beim Ticken der Standuhr noch ungewiß. Gibt es eine geheime Telepathie, welche diese beiden, durch ein großes dunkles Zimmer getrennten Gedanken trotz all ihrer Finten vereint? Kreist dein Raubvogelflug immer enger über der Beute, auf die du versessen bist? Oder rettet ein letztes Mißtrauen dich vor der Falle, die sich hinter der Lockpfeife verbirgt?

Was soll ich mir vorstellen? Dein Blut ist stolz und dein Geist ist eitel! Deine einzige Triebfeder ist die Lust an der *Berechnung*.

Entfernte Schritte auf der Treppe. In meinem Herzen hat sich etwas geregt: Was bedeutet das?

27. Januar (abends)

«Viel Soda, Marie.»

Auf dem niedrigen Tisch im Salon mische ich ihm seinen Whisky. Vor kurzem hätte man mich mit dieser delikaten Aufgabe noch nicht betraut.

Gefällt Ihnen die Aufmerksamkeit, die eine sehr ehrenwerte Dienerin den ganzen Tag für Sie aufbringt? Ist Marie diskret und bescheiden genug? Von all Ihren bedeutsamen Gunstbezeigungen nutzt sie einzig und allein das Vorrecht, die Gewissenhaftigkeit ihrer Arbeit als Dienerin noch zu steigern.

Kein schlimmerer Hochmut als der heimliche. Sind Sie klug genug, um ihn an mir zu bemerken?

Schmeichelt es Ihnen auch genug, daß ich mich – so, wie Sie es mögen – hinknie, um Ihnen die Stiefel auszuziehen? Gefällt Ihnen der Blick in mein Dekolleté?

Wie immer die rituelle Frage: «Benötigt Monsieur mich noch?»

«Nein, ich bitte Sie!»

Es mag noch angehen, daß ein Kuß mir antwortet. Aber wir wollen nicht in die alten Verirrungen zurückfallen, die zumindest ihrer Form nach unwürdig sind. Er drängt mich gegen die Kommode, und ich verteidige mich so gut ich kann.

«Was ist, du Luder?» Er faßt mich brutal um die Hüften.

«Nicht hier!» Mit gesenktem Kopf stoße ich hervor: «Nicht auf diese Art!»

«Du leistet mir Widerstand?»

«Sie tun mir weh!»

Mit seiner freien Hand nötigt er mich, ihn anzusehen.

«Und wenn es mir gefällt, dich zu zwingen?»

Ich schließe die Augen. (Wenn es «Ihnen gefällt», so bin ich verloren!) Ich öffne sie wieder, in seinen schwarzen Augen blitzt es. Ungern lockert er die Umarmung. Ungern weicht er einen Schritt zurück und wahrt ironisch lächelnd die Form.

Wir stehen uns gegenüber. Welcher Dämon treibt mich, den Vorteil dieses winzigen Sieges aufs Spiel zu setzen? Ich trete auf ihn zu, hebe mich auf Zehenspitzen, gebe ihm einen schnellen Kuß und weiche geschwind wieder einen Schritt zurück.

Ich gebe mir alle Mühe zu erröten, aber es will mir nicht recht gelingen. Ich benutze meine Schüchternheit als Entschuldigung und eile mit einem Lächeln auf den Lippen zur Tür zurück. Wir hören nicht auf, einander anzustarren. (Rühr dich nicht. *Rühr dich bloß nicht.*)

Ich deute einen Knicks an. «Guten Abend, Monsieur?»

Das war für heute abend der Abschied. Die Liebeslaune, auf sich allein gestellt, hat aufgeben müssen.

*

Thérèse an Pierre F.

La Châtaigneraie, der 28. Januar 19 . .

Lieber Pyg,
Sie haben diesen Spitznamen verdient, schrieb ich. Es wäre gut, wenn Sie das nicht vergessen würden.

Ich finde in der Tat einen gewissen Geschmack an der Falschheit Ihrer wiederholten Glückwünsche. Darf ich Sie bitten, den Anteil Ihres – und sei es auch nur indirekten – Einflusses nicht zu übersehen?

Sie werden in diesem Brief finden, wonach Sie so ungeduldig verlangt haben. Ich habe abgewartet, bis der Kampf, von dem Sie wissen, angefangen hatte. Steht es gut, steht es schlecht? Man soll das Fell des Bären nicht verkaufen, bevor man ihn erlegt hat: sagen wir, es steht unentschieden. In drei Wochen wissen Sie mehr.

Zumindest bin ich die Konkurrenz jetzt los, soviel ist sicher. Und was für eine Konkurrenz, wie Sie unverschämterweise betonen! Abgesehen davon, daß Sie für die arme Marie (die Ihnen doch so aufrichtige Anhänglichkeit bewahrt) kaum Artigkeiten übrighaben, beweisen Sie auch noch, finde ich, ein entschieden zu lebhaftes Interesse an Madame de N. (Ich beglückwünsche mich von neuem dazu, daß sich Ihrer beider Wege aller Voraussicht nach nie kreuzen werden. Das ist die gerechte Strafe für Ihre Frivolität.)

Also, lieber Herr! Noch vor einem Moment war es meine Absicht, Sie zu verlassen, ohne im geringsten auf Ihre letzte, scheinheilige und ungehörige Frage einzugehen. Wenn ich mich auch nicht entschließen kann, sie mit Stillschweigen zu übergehen, so habe ich doch große Lust, Sie zu strafen, denn Sie gehen wirklich zu weit!

Ich werde heute abend sehen, ob ich in der Stimmung bin, Ihrem Wunsch nachzukommen. Doch ich zweifle sehr, daß Sie in dem Punkt, der Sie beschäftigt, meiner Zurückhaltung, die sowieso schon allzu nachgiebig gewesen ist, etwas anderes als Schweigen und stolze Würde entlocken können.

Bis dahin, Verräter, küsse und hasse ich Sie.

T.

PS: Sie haben also Monsieur de B. in Paris getroffen. Man hat Ihnen hoffentlich den besten Dank für Ihr entscheidendes Eingreifen in meine Hochzeitsangelegenheit abgestattet.

Nutzlos, sich bei Ihnen zu erkundigen, was man über mich redet; ich höre es bis hier... Aber Geduld!

*

Thérèse an Pierre F.*

La Châtaignerai, den 28. Januar (21 Uhr)

Oh, Sie böser Geist, ich hasse Sie! Wohin werden Sie mich noch treiben?

Sie benötigen also Einzelheiten! Und nicht etwa nur diesen und jenen Aspekt der Begegnung betreffend, die durch den ungewöhnlichen Geniebeweis eines Rivalen (leider einer anderen als Ihrer Marie verabreicht) Ihrer Eitelkeit hätte gefährlich werden können. Sondern gut und gern Einzelheiten über jenen anderen Aspekt, bei dem es gar kein Geheimnis gibt. Sie dringen so sehr in mich, weil Sie einmal mehr die Lust genießen wollen, daß ich Ihnen nachgebe.

Sie haben wohl eingesehen, daß die Gefälligkeit in meinem letzten Brief für Sie bloß etwas Banales hatte. Und wenn Ihr intriganter Geist so versessen darauf ist, so doch einzig und allein – glauben Sie nicht, daß ich mich darin täusche! –, um mich zu unliebsamen Erinnerungen zu zwingen. Und außerdem gehört das alles einer schon verstrichenen Zeit an.

So sei es also, Sie *Verräter*! Erlauben Sie meinem Schamgefühl zumindest eine lächerliche Ausflucht. Es wird nicht von Ihnen bekannten Akteuren die Rede sein, sondern von *Ih-*

* *Notiz des Herausgebers:* Die Wahrheit zwingt uns zu erwähnen, daß dieser, ebenfalls auf den 28. Januar datierte Brief nie abgeschickt wurde. Wir fanden ihn in einem verschlossenen Umschlag in dem Heft, das jene von der Verfasserin zensierten Vertraulichkeiten enthält, die mit «F. M. S.» zu überschreiben wir vereinbart haben.

Das Problem für uns bestand darin, die Verfasserin dieser Torheiten möglichst wenig bloßzustellen. Auf welche Weise? Indem wir diese Zeilen, die ja immerhin geschrieben wurden, veröffentlichen oder indem wir den ursprünglichen Willen zum Stillschweigen respektieren? Wenn wir glaubten, uns an die erste Lösung halten zu müssen, so zunächst aus guten Gründen hinsichtlich des Folgenden. Und zweitens auch, weil uns schien, daß wir, wenn wir diese Unschlüssigkeit und dieses Schwanken ans Licht brächten, damit gleichzeitig das betonen würden, was manche die Inkonsequenz der weiblichen Seele nennen (wir unsererseits nennen es ihr Mysterium).

nen... und von wem auch immer Sie möchten. Ich werde nichts erzählen, sondern nur Andeutungen machen.

Nehmen wir also einmal an, daß... Einverstanden?

Da Sie Erfahrung besitzen, wie ich weiß, macht es Ihnen keinerlei Mühe, sich vorzustellen, Sie befänden sich in doppelter, galanter Gesellschaft. Im übrigen kennen Sie die Szene... und Ihre eigenen Möglichkeiten. Sie wissen also, was vorausging.

Nachdem Sie mit Ihrer Vitalität (aber ja!) eine Ihrer Partnerinnen fürs erste besiegt haben, ohne jedoch selbst befriedigt worden zu sein, lauschen Sie bereitwillig den Vorschlägen, die Ihrer Schamlosigkeit heimlich gemacht werden. Sie versetzen also Ihre Truppen in höchste, wütende Bereitschaft und werfen einen Blick auf die andere schöne Feindin. Ihr Ansehen ist so groß, daß man sich überaus beeindruckt Ihren Launen hingibt. Und diese Laune will es nun einmal (daß ich Ihnen alles sagen muß!), daß Sie sich ohne Umschweife in einen Mund drängen... der Sie umzüngelt. Wenn die Ausbildung dieses Mundes unter Ihrer Aufsicht erfolgte (oder vervollkommnet wurde), so dürfen Sie ihm vertrauen. Mag seine Aufgabe auch enorm sein, so wird seine devote Arbeit am dreisten Werkzeug so großer Glückseligkeiten es doch verstehen, einen ohnehin schon maßlosen Stolz auf den Gipfel zu treiben!

Wenn man bedenkt, was Sie eigentlich vorhaben, so ist die Raffinesse, mit der Sie Ihre Waffe von der Unschuldigen blankputzen lassen, doch ein wenig scheinheilig.

Als nächstes nehmen Sie in Ihrer Laune den Weg von hinten. Sie drücken das Gesicht des geduldigen Opfers in die Kissen, so daß es Ihnen jenen verlockenden und berauschenden Anblick bietet, den Sie bevorzugen. Da Sie den Pomp und das Pumpen lieben, wird Ihre zweite Partnerin, die selbiges im übrigen auch zu schätzen weiß, sich einen Moment lang wie eine Opferpriesterin winden. Mit ihren eigenen Händen zieht sie die Ihnen zugekehrten weißen Hemisphären auseinander und macht Ihrem prächtigen, dringlicheren Gerät den Weg frei.

Und da, mein Gott, kaum daß der seltsame Blickwinkel einer solchen Öffnung und Eröffnung die Betroffene in Angst und Unruhe versetzt hat, da *irren Sie sich schon*! Sie irren sich absichtlich und böswillig im Eingang.

Das ist das ganze Geheimnis. Muß ich Ihnen mehr sagen? Sie gehen mir auf die Nerven mit Ihrem beharrlichen Grinsen.

Ich fahre also fort mit einem weiteren Einschub.

Es versteht sich, daß Ihre Partnerin keine glühende Anhängerin solcher Praktiken ist. Sie waren in ihrer Vergangenheit nur seltenste Ausnahmen und wurden lediglich versuchsweise geduldet, nach langem Sträuben und mit sehr viel Vorsicht. Wir müssen noch hinzufügen – wodurch ein etwas anderes Bild entsteht –, daß die junge Frau Ihnen nicht nur körperlich vollkommen ergeben, sondern auch noch durch andere Faktoren von Ihnen abhängig ist. Folglich wagt sie nicht, gegen Ihre verletzende Zügellosigkeit zu protestieren, wenn auch die Schwärze Ihrer Seele nicht weniger deutlich empfunden wird.

Während Sie also ungeniert, ohne Rücksicht und Behutsamkeit, das zarte Schloß erbrechen, so amüsieren Sie sich gemeinsam mit Ihrer Zuschauerin über das schmerzliche «Ah!», das dabei zu vernehmen ist. Wie anders könnten Sie in Ihrer Dreistigkeit an solchen fast unberührten Orten begrüßt werden? Vor allem wenn man bedenkt, daß Ihre fröhliche Neugier dank der unschuldigen Aufmerksamkeit, die ihr zuteil wurde, die allerunvernünftigsten Ausmaße angenommen hat.

Wie ein Liebhaber der Künste beobachten Sie jetzt, während die biegsamen Lenden unfreiwillig erbeben, wie die Angst ständig wächst. Die herzzerreißendsten Seufzer sind für Ihre Grausamkeit, dessen bin ich sicher, nicht anders als schmeichelhaft.

Während Sie unerschütterlich mit Ihrer köstlich-entmutigenden Arbeit fortfahren, zögern Sie nicht, die süße Musik des

Stöhnens zu genießen, die der Stolz jetzt nicht mehr zu unterdrücken versteht... Und danach die noch schmeichelhafteren, rührenden Hilferufe, die sie, nachdem alle Scham über Bord geworfen ist, sich nicht enthalten kann an Ihr Erbarmen zu richten. Sie fleht Sie an, sich zu beeilen und Ihre geschätzten Kräfte an einem Ort einzusetzen, der (oh, Ahnungslosigkeit!) besser dafür geeignet sei.

Können Sie Ihrer Unverschämtheit besser gerecht werden als dadurch, daß Sie die Macht Ihres Zugriffs noch verstärken? Und das Problem, um es besser studieren zu können, bohrend noch weiter vertiefen? Und ich wäre sehr erstaunt, wenn Sie mit Kennerlächeln nicht unter den Tränen, die das Kopfkissen benetzen, ein paar erstickte Schluchzer ausmachen würden.

Und jetzt, mein Lieber, liefern Sie den Beweis, daß Sie einen Sinn für dramatische Situationen haben, und Sie *richten sich fest ein.* Sie ziehen aus Ihrer völligen Ungeniertheit die subtilsten Genüsse, lassen das Schwert bis zum Anschlag in der Wunde verschwinden und schlagen Ihre Zelte auf. In aller Ruhe treiben Sie ein, was Ihnen zusteht. Sie dosieren Ihre Lust und genießen sie um so behaglicher, weil Sie wissen, was für ein schrecklicher Preis dafür gezahlt wird.

Um diesen Genuß noch durch eine zusätzliche Laune zu steigern, stecken Sie sich in aller Ruhe eine Zigarette an, die Ihnen Ihre zweite Partnerin mit teuflischer Geste gereicht hat. Um Ihnen noch weiter gefällig zu sein, wird sie jenes gepeinigte Hinterteil als idealen Platz auswählen (eine gute Hausfrau denkt eben an alles) und den Aschenbecher darauf abstellen.

Die zweifelhafte Moral dieses Verfahrens paßt eigentlich nicht zu Ihnen, doch Sie haben jetzt schon so viel Moral über Bord geworfen, daß Sie, während Ihr Schiff an der geheimsten Stelle dieser Meeresenge ankert, nur noch an Ihr Amüsement denken. Und Ihre «Patientin» (niemals war eine konventionelle Bezeichnung unpassender) muß jetzt das Geräusch des

Gelächters und der Küsse mitanhören, welche Sie mit der Verräterin austauschen, die neben Ihnen über dem unschuldigen Opfer kniet – und die augenscheinlich selbst auf dem Gipfel ihres Interesses ist.

Und somit öffnen Sie auf die freundlichste Art einer gewissen Verzweiflung die Türen.

Wenn Ihr Glück es will, daß der niedergeworfene Kopf mit den langen, dichten Haaren geschmückt ist, auf die Sie, wie ich weiß, so lüstern sind, so gibt es keinen Zweifel – nicht wahr? – darüber, wie Sie diese Etappe beenden. Die interessierte Beobachterin wird sich nicht wundern, da sie ja aus Erfahrung weiß, welchen Wert Sie dieser Gabe der Natur beimessen. Aber zumindest wird sie nicht dafür sein, daß Sie die Angst Ihres Opfers noch steigern, was im vorliegenden Fall mittels eines zusätzlichen Schmerzes möglich ist.

Sie packen also mit beiden Händen dieses bequeme Werkzeug Ihrer Grausamkeit. *In aller Ruhe* (das ist die treffendste Beschreibung jener Kaltblütigkeit, mit der Sie darauf abzielen, Ihrem Opfer weh zu tun) ziehen Sie den Kopf vom Kissen hoch. Sie ziehen ihn so weit zu sich heran, daß der Rücken unter Ihrem unerbittlichen Griff beinahe bricht. Zwei panikartig um sich schlagende Ellbogen verschaffen nur die Illusion einer Erleichterung. Sie steigern die Tortur mit voller Absicht, weil Sie das naive Sprichwort: *Lust, die nicht geteilt wird, ist nur halbe Lust*, widerlegen wollen.

Endlich lassen Sie Ihrer ganzen Kraft freien Lauf und stoßen wirklich ernsthaft zum Kern der Sache vor. Friedlich und olympierhaft, die Zügel fest in der Hand, bearbeiten Sie mutig den unbebauten Garten Ihrer Wahl. Es dürfte kaum zu bezweifeln sein, daß ein noch lauteres Geschrei erneut Ihr wenig diskretes Gelächter übertönen wird.

Und jetzt – wenn Ihnen Ihr langer, gewaltsamer Exzeß nicht selbst über den Kopf gewachsen sein sollte –, jetzt entschließen

Sie sich zum Endspurt. Was mich betrifft, ich werde nichts mehr dazu sagen. Es handelt sich schließlich um Ihre eigene Angelegenheit. Sie gehen mir jetzt doch sehr auf die Nerven.

Ich lese diesen Wahnsinn nicht noch einmal durch. Ich bin mir nicht einmal Ihrer Dankbarkeit sicher und schäme mich schon, wenn ich nur daran denke.

Machen Sie ruhig Ihre Scherze über die berühmte «weibliche Logik», aber fangen Sie bloß nicht an, mit Hilfe des Vorangegangenen einen Plan auszuhecken, in den ich verwickelt werden soll. Marie ist die eine Frau (und sie ist im übrigen fest entschlossen, die Wiederholung derartiger Exzesse nicht zu dulden), eine andere ist Thérèse.

Trotz alldem, Unwürdiger, küsse ich Sie noch einmal.

T.

*

29. Januar (nachmittags)

F. M. S.
Nein, Du wirst diesen Brief nicht lesen. Ich schäme mich dieser frechen Späße, die nichts als Fassade sind. Das geht alles viel zu weit, aber Du wirst nichts davon erfahren. Ich schwöre mir mehr als je zuvor, Dir nicht mehr zu schreiben. Auch mein Tagebuch schafft es jetzt nicht mehr, Dir eine Wahrheit zu offenbaren, die ich selbst nicht begreife.

Das Widersprüchliche, unfreiwillig Komische dessen, was ich da zu Papier bringe, fällt mir allerdings selbst auch auf. Vor allem nach einem solchen Brief. Die groben Späße sind eindeutig (zu sehr, um sie Dir unter die Augen kommen zu lassen), aber was sich dahinter verbirgt, was sich in mir selbst verbirgt, ist es weniger.

*

Isabelle de N. an Pierre F.

29. Januar 19..

«Cher Monsieur»,
als ich nach Hause kam, erfuhr ich, daß Sie da waren und vergeblich auf mich gewartet hatten.

Und ich – geistesabwesend, wie ich nun einmal war – langweilte mich tödlich bei dem üblichen Klatsch und Tratsch einer Teegesellschaft!

Haben Sie Ihre so dringende Reise verschoben, daß Sie 48 Stunden vor unserem vereinbarten Wiedersehen hier erschienen sind? Meinen Sie, gestern irgendein wichtiges Argument ausgelassen zu haben?

Wenn der «von seinen Leserinnen verfolgte Literat» sein Domizil wenigstens mit einem Telefon ausrüsten würde! Dann müßte ich nicht in aller Eile diesen Rohrpostbrief kritzeln. Außerdem schieben Sie Ihr rednerisches Vergnügen hinaus und ich das meine als Ihre Zuhörerin (und Sie zwingen mich, Ihnen zu schreiben, was ich unter allen Gesichtspunkten für gefährlich halte).

Zweifeln Sie daran, daß Sie brillant waren?

Ich möchte wetten, daß Sie mit sich selbst nicht unzufrieden sind. Und daß es das Hauptanliegen Ihres so eiligen neuerlichen Besuchs war, die Wirkung zu überprüfen, die Ihre «Äußerungen» hinterlassen haben.

Ich gebe zu, daß es diesen nicht an Eleganz fehlt, daß Ihre Wortwahl sehr lebendig ist und durch ihre weniger ausgeprägte Umständlichkeit sogar etwas Überraschendes hat. Andererseits kann man Ihnen übermäßige Kürze nicht vorwerfen.

Vielleicht würde ich es vorziehen, wenn man der Tradition größere Opfer brächte: Einleitung, Vorwort usw. Beredsamkeit ist etwas sehr Schönes, aber hüten Sie sich vor ihr. Es kann geschehen, daß die Zuhörerin, die sich so sehr von Ihnen hat in den Bann schlagen lassen, plötzlich wieder zu sich findet und sich schämt, so unwiderstehlicher Überzeugungskraft ausgeliefert zu sein.

Werden Sie das noch einmal schaffen? Wollen Sie es überhaupt?

Ach, komm, wenn Du es wagst! Ich will Deine Worte trinken. (Es scheint mir, daß ich Deine «Rede» unbedingt noch einmal hören muß.)

I.

*

Samstag, den 29. Januar

Die Uhr schlug heute nacht eins, als Marie ein Zimmer verließ, das sie unter dem Vorwand, eine Erfrischung zu servieren, schon viel früher betreten hatte.

War dieses Opfer an die Tyrannei, das länger dauerte als gewöhnlich, ein Sieg oder eine Niederlage?

Gewiß, jemand, der ganz nach seinem Belieben handelt, kann sich leicht für souverän halten. Wenn die Schüchternheit, die zu überwinden ihm soviel Lust bereitet, nur fingiert ist, so kommt bestimmt der Moment, wo er sich für unwiderstehlich hält. Aber ist er Herr über sich selbst? Diese unüberwindliche Macht, die ihn immer wieder zu seinem Opfer hinzieht, und der Stolz, Urheber gewisser Verirrungen zu sein – sind das im Grunde nicht seine Schwächen?

Wenn dem nicht so wäre, würde er dann so viel wenn auch vielleicht nur unbewußte *Leidenschaft* verraten?

Bevor Marie unter den Strahlen des Mondlichts einschläft, schaut sie durch ihr rundes Zimmerfenster hinaus ins Leere. Einen Moment lang befragt sie im eisigen Kristall der nördlichen Nacht das Phantom ihres Wahns.

Lassen sich die Schatten unter meinen Augen verheimlichen? Ich bin aufs höchste erregt und vertusche es Armande gegenüber durch alle erdenklichen Zeichen von Eifer, äußerster Gewissenhaftigkeit und totalem Gehorsam. Meine Freundschaft wendet sich stürmich Aline zu, die über unsichtbare Antennen von meiner Unruhe angesteckt wird, und ich verberge, was besser ungesagt bleibt, unter dem Mantel des Stillschweigens.

Diese bedingungslose Zuneigung ist vielleicht die wichtigste Lektion, die sich aus dem Leben Maries ziehen läßt. Aline ist so etwas wie mein Faustpfand, sie ist meine keuscheste Liebe.

Heute abend wird Simon mich abholen... Das ist also der Preis dafür, wenn man auf mehreren Hochzeiten tanzt.

Montag, den 31. Januar

«Ich brauche dich nicht mehr, Marie. *Gute Nacht!*»

Jetzt spielt er in seiner Ironie auch noch den Großzügigen. Die Anwesenheit Simons rettet mich davor, meinen Tribut zahlen zu müssen.

Unter den Begehrlichkeiten der Männer, denen meine bescheidene Person in den letzten drei Monaten ausgesetzt war, ist die meines «Gatten» sicherlich die unwürdigste. Ist das nicht ein widersinniges Geschick, welches ausgerechnet dem zweifach Betrogenen «legitime» Ansprüche verleiht?

Wenn er sich seiner Rechte bewußt ist, werde ich ihn kaum ignorieren können. Die Leidenschaft, die ihn verzehrt, ist keine höfische Liebe; sie wird ihn schwerlich daran hindern, auch seinerseits seine Herrschaft sichern zu wollen. Handelt es sich um ausgleichende Gerechtigkeit oder ist es die Folge von Gewissensbissen, daß ich seine Erwartungen erfülle und mich als seine «Gattin» gebe? Oh, seltsamer Geist, wo ist die stolze Thérèse?

Gehorsam, Gefälligkeit: Ich bin der unbestreitbare *Besitz* jenes niedrigen Herrn und Meisters, dem das Gesetz mich unterstellt hat. Genügt das, um die bedauerlichen Verletzungen eines anderen Gebots wiedergutzumachen?

Er nutzt diesen glücklichen Stand der Dinge schamlos aus, und (ohne es zu ahnen) auch gewisse Erfahrungen, wiewohl Marie klug genug ist, sie unter dem Deckmantel einer lobenswerten «Anständigkeit» zu verbergen. Dadurch wird der eheliche Besitz immer wertvoller, und der Ehemann zweifelt keinen Augenblick daran, daß das nur sein eigener Verdienst ist. So geschieht es zuweilen, wie eine meiner Freundinnen sagen würde, daß *der Geist über die Ehemänner kommt.*

Dadurch tritt eine Neigung zum Genuß ungehemmt zutage, die von der gehorsamen Ehefrau treuergeben geduldet werden muß. Schließlich handelt es sich um den Ausdruck einer legitimen Hoheitsgewalt. Marie ist sich viel zu sehr ihrer Verfehlungen bewußt, um sich den Pflichten zu entziehen, welche sie sich selbst aufgebürdet hat, indem sie sich anfangs so freigebig verschenkte. Gewohnheit schaffte Recht, und sie hat ihrerseits Wechsel unterschrieben, die sie einlösen muß. Da sie zudem ihre Kenntnisse aus dunklen Quellen erweitert, so wäre es allzu ungerecht gegen sie selbst und gegen ihren Ehemann, wenn sie ihn nicht unauffällig daran teilhaben ließe. Also öffnet sie dem «Geist», so gut es geht, ihre Pforten. Und so erweitert sie seinen Geltungsbereich beinahe unbeabsichtigt und kraft, wenn ich so sagen darf, ihres guten Willens.

Gewiß, die Hände werden dadurch nicht weniger «schwielig». Ich bin froh, daß ich ihnen nur zwei Nächte in der Woche ausgeliefert bin – was er seinerseits ständig beklagt. Um so mehr nutzt er sein Privileg aus. Er ist offenbar glücklich, wenn auch nicht ganz frei von Unruhe. Ich hüte mich mit allen Kräften, gewisse Tabus anzusprechen. Wenn ich eine instinktive Eifersucht zuließe, so würde das bedeuten, daß ich mich, trotz unbestreitbarer mildernder Umstände, der Gefahr aussetzte, geschlagen zu werden... Oder noch Schlimmerem, wer weiß?

2. Februar

Grober, gestreifter Flanell, abgewetzter Samt: Simons Wäsche ist in Maries Schrank eingedrungen. Noch ein Gegenstand meiner Pflege also (oh, lächerliche Pflicht), der allein schon durch seine Anwesenheit in meiner einsamen Zelle die des Gatten verlängert. Gespannt auf das eheliche Zusammenleben wollte gerade der Ehemann den vor kurzem noch geheimen Ort *bewohnen.*

Und tatsächlich spielen diese alten Stiefel, die vor dem Kamin stehen (und die ich auch putzen muß), diese rustikale Pfeife, die auf dem Kaminsims liegenblieb, und die dicke, nach «Mann»riechende Weste hinter meiner Tür unbeweglich ihre Rolle als Eindringlinge.

Ich wehre mich so wenig gegen das Schicksal Maries, daß ich, von Aline angeleitet, begonnen habe, einen Pullover zu stricken, der die langen Fahrten durch die Kälte erträglicher gestalten soll. Kann jemand ergreifender seine niedrige Rolle spielen? Gibt es eine rührendere Heiligung meiner Ehe als diesen braven Pullover, der von einer artigen Ehefrau gestrickt wird?

Solche Aufmerksamkeit wird von meinem plumpen Eheherrn anscheinend sehr geschätzt – und auch von jener alten Frau dort unten in den Gesindehäusern, der eine schüchterne «Braut» hin und wieder kurze Besuche abstattet?

4. Februar

Es schlug diesmal Mitternacht, als man Marie mit einigem Zögern, dessen bin ich sicher, verabschiedete. Aber sie bei sich zu behalten, hieße das nicht einzugestehen, daß man eine zu tiefe Lust empfindet? Man hat sich in den Kopf gesetzt, die Distanz aufrechtzuerhalten, die trotzdem immer mehr schwindet.

Ob man sie gehen läßt oder bei sich behält, die Unterworfene schöpft ihre Kraft aus ihrer Passivität. Oh, souveräner Potentat, deine Bestimmung führt dich in die Irre. Merkst du denn nicht, daß sich gerade da, wo du ihr zu folgen meinst, eine Falle auftut? Siehst du den Köder nicht, der darin besteht, daß du immer wieder einen Willen niederzwingen willst, der sich dir schon längst ergeben hat? Ich bin schon so sehr Marie geworden, daß für mich nichts natürlicher ist als die Gewissensbisse, die mich peinigen. Meine Rolle ist mit einer geheimen und verwirrenden Lust verbunden: Welchen Zauber übt das «sichtliche» Schuldgefühl, das er am Herzen der ehebrecherischen Dienerin belauert, auf meinen Beherrscher aus?

Montag, den 7. Februar

Simon

Wir sind jetzt allein; endlich ist die Stunde gekommen, nach der er sich so gesehnt hat. Seine Albinoaugen beobachten, wie ich mich für die Nacht zurechtmache. Ich muß mich mit meinen Bewegungen erst an diesen Blick gewöhnen, der nicht genug bekommen kann. Er ist ausgehungert und gewiß auch unsicher, aber sein Blick ist nicht mehr so gequält wie in den heimlichen Nächten. Sein geduldiges Auge weidet sich nun an seinem «Besitz», und es schaut mir zu, wie ich meine Haare bürste.

Der Simon, der sich mir nähert, ist von seinem Recht überzeugt. Nicht nur, daß ich ihm jetzt bestimmte Pflichten schuldig bin – es ist fraglos schon eine Lust für ihn, rechtmäßig den unmittelbaren Nutzen abzuschätzen, den er von mir haben wird. Vielleicht mischt sich irgendeine heimliche Unruhe mit in dieses Gefühl (oh, sprich sie nur nicht an!). Aber er ist wahrscheinlich doch naiver, und was sich mir in seiner Person jetzt offenbart, ist ein *anderer* Herr und Meister.

Die Heizung geht geizig um mit diesem Fleisch, um das keine Hülle geduldet wird. Die Ehefrau zittert ein wenig. Er ist jetzt ganz nahe bei mir, hebt die Hand zu meinem Kopf auf und streichelt langsam, bis zu den Hüften hinab, meine Haare. Ja, es ist sein Besitz, auf dem seine rauhe Hand verweilt, während sich mit einem leisen Klicken der Verschluß von etwas löst, das kaum gesichert ist.

«Marie ...»

Er versucht an sich zu halten, während unter seiner Hand der Sturm tobt. Sicher werde ich in diesem Fall kühler sein als bei anderen, schuldhaften Torheiten; ich kann aber nicht schwören, daß ich ganz gefühllos dabei bleiben werde – dazu bin ich zu sehr fasziniert davon, deine Gattin Marie zu sein. Meine Lippen deuten in die Leere hinein einen stummen Kuß an. Dann lächle ich und sage artig: «Löschen Sie bitte das Licht, Chéri?» (Etwas später, aber nur, wenn er es mir abringt, werde ich ihn duzen.)

Das Mondlicht bescheint das schmale Bett. Marie schläft jetzt beinahe; sie liegt mit der Schulter und der Hüfte an diesem befriedigten Fleisch. Der Körper neben ihr bewegt sich leicht.

«Marie ...»

Was willst du von mir? Schläfst du nicht? Kommt der männliche Besitzerstolz wieder zum Vorschein?

«Gib mir eine Zigarette.»

Warum liegen sie auf dem Kaminsims und nicht auf dem Nachttisch? Meine Vorahnung hat mich nicht getäuscht: Hier bestätigt sich wieder eine Herrscherlaune. Neulich schon mußte sich die Gattin wegen dieses Genusses nach der Liebe erheben, den er jetzt anscheinend entdeckt hat. Er gewöhnt sich also daran – der Despot in Kleinformat – und vergißt vielleicht absichtlich, sich die Zigaretten vorher zurechtzulegen.

Ich gehorche Ihnen also, Seigneur; stehend gibt Marie Ihnen sogar eigenhändig Feuer ... Aber für diesen Gehorsam wirst du mir bezahlen!

Ich lege mich wieder hin und merke neidisch, wie er lustvoll an seiner Zigarette zieht.

«Schmeckt's?»

«Es ist die beste Marke.»

Wäre es gewagt, es ihm gleichzutun? Ich bin vorsichtig.

Leicht berühre ich seinen harten Schenkel mit der Hand und frage behutsam: «Was würden Sie sagen, wenn Ihre Frau auch eine probieren würde?»

«Bist du verrückt?»

Er ist so deutlich schockiert, daß Marie ihre Stirn an seine Schulter legt und mit einem leisen Lächeln flüstert: «Ich habe Spaß gemacht, Liebling.»

Machen Sie sich klar, meine Liebste, daß Emanzipation, so geringfügig sie auch sein mag, nicht Ihr Los ist. Gefälligkeit und Unterwerfung – das sind Ihre Gebote. Während er ausgiebig den Rauch einatmet, weiß ich schon, daß ich nicht so bald das Recht haben werde einzuschlafen. Im Halbdunkel treffen sich wohl unsere Blicke an der Zimmerdecke. Und plötzlich fühle ich neben mir (nicht zum erstenmal) eine Art von Erpressung aufkommen, mit der er sich für eine untergründige Eifersucht rächen will.

Marie hat ihrerseits Revanchegelüste. Doch erwächst ihr unter dieser Brust, die sich ihr von neuem zugewandt hat, nicht eine Geisel, welche von Mal zu Mal enger gefesselt ist?

Oh, wie *wahr* es ist, wie eindeutig und nicht zu übersehen: eine Geisel. Es ist, als treibe die Geisel sie allein schon durch ihr bloßes Vorhandensein dazu – ohne daß Sie es wagen würden, sich näher auf diesen schwarzen Gedanken einzulassen –, Ihre Macht zu gebrauchen!

Und zu *mißbrauchen*, wer weiß?

9. Februar

Victor

Gestern wieder...

Ich möchte das Motiv der physischen Angst einkreisen, die mich in seiner Gegenwart belastet, den Grund meiner Furcht entdecken.

Oder (was für ein Kauderwelsch) einen wirklichen Grund finden, keine Angst mehr haben zu müssen. Es genügt nicht, wenn ich mir einrede, daß der riesige rote Herkules nicht häßlich, seine gewaltige Kraft nicht gleichbedeutend sei mit Häßlichkeit. Alles in mir wehrt sich gegen ihn, alles fühlt sich verfolgt. Und aus dieser Empfindung steigt Angst auf und überschwemmt mich. Je mehr ich mich einer bestimmten Einstellung verweigere, um so sicherer zwingt mich eine Naturkraft, mich ihr zu überlassen. Nein, keine «Naturkraft» – das wäre zu einfach... Diese Kraft ist... *dunkel*.

10. Februar

Will man mir endlich etwas geheimes Terrain überlassen, da man mich jetzt die ganze Nacht braucht, um mich «richtig anzulernen»? Ich mußte gestern wieder darum bitten, daß man mir – zwischen Montag und gestern – wenigstens die Dienstagnacht zu meiner unumgänglichen Ruhe und Erholung gönnte.

Der Despotismus glaubt wohl, sich so deutlicher bemerkbar zu machen. Es bereitet ihm sicher höllischen Spaß, die leicht angedeuteten Fluchtversuche nach Mitternacht zu unterbinden, das Opfer aus dem Schlaf zu reißen, wenn es ihm paßt, und einer Verlegenheit, die weniger real als vorgetäuscht ist, mit immer raffinierteren Methoden entgegenzuwirken.

Allerdings zu dulden, daß eine Dienerin an seiner Seite schläft (es kommt Gott sei Dank vor, ich wiederhole es, daß sie schläft), heißt das nicht, einer bescheidenen Persönlichkeit zuviel Ehre zu erweisen? Ist das wirklich nötig, wenn man nichts anderes will, als nur «einen neuen Schuh am Fuß auszuweiten»?

Die «Wirkung» solcher Launen ist unbestreitbar, doch auch nicht ganz ungefährlich. Der Despot riskiert, in den Abgrund zu stürzen, der den Unterdrücker an die Unterdrückte bindet.

12. Februar

F. M. S.

Für sich genommen ist das Vergnügen eine Schlange, die sich in den eigenen Schwanz beißt. Dieser finstere, versteckte

Kampf verliert von selbst seinen Sinn. Die Besessenheit isoliert sich auf ihrem einsamen Felsen. Wenn es keine menschliche Achtung mehr gibt, dreht sie sich nur noch im Kreis und nährt sich von den immer gleichen Bildern; oder von der Scheinsicherheit, daß sie hier in dem großen Haus, ganz nahe, eine zweite Besessenheit weiß, die mit ihr verschwistert ist.

Ich bekomme eine Gänsehaut vor Scham, wenn ich höre, wie man mir diese übertriebenen Wünsche zuflüstert, und gleichzeitig bin ich von einer Hingabe fasziniert, die einen vielleicht sinnlosen Sieg hervorbringen wird.

Montag, den 14. Februar

Cythère (Fortsetzung)

Es ist die pure Laune des Geschicks, daß Marie, nachdem sie so lange gewartet hat, jetzt mehr zu tun bekommt, als sie je verlangte, und mit Qualen bestraft wird, die härter sind, als es scheint. Und gleichzeitig macht sich das Schicksal einen Spaß daraus, sie Gefahren auszusetzen.

Als ich am Samstag zum Spätdienst nach unten kam, hörte ich das Echo einer mir bekannten Stimme und spitzte die Ohren. Mit Schalk in den Augen sagte Aline: «Wir haben Besuch!»

Die Tür zum Salon stand offen für das Souper, und hellglitzernd wie Schnee in der Sonne empfing mich das Lächeln meines jungen Vicomte.

Anmutiger Knicks, stille Leutseligkeit und lächelndes Bedienen.

«Monsieur de M. bleibt hier, Marie. Richten Sie bitte das gelbe Zimmer.»

Eine Sekunde lang blickte ich fragend in die dunklen Augen. Ich habe nichts gegen Ihre sprichwörtliche Gastfreundschaft, mein Herr und Meister – aber ist dabei nicht ein Hintergedanke im Spiel, oder sollte ich mich täuschen? Haben Sie etwa vergessen, daß ich heute abend meinem Gatten gehöre und daß wir für diesen Fall einen Waffenstillstand vereinbart haben? Und außerdem... außerdem wäre es nicht zu ungehörig?

Oh, wie nervös Simon nach dem Essen im Büro herumlungert.

Armande, die ihren Dienst beendet, ist sauertöpfisch und unerbittlich. «Los, geh schlafen. Wenn Monsieur dich hier erwischt, wird er ungehalten sein.»

Zögernd wendet er sich an mich. «Wann kommst du?» (Simon, mein Freund, wie soll ich dir das sagen?)

«So schnell ich kann. Machen Sie sich keine Sorgen.»

Welche beunruhigende Vorahnung glaubte ich in seinem Blick zu lesen?

Entfernte Schritte auf der Treppe. Und natürlich wurde ich bald in das gelbe Zimmer gerufen.

«Monsieur hat geklingelt?»

«Komm herein, Marie. Mach bitte die Tür zu!»

«Ich wollte nur sagen... mein Dienst ist noch nicht beendet.»

«Doch, doch. Ich weiß, daß dein Herr dich heute abend nicht mehr benötigt.» (Oh, diese frechen Hände!)

«Aber Monsieur, mein Gatte erwartet mich oben im Zimmer.»

«Ach ja, meine Schöne, du bist verheiratet. Meinen Glückwunsch... und was machen wir jetzt?» (Meine instinktive Abwehr ist aufrichtig.)

«Jetzt erwartet er mich.» (Um Himmels willen hören Sie auf, mich so anzusehen. Halten Sie wenigstens die Hände still!)

«Weißt du denn nicht, daß Ehemänner zum Warten da sind?»

Und die hübschen Dienerinnen, dreister Herr? (Ah!) Für wen oder was sind sie da? (Oh, dieser Verräter!) Simon, hab

Geduld, ich komme gleich zu dir! Gott ist mein Zeuge, daß ich deine Ehre verteidige. (Lassen Sie mein Haar los!)

Armer Simon, unsere Niederlage ist beschlossene Sache. Dieser gemeine Verbrecher schüttet sich aus vor Lachen, während er zur Sache geht, als habe er zwei Jahre im Kloster zugebracht.

Er ist ein Grobian, ein Räuber, ein Brandstifter! Er ist das Fleisch gewordene *Recht*. (Weißt du, an welches «Recht» ich denke?)

Aber was ist da in der Stille? Ist das Rascheln hinter der Tür, das ich nur allein zu hören scheine, die Frucht meiner Einbildung? Täuscht sich mein heimlicher Blick, der deutlich die kaum merkliche Bewegung der Klinke wahrnimmt? Ist jemand, der uns von der anderen Seite tolpatschig belauert, an sie gestoßen?

Wer steht hinter dieser Tür? Das ist doch Simon, oder sollte ich mich täuschen? Was machst du da, gequälte Seele?

Ich halte unwillkürlich den Atem an. In welch ängstliche Verwirrung stürzt mich dein Phantom, o Simon, ohne daß dieser siegreiche Tyrann, dessen Hände sich gerade wieder neue Kniffe ausdenken, etwas davon bemerkt?

Was tun? O Simon, flieh! Wenn du dich nicht auf der Stelle entschließt, die Tür einzutreten und deinen Besitz zu verteidigen, so flieh und gib dieses würdelose Belauern auf! Ich kann nichts tun gegen ein Geschick, das stärker ist als ich.

... Die Directoire-Wanduhr schlägt halb, während ich mir eilig die Haare kämme. Im Spiegel schaue ich unruhig zur Tür. Jetzt hat man den Eindruck, daß es eine einfache gute Tür ist, die nichts hört und sieht.

Die Kirchturmuhr schlug mit dünnem Läuten leicht verspätet dieselbe Stunde, als ich die Tür zum ehelichen Schlafzimmer öffnete. (Was spielt sich hinter der störrischen Stirn ab? Worauf will der starre Blick aus den Albinoaugen hinaus?)

Lächeln, Nettigkeit: War es richtig, daß ich zu «ganz natürlichem Verhalten» Zuflucht nahm?

«Diese Herren haben so lange geplaudert, daß ich tot war vor Müdigkeit, nachdem ich die ganze Zeit vergeblich gewartet hatte...»

Stille. Zu meiner Erleichterung entschied er sich zu schweigen, akzeptierte die Fabel also. (Fürchtest du, ein zerbrechliches Glück zu zerstören, Simon?) Ich zog mich schnell aus. Als ich meine Hände über dem Kopf hatte, *spürte* ich seine Augen in meinem Rücken. Er sah mir zu, wie ich die Haare löste, die ich kurz vorher betrügerisch hochgesteckt hatte. Ich löschte das Licht, um seinem Blick zu entgehen, und legte mich schnell zu ihm. Er verzehrte sich vor dumpfer Wut und Ungeduld.

Dumpfes Schweigen und Gewalt. Du hast recht, Simon. Schließ dein Geheimnis in dir ein. Um dir zu helfen (und auch um dich dazu zu zwingen), spiele ich das Spiel mit: Ich bin die ehebrecherische Frau, die nicht weiß, daß sie entdeckt worden ist. Ich bin die nichtswürdige Gattin, die dir schändlich schmeichelt, um deinem Zorn und deinen Rachegelüsten die Spitze zu nehmen.

Voller Launen ist die menschliche Natur. Warum bin ich ausgerechnet jetzt so wenig zurückhaltend dir gegenüber wie noch nie zuvor? Ich weiß sehr gut, daß ich dir unter diesen Umständen auf keinen Fall mißfallen darf. Vielleicht ist auch ein wenig Mitleid im Spiel. Aber Mitleid willst du nicht. Dein bäuerlicher Stolz weist es wütend zurück.

Sah ich gestern morgen so abgespannt aus, daß mein Herr sich ein zynisches Lächeln gestattete?

«Der Ehestand ermüdet dich, Marie.»

Dieser Sonntagabend war wirklich sehr gefährlich für mich. Wie schaffte Simon es nur, das bittere Geheimnis, das ihm zehnmal auf die Lippen kam, in sich zu verschließen?

Verbirg die Wahrheit, Simon. Ich helfe dir dabei, so gut ich kann. Selbst zum Preis gewisser Forderungen deiner leidenschaftlichen Rache.

Du bist so sehr darauf bedacht, den Besitz festzuhalten, den man dir streitig macht, daß ich mich in keiner Weise zu widersetzen wage. Aber spekulierst du nicht auch darauf? Ich habe mich schon so sehr in Marie verwandelt, daß ich jetzt nur eine gerechte Strafe darin sähe, wenn du deine Macht in der übelsten Weise mißbrauchtest.

Aber wie soll ich auf meine Träume verzichten?

Es ist zu verlockend... den Teufel zu verlocken. Wie dieses abgründige, unbestimmbare Schwindelgefühl dich anzieht! Man verlangt von dir, daß du die Ehefrau spielst, aber woher kommt in deiner niedrigen Position dieses vage Verlangen, dir ein Herz zu unterwerfen, damit es *noch* unter dir stehe?

15. Februar

«Schmollst du?»

(Ja, ich schmolle. Was erwarten Sie anderes als Reaktion auf Ihre Unverschämtheiten?)

«Darf ich mich zurückziehen, Monsieur?»

Mit ein paar Schritten ist er über mir. Mit brutalem Griff dreht er mir wieder die Handgelenke auf den Rücken. Wut ist in seinem Blick, aber auch noch etwas mehr...

Wie neulich schon schließe ich die Augen. (Sie sind auf der falschen Fährte, Monsieur, denn nur mit Zärtlichkeit können Sie zurückgewinnen, was Sie verloren haben. Es genügt Ihnen doch nicht, daß man sich einfach nur fügt, nicht wahr?)

Ich zähle die Sekunden und öffne die Augen erst wieder, als er losläßt. Mit einem tiefen Seufzer beherrscht er sich. Er bemüht sich, spöttisch zu lächeln. Ich weiche zur Tür zurück. Die Szene wiederholt sich genau.

«Guten Abend, Monsieur.»

Ich denke nicht ohne Zagen an Simon. War er erstaunt über das, was er gestern nacht erfuhr? Errät er jetzt alles übrige? Weiß er es nicht schon lange?

Es auszusprechen würde bedeuten, seine Niederlage zu besiegeln und ihn vielleicht ins Verderben zu stürzen. Er ist gezwungen, zu schweigen. Aber wird das Geheimnis, das in ihm gärt, ihn nicht zu einer unbedachten Handlungsweise treiben?

Hartnäckig nagt Angst an meinem Herzen. Wie verrückt muß man sein, um daran Gefallen zu finden?

16. Februar

F. M. S.

Jedem seine fixe Idee: Bei meinem Despoten sind es meine Haare. Ob er sie mit eigenen Händen löst, um sein Gesicht darin zu baden (soll das vielleicht eine strenge «Erziehung» sein?), ob er sie streichelt oder an ihnen zerrt – er gerät außer sich dabei. Ich bin nicht sicher, ob er je wieder davon loskommt. Solange meine Haare mich umhüllen, mache ich ihn besessen.

Sie sind das schmale Band meiner Abhängigkeit, doch zugleich die Quelle einer geheimen Macht, die ihn mir unterwirft. Wie naiv meine vorgetäuschte Unwissenheit auch sein mag, er verfängt sich viel stärker als die Sklavin, die er zu unterwerfen meint.

Wohl kann er überall auf meinem Körper das Blut unter der Haut pulsieren fühlen, wenn er mich berührt. Dieses Leben ist ihm bekannt. Er besitzt alle Mittel, das Fleisch zu erregen und dessen geheimsten Pulsschlag zu erspüren. Doch jenes andere Leben ist ihm fremd. Irgend etwas *schockiert* ihn, wenn er die Berührung mit diesem Bewuchs sucht, über den ich klug und hinterhältig eine Spur von Parfum verteilt habe.

Wenn er dicht vor meinen geschlossenen Augen mein Lustgestöhn belauert, so weiß ich, daß in der wachsenden Erregung dieser Hand, die meinen Nacken umklammert hält, die tiefste Wurzel seiner eigenen Niederlage zu wachsen beginnt.

Wenn er dann endlich entspannt und auf einer Höhe mit seinem Opfer für einen Moment seine Seele entblößt, weiß er dann, daß seine Hand lange zärtlich auf der dichten Mähne liegen bleibt?

Und wenn ich allein bin und das Wahrzeichen meiner Herausforderung bürste und im fleckigen Spiegel beschaue, soll ich mich dann über mein trübes Abbild lustig machen? Wie kann ich verhindern, daß seine Besessenheit mich mitreißt? Wie sollte sich Thérèse nicht ebenso wie Marie von ihr geschmeichelt fühlen?

Verbirgt sich hinter dieser Bosheit eine innere Gerechtigkeit, die wie ein Bumerang zurückschnellen kann?

17. Februar

F. M. S.

Vor allem dem Mund fällt es zu, die untertänige Treuepflicht pünktlich abzuleisten, wie aufgewühlt er von dem enormen Ausmaß seiner Aufgabe auch sein mag. Er ist der kundige Interpret eines unablässig neuen Verlangens nach Verehrung. Wenn sie gut *sichtbar* ist, erwächst aus der geduldigen Speichelleckerei eine doppelte Lust. Daß der Blick sich an ihr weiden kann, gibt ihr erst ihren ganzen Wert und verleiht ihr einen bevorzugten Platz auf der Skala der Reize. Der Mund ist um so vieles *menschlicher* als jedes andere physische Organ, seine Unterwerfung unter die Launen des Tyrannen sind viel ersichtlicher, und je mehr er schmeichelt, desto mehr wird er vom Egoismus geschätzt.

Zartgefühl und Kunst: Die Ausdauer vermag erst vor den Tiefen der Ungeduld ihre ganze Raffinesse auszuspielen. Je gewaltiger die Aufgabe anwächst, um so hingebungsvoller opfert man sich. Und es ist ein beunruhigendes Paradox: Je mehr das Widerwärtige bis ins Extrem getrieben wird, um so größer ist die Lust. Was für Verirrungen bewegen sich keuchend in der Stille aufeinander zu?

... Oh, Unsagbarkeiten! Oh, geheime Perversion!

Zwei Stimmen verstummen in dem Moment, als ich die Küche betrete. Armande beugt sich über ihren Herd, Victor über seine dampfende Tasse Kaffee, die er am Tisch sitzend in seiner Pranke hält.

Die Stille beunruhigt mich. Ich möchte schwören, daß man über mich geredet hat.

Und es springt ins Auge: Armande hat auf Alines Abwesenheit gewartet, um mich zur Scheune zu schicken. Sind Sie verrückt, Armande? Wissen Sie, was Sie tun?

Voller Mißtrauen überquere ich den großen Hof. Ist es wirklich ein Zufall, daß ich schon wieder auf Victor treffe?

Mit «gesträubtem Fell» trete ich an Victor vorbei über die Schwelle des ersten Zimmers, dann des Hinterzimmers. Ich sehe ihm fest in seine blauen Augen und behalte den großen Tisch als Bollwerk zwischen uns. Er stützt die Hände darauf und öffnet weit den Mund, als wolle er etwas sagen. Dann glotzt er kurz zur Tür, die hinter mir offen steht. Bedauert er jetzt, daß er nicht gewagt hat, sie zu schließen? Seine große, geschmeidige Masse ist zum Sprung bereit. Ich selbst stehe von Kopf bis Fuß unter Hochspannung. Wenn du dich rührst, wenn du auch nur einen einzigen Schritt auf diese Tür zu machst, werde ich fliehen, verstehst du mich? Ich werde fliehen und schreien!

Er gibt vor, sich zu fügen. Doch jetzt kommt in seine blauen Augen, ohne daß er selbst sich dessen bewußt wird, ein mörderischer Glanz.

Ich packe den Henkel des Korbs und entgehe knapp dem Griff nach meinem Handgelenk.

«Marie!»

«Nein!!!»

Meine Füße hasten vor ihm über die ausgetretenen Fliesen, es ist, als zöge sich die Haut auf meinem Rücken vor Angst zusammen. Endlich gewinne ich Macht über meine zitternden

Beine und renne wie eine Irre, mein Fleisch verschlossen vor Verweigerung. Nein! Nein! Nein! Nein!

Samstag, den 19. Februar

Simon wird erst morgen kommen. Ich erfahre, daß man seine Vorrechte unter irgendeinem Vorwand noch mehr beschneidet. Er ist verzweifelt, weil er jetzt nur noch einmal in der Woche ein Anrecht auf eine Nacht bei seiner Gattin hat.

Wer wird daraus Nutzen ziehen, wenn nicht der, welcher so gewollt hat?

Wo wird diese Besitzwut halt machen, die nur noch von einer letzten, unsichtbaren Barriere behindert wird?

Ich kann nichts mehr für dich tun, Tyrann, als mit meinen Intrigen aufzuhören. Ich bin jetzt nur noch das, was du haben wolltest, ein «Objekt», geleitet von dem Wahnsinn, der dir aus den Augen zu leuchten beginnt.

Montag, den 21. Februar

F. M. S.

Ein unvorhergesehener Empfang nahm mir gestern meinen wöchentlichen Ruhetag.

Mein Ehemann streifte tief enttäuscht den ganzen Nachmittag einsam und traurig zwischen den Gesindegebäuden umher. Nach dem Abendessen lief er Armande, die schon ungeduldig wurde, über den Weg.

Als die Gäste fort waren, bekam ich Mitleid mit ihm und sagte beinahe zärtlich: «Geh schon rauf, *Liebling*, und warte auf mich. Ich komme gleich.»

In der Stille des Erdgeschosses waren jetzt nur noch zwei verdammte Seelen. Die Tür der Bibliothek öffnete sich hinter mir, und ich lieferte mich den schwarzen Augen aus. (Simon, du unglücklicher Gatte, ich spüre, daß man sich eine Beleidigung ausdenkt. Gott ist mein Zeuge, daß ich unschuldig daran bin!)

Ich warf den Kopf in den Nacken und fand den gleichen

vorwurfsvollen Ton wie am Morgen nach meiner Hochzeit: «Was, Monsieur! Heute abend?»

Man scherte sich wenig um eine fälschliche Würde. «Gefällt dir das nicht?»

Nehmen Sie das gequälte Lächeln entgegen, eitler Despot, und ein Geständnis (mein Mund an dem Ihren), in dem zu allem Überfluß auch noch schmeichelhafte Aufrichtigkeit enthalten ist. «Monsieur weiß sehr gut, daß es mir immer gefällt.»

Leide ich unter Verfolgungswahn? Habe ich wirklich hinter dieser Tür das Parkett unter dem leichten Gewicht eines Schattens knarren hören? Erfindet mein Geist dieses Rascheln? O Simon, treibt dich dein Wahn bis an diesen verbotenen Ort?

Das Gesicht, nahe an dem meinem, täuscht sich über den Grund meiner Unruhe. Die Hand berührt mich nur um so frecher.

«Ich frage dich, ob es dir Spaß macht – *jetzt* –, deinen Mann zu betrügen?»

«Oh!» (Ihre Grausamkeit ist noch schlimmer, als Sie glauben!) Ich seufze: «Was machen Sie mit mir, Monsieur?»

Unter seinem härteren Zugriff, Simon, versuche ich zu retten, was dir noch an Ehre bleibt. Welche Grille überkam mich, daß ich meinte, nicht mehr intrigieren zu wollen?

«Ich bin Monsieur ein Geständnis schuldig. Ich glaube, ich werde mich in Simon verlieben.»

Wütend: «Dann verlieb dich doch in ihn!» Er beißt mir in die Lippen. «Aber beantworte meine Frage; sag mir, daß es dir Spaß macht.»

(Ah, Sie gehen zu weit!) «Das ist nicht schön, wozu Sie mich da zwingen!»

«Sag es!»

Einen Moment noch, Seigneur! Meine Blicke tauchen in die schwarze Lava hinab. Geheimnisvoll bieten sich dämonische Lippen an. Und ich hauche (so leise, Simon, daß du es nicht hören kannst): «Ich glaube, es wird mir Spaß machen.»

Der große Leib preßt sich grausam an mich. Oh, Erbarmen!

Nur im Hemd komme ich zum Diwan zurück und lehne mich an die Brust, in der sich der Sturm langsam legt.

«Sag es!»

Er umschlingt mich von hinten. Seine Hände legen sich wie von selbst auf meine Brüste und drücken sie gegeneinander.

«Such einen Vorwand! Ich will, daß du dich heute abend deinem Mann verweigerst!»

(Du läßt mich erbleichen. Wie weit deine Stimme durch die Stille hallt!) Ich fühle, wie meine Augen, die auf den Teppich starren, ausdruckslos werden.

«Hörst du?»

Ich wende mich stumm diesem besessenen Blick zu. Die tiefe Stimme verändert sich unmerklich: «Wirst du gehorchen?»

Ich schaue wieder auf den Teppich. (Bist du dir deiner Macht denn nicht sicherer?) ...Verzeih, Simon, wenn du noch da bist! Meine verräterischen Lippen artikulieren fast stumm: «Ich werde gehorchen.»

Ja, ich gehorche. Ah, Simon, gib dich mit der vagen Ausflucht deiner Frau zufrieden: «Von der Arbeit erschöpft!» Gib dich zufrieden mit dieser Ausrede, die um so beleidigender wird, als deine stille Wut und meine Verweigerung sich verhärten.

Weißt du, daß du mir mit deinen rauhen, harten Händen angst machst? Daß mich das Wahnbild dieser stummen Vereinbarung um so mehr in den Bann zieht, da du beharrst? Da du den Grund meiner Verweigerung *kennst*, warum willst du mir da nicht ihre Legitimität zugestehen? (Wie dich deine eigene Ungerechtigkeit erschauern läßt.)

Ja, sei ruhig. Zügle deine brutalen Gesten, vielleicht sogar deine Wut! Zerr an deinen Fesseln, aber bleib nicht unbeweglich dort im Dunkeln hocken, denn das ist schlimmer als alles andere.

Es ist dunkel, dunkler als dunkel. Und kalt. Es ist Armandes schwarzes Schultertuch (wieso denn?), das ich mir fest um die Schultern wickle. Ich stoße gegen einen Stein. Mir scheint, daß Alines Hund in der Ferne gebellt hat. Da ist das «Gebäude» am Ende des Hofs, wie Armande es nennt. Man lagert dort seit einem Monat die Apfelernte ein, um Apfelwein daraus zu machen.

Der Geruch steigt bis zu mir herauf, wenn ich abends die Fenster schließe. Jetzt finde ich in der Dunkelheit die Klinke. Der Lichtschalter sei innen rechts neben der Tür, hat sie gesagt. Die Funzel ist gerade hell genug, um die dunklen Löcher zu erkennen, aus denen – ah, ich rieche es – dieser schreckliche, scharf süßliche Geruch aufsteigt.

Füll schnell deine Steige! Such nicht, beeil dich! Beeil dich... Dreh dich nicht um. Dieses Geräusch... Das ist eine Tür, die im Wind schlägt. Das ist...

Ah, er ist da, direkt vor mir, riesig und furchterregend. Seine Füße stehen im Dunkeln, sein Kopf ist im fahlen Licht, sein kupferroter Dreitagebart glänzt. Komm ja nicht näher! Mein ganzer Körper schreit, aber warum ist mein Schrei *schon wieder* stumm? Warum sind meine Arme aus Blei? Mit seinem Bauch stößt er mich dort gegen den Tisch. Er starrt mich an mit seinen blauen Augen, und ich kann die Hände nicht heben, um die massige Brust zurückzustoßen. Ich sterbe vor Machtlosigkeit... ein Busen, er hat einen wahrhaften Busen! Er preßt mich an sich. Seine Hand packt von hinten meinen Haarknoten und zieht gräßlich daran. Und jetzt *fühle* ich auch noch – mein Gott! – die Borsten seines Schnurrbarts und wie seine obszöne Zunge in meinen Mund eindringt.

Tu's nicht! Tu's nicht! Er dreht mich um wie eine Feder und preßt meinen Oberkörper auf den Tisch nieder... Ah!

Was! Wer stößt seine eisenharten Finger zwischen meine schweißüberströmten Schulterblätter? Oh, nicht, Simon, laß los, ich verteidige dich doch! Nutz meinen Schlaf nicht aus. (Hast du gehört, wie ich schrie?) Gegen dich kann ich wenigstens noch kämpfen. Aber... Du tust mir weh! Begreifst du nicht, daß du widerlich bist? Nein, sage ich ... Ah! Ich hasse dich.

... Bis zuletzt werde ich für dich verschlossen sein, verschlossen, verschlossen!

22. Februar

F. M. S.
«Marie!»

Das schwarze Auge, das ich gestern um Gnade für die Nacht bat, dieses Auge betrachtet mich zweifelnd.

«Ich bin eingeladen. Für mehrere Tage. Und... ich habe keine Lust. Was rätst du mir?»

Mein Gott, was kommt über Sie? Ist es an mir...? Er tritt ruhig und ohne einen Hintergedanken, den ich ablesen könnte, auf mich zu. Nichts Brutales, nichts Lauerndes ist in diesem Blick.

«Wie denkst du darüber? Brauchst du Ruhe?» Er lächelt.

«Oder Schlaf?»

Was ich brauche, nennt man das Ruhe? Schlaf brauche ich, ja! Sieht man mir das an? Und sonst? Aber wieso beschäftigst du dich mit mir? Wie gut dir diese Zärtlichkeit steht, Seigneur! Wenn du es nur wüßtest! ... Ich lächle ebenfalls.

«Du möchtest lieber, daß ich fahre?»

Ich lächle immer noch.

«Zwei Tage? Drei Tage? ... Vier?»

«Zwei.»

Schau, wie erholsam es ist, ruhig zu sein. Einer angesichts dem anderen gegenüber, ohne Hochmut. Weißt du, daß auch ich etwas «lerne»?

23. Februar

F. M. S.
Flieh, Marie! Du solltest fliehen! Worauf wartest du? Was hält dich?

Marie steht vor dem «Ochsenauge» ihres Fensters und sieht zum Himmel hinauf, der sie in Absurdität einschließt. Du brauchst also einen Sieg, lächerlicher Stolz? Welchen Sinn hat der für dich? Mußt du dieses Ziel wirklich *erreichen*? Gibst du zu, daß du jetzt Angst hast?

Ist dein Verhalten Simon gegenüber vernünftig? Hat es so etwas in Maries gesamter Existenz je gegeben? Diese Absurdität, *was fängst du mit dieser Absurdität an*?

Sagt nicht, oh, sagt nicht, daß die Absurdität in mir liegt, daß sie mir folgen wird!

Sollte es etwa unmöglich geworden sein, wieder Thérèse zu werden?

25. Februar

F. M. S.
Die Hände weichen nur von meinen Hüften, um den Gürtel meines bescheidenen Morgenrocks zu öffnen, ihn mir von den Schultern zu ziehen und über meine Arme hinabgleiten zu lassen.

Die Hände sind wie bedächtige Diebinnen, die ihre Beute bestaunen. Sie knöpfen mir in aller Ruhe mein Nachthemd auf, verweilen bei den Rundungen, die sie unter ausgiebigen Liebkosungen entblößen, und bändigen ihren gierigen Appetit, um *zärtlich* nach dem Fleisch zu greifen, das sich ihnen darbietet.

Sie verstehen es, ihre Ungeduld zu zügeln, um mir sehr geschickt die Haare zu lösen. Das ist eine Pflicht, die sie sich vorbehalten, und ein Recht, das sie sich herausnehmen. Und es ist auch Knechtschaft, wie ich sagte, wie überhaupt all ihre Neigungen, die das Objekt ihrer Nachstellungen in einen unbezwingbaren Magneten verwandeln, in eine allzu zarte Beute, die sie fesselt.

Die Hände sind wie ein harter Ring um meine Hüften, woanders sind sie wie ein Zwillingspaar, an meinem Hals sind sie wie Ketten, die mich schwindlig machen und bedrohen; sie sind zu jedem Wahn bereit. Sie weben ein unsichtbares Gefängnis auf meinem Fleisch und erregen sich, weil es ihnen noch nicht eng genug ist.

Auch ich bin fasziniert und lasse mich von ihrem Fieber mitreißen. Es gibt keinen anderen Horizont mehr als den der Lust, und ich strecke die Waffen. Das ist eine doppelte Falle. Sie schließt den, der sie zu stellen meinte, von beiden Seiten ein.

Vom Halsansatz gleitet die Hand über die Schulter nach unten, legt sich auf den Busen, wo die Finger in Erregung geraten. Langsam folgt sie der feinen Linie der Taille, gleitet über den Bauch hinab und erregt sich wieder...

Verkrampft in ihrer Glut, fieberhaft auf der Suche über dem angespannten Netz meiner Nerven, dann wieder fast sanft und träumerisch... Besänftigt, ruht sie still und immer noch eigensinnig in einem Tal.

26. Februar

Marie steht nicht mehr frühmorgens im Dunkeln auf. Es ist acht Uhr, manchmal auch schon später, wenn sie nach dem Frühstück des Herrn nach unten geht, um ihm unter Armandes verschlossenem Blick den Kaffee zu wärmen.

Das ist ein Geständnis. Es fällt mir schwer, so den Stand der Dinge zu billigen. Wenn mir Monsieur diese Gunst auch ohne Heimlichkeit gewährt, so glaubt doch keine meiner beiden Kolleginnen, daß er es völlig ohne Grund tut.

Armandes Mißbilligung ist stumm. In Alines veilchenblauen Augen erkenne ich manchmal so etwas wie Unruhe.

«Nein, warte!»

Es ist 7 Uhr 30. Er hindert mich daran aufzustehen, springt selbst aus dem Bett und dreht im Bad die Wasserhähne auf. Durch das Geräusch des einlaufenden Wassers höre ich, wie er pfeift.

Bald erscheint der große, nackte Körper im Türrahmen und ahmt komisch meinen Knicks nach.

«Das Bad von Madame ist gerichtet!»

Diese Laune ist ein Befehl: Ich danke ihm mit geschmeicheltem Lächeln. Er läßt nicht zu, daß ich mir vor dem Spiegel die Haare hochstecke, sondern sucht die Nadeln auf dem Kaminsims zusammen und führt mich zum Frisiertisch.

«Setz dich!»

Lächelnd, aber skeptisch lege ich die Hände in den Schoß und biete meinen Nacken seiner Unerfahrenheit dar. Er dreht die Handgelenke, so wie er es bei mir gesehen hat, und steckt mir die Mähne mehr schlecht als recht am Kopf fest. Bei der ersten Nadel zeigen sich Schwierigkeiten, die mich zum Lachen bringen.

«Du kannst es nicht.» (Ist dieses Duzen, das ich bisher nur im Dunkeln gewagt habe, eine Kühnheit?)

...Man muß sie umgekehrt einstecken, dann drehen, da, und dann unter den Knoten klemmen. «So!»

Eine Nadel, noch eine. Der Schüler ist eifrig bei der Sache, seine große, sinnliche Hand hält das Gebäude fest. Soviel Stolz, um dann mit einer vorgetäuschten Unterwerfung zu enden! Ich kenne das, aber weshalb ahmst du mich nach?

Er läßt sich Zeit: Das ist die Rast des Kriegers. Es macht ihm sichtlich Spaß. Zu verlangen, daß er es zugibt, wäre ein unkluger Triumph.

Während ich den Zeh ins Badewasser stecke, frage ich mich, ob das *Ziel* erreicht ist. Sein dunkler Blick läßt sich keine Einzelheit der Waschung entgehen. Er weicht nicht von mir, während ich mich ausstrecke und bis zum Hals versinke. Leg deinen Nacken auf den Rand der Badewanne, Marie, mach die Augen zu, verbirg dies eitle Glänzen. Wie schwierig plötzlich die Bescheidenheit ist!

Triefend setze ich den Fuß aus der Wanne. Wie schüchtern das dem Zuschauer zugedachte Lächeln auch sein mag, es liegt doch Koketterie in diesem Blick über die Schulter ... Ja? ... Nein?

Aber ja: Er öffnet mir den Bademantel und nimmt mich mit seinen genießerischen Händen! Das ist kein Reiben mehr, Monsieur! Ihre Pflege gestaltet sich recht wollüstig. Wie langsam und geschickt Ihre Hände diesmal sind! Wie geduldig ... und, mein Gott, wie bedächtig.

Gehorsam drehe ich mich um (hast du noch nicht genug von diesem Mund?). Die Liebkosung wird zu einer Umarmung. (Gott, peinige mich nicht.) Sein Arm legt sich fest um meine Hüften, beugt mich nach hinten, bringt mich aus dem Gleichgewicht.

«Was tust du?»

Sein Mund gebietet mir Schweigen. Mit seiner ganzen Kraft hält er meinen Fall auf und begleitet ihn.

«Ah! ... Hier? Auf der Badematte?»

Montag, den 28. Februar

Simon

Es genügt jetzt, das zu sein, was ich bin: Marie. Es ist nicht mehr nötig, dich «strafen» zu wollen. Ich muß mir keine künstliche Persönlichkeit mehr ersinnen, um mich mit Hilfe schändlicher Vermutungen zu erregen. Ich bin deine Frau zu deinem Glück und zu deiner Qual – so, wie ein anderer es gewollt hat.

Es beruhigt und genügt dir nicht, mich in deinen Armen zu haben. Du haßt mich, wenn ich mich dir verweigere, und wenn ich mich dir hingebe, so zweifelst du.

Und wenn ich dir im Grunde auch nichts Böses will, so

kann ich meine Gedanken doch nicht davon abbringen, die deinen zu umschleichen. Ihre Fiebrigkeit fasziniert mich.

1. März

Es war schon längst dunkel. Armande hatte Aline zu ihrem Weiler zurückgeschickt. Wie von einer Vorahnung ergriffen, tauschten wir, sie und ich, einen Blick aus, bevor sie ging.

Armande hat gesagt: «Ich will Kompott machen. Hol eine Stiege aus dem Anrichtezimmer.»

Ich stehe auf und merke, wie ich erbleiche. Sie wollen doch nicht etwa...?

«Du wirst ins ‹Gebäude› am anderen Ende des Hofs gehen...»

Ah, sprechen Sie nicht weiter. Sagen Sie mir bloß nicht, wo der Lichtschalter ist. Ich frage mich, woher ich es weiß, aber ich *weiß* es... Ich werde nicht gehen, Armande.

Aline ist zurückgekommen. Ihr Gesicht ist ganz rot, weil sie so schnell gelaufen ist. Sie hat mit einem Blick begriffen.

«Gib her!» sagt sie und nimmt mir die Stiege aus den Händen.

Später, im Speisesaal, zur Stunde unseres täglichen Adieus, kam sie auf mich zu. Auf meinen fragenden Blick erwiderte sie leise: «Er war da!»

Mich schauderte.

«Da siehst du, daß sie es absichtlich macht. Aber was will sie von mir... Was ist zwischen ihr und Victor?»

Sie zuckt leicht die Achseln.

«Sie kennen sich seit Ewigkeiten. Ich glaube, sie liebt ihn.»

«Bist du verrückt?»

«Wie einen Sohn, wenn du willst. Aber das ist nicht der Grund...»

«Was ist es dann, Aline?»

Ich blicke tief in ihre veilchenblauen Augen, die mir nur Gutes wollen.

«Glaubst du, sie will mich strafen?»

Sie schweigt, ich spüre ihre ganze Zuneigung und ... daß es so ist. Ich nehme ihre Hand, und sie fragt ängstlich: «Was willst du tun?»

Sie spricht nicht nur von Victor. Ich senke den Kopf.

«Woher soll ich das wissen?»

Wie zartfühlend Aline sich verhält. Sie ist die Güte selbst und stellt keine weiteren Fragen. Sie legt ihre Arme um meinen Hals und gibt mir einen langen Kuß auf die Wange.

«Mach dir auf keinen Fall Sorgen wegen heute abend. Es ist sowieso schon zu spät. Und dann, richte es so ein, daß du selbst auch immer verschwindest, wenn sie mich rausschickt. Und antworte nicht, wenn sie nach dir ruft.»

Sie lächelt mir zu und geht.

Mein eisiger Rücken fühlt sich schon etwas wärmer an. Ich liebe dich, Aline.

2. März

Fehlt etwas an dieser Lust spät in der Nacht? Meine Arme sind noch schwer vom Schlaf, aber sie umklammern doch sofort die aggressiven Muskeln. Was fehlt bei dieser Lust des Fleisches, die mich zerreißt? Welche Skrupel kommen auf, die mein Herz nicht ertragen kann?

Und worauf ist dieser männliche sexuelle Wahn aus, der wie ein Sturm über mich hereinbricht? Der ins Rasen gerät über der Glut, die er in mir entfacht? Was kann er in all seiner Verzweiflung anderes vorhaben, als mich zu vernichten? Drängt er sein eigenes Abbild dem hilflosen Stolz auf, der sich nur noch selbst niederschmettert?

Der Sturm ist vorbei. Worauf sinnt der dunkle Blick – jetzt, da wieder Licht ist? Welche *Frage* stellt sich ihm? Welche Antwort sucht er in der Stille friedlicher Atemzüge, auf dem unbeweglichen Gesicht hinter den geschlossenen Lidern? Oder noch jenseits davon in den unerreichbaren Momenten? Wirst du, schwach wie du bist, über die menschliche Dunkelheit hinausgelangen! Du hast davon geträumt zu herrschen – entgleitet dir deine Macht jetzt?

Der Augenblick ist da (Gott gebe, daß es nicht zu spät ist!), in dem ein gerechter Richter den Kampf beenden muß.

3. März

F. M. S.

«Marie?»

Ich trete eben in das Zimmer, das jetzt schließlich auch mein Zimmer ist. Er erwartet mich. Da er zu sehr mit sich beschäftigt ist, übersieht er mein Lächeln. Als er sich nicht rührt, öffne ich von mir aus meinen Morgenrock. Etwas «stockt» in seinem Blick, aber er hält sich zurück. Die beiden Silben, die er aussprach, schweben zwischen uns wie eine geheime Frage, die er an sich selbst gestellt hat.

Entwaffnet die Tyrannei sich selbst? Wird der Kampf ohne Sieger ausgehen? Was erregt mich plötzlich so (ah, täusche dich nicht, Marie!) an diesem Willen, der aufzugeben scheint? Er sucht... sucht. Oh, nein, sag nichts. Ich kann meine vorschnelle Hand, die sich auf seinen Mund legt, nicht zurückhalten. Ich zittere, weil ich fürchte, daß diese Geste, die eine Antwort ist, ihrerseits (ist es möglich?) einem Geständnis ähnelt. Laß uns nicht mehr denken! Oh, vor allem nicht mehr denken! Komm, da ich schon mal da bin, o du, der es gewollt hat.

Laß mich wenigstens einmal wirklich deine «Herrin» sein. Laß meinen fast keuschen Mund wandern, wohin er will, in das Haar auf deiner Brust und die langen Muskeln des Jägers hinab. Laß ihn über deinen Bauch hinabgleiten... und *mit dem Feuer spielen*. Nur «spielen», verstehst du? Nein, diese Hand in meinen Haaren soll friedlich bleiben! Keine Gewalt, ich bestimme jetzt. Ich verfüge über dich. Nach der langen Reise über deinen Körper laß mich jetzt zu dir aufsteigen, zum schwarzen Licht deiner jetzt friedlichen Augen. Laß meine schwachen Hände deine mächtigen Arme ans Bett fesseln; laß die einstige Sklavin sich auf diesem Vulkan ausstrecken; laß dein Gesicht gefangennehmen unter den Haaren, die von meinem Kopf niederfallen; laß in den Tiefen dieses Gefängnisses in deinen Augen etwas anderes leuchten, etwas anderes, als je in ihnen war. Laß meinen Mund sich sanft auf deinen *legen*. Nimm es hin und *nimm ihn nicht*!

Und jetzt erlaub, daß ich mich strafe, indem ich lange das Schwert des japanischen Ritters genieße. Nein, ich bin es, die befiehlt, ich sage es dir! Ich bin es ... oh, Schmach! Wie soll ich mich beherrschen? Und wie, überwältigt von den Folgen meiner eigenen Arbeit, wie, bevor ich niedersinke und mein Gesicht an deiner Schulter berge, wie soll ich dieses leise Lächeln verstecken, dem es diesmal nichts ausmacht, sein Glück zu verraten?

Beweg dich nicht, noch nicht! Laß diesen besiegten Körper, deinen wütenden Speer tief in ihm, auf deiner Brust, liegen, die Hände, die Frieden wollen, auf deiner Schulter – und unter dem Gewand, das meine Haare für dich bilden, dieses Gesicht, dessen Mund, ohne es zu merken, leise wimmert.

Geduld, Seigneur, ein paar Sekunden noch. Die Belohnung ist jetzt da, in den Tiefen dieses Moments, da ich endlich *dir gehöre*.

4. März

Es ist Waschtag. Ich helfe Aline im Waschhaus. Im lauwarmen Dampf sieht sie mich lange fragend an.

«Was willst du tun?»

Ich zucke ohnmächtig die Achseln. Was soll ich dir sagen, Aline? Wie soll ich dir sagen, daß dies wohl die letzten Stunden unserer Freundschaft sind?

5. März

F. M. S.

Er wird wieder drei Tage fort sein ... Werde ich diesmal fliehen?

Es ist kalt und ich bin allein. Dies ist eine der letzten von Maries Morgendämmerungen. Heute morgen werde ich pünktlich sein, Armande.

... Allein? Welche unsichtbare Tyrannei belauert mich in diesem Spiegel? Ich verbiete dir (verstehst du mich?), mich derart zu beherrschen! Merkst du nicht, daß nichts mehr möglich ist?

Steck dir die Haare hoch, Marie! Wie langsam sind deine Bewegungen heute morgen! Befrag dein Spiegelbild, zu dem du dich hinbeugst. Schwöre, daß du diese blinden Flecke im Spiegel, um die sich dein Gesicht herumwindest, als seien es Hornhautflecken in deinen eigenen Augen, bald nicht mehr sehen wirst!

Hör auf die ferne Stimme; hör auf die undeutliche Stimme der Reue tief in dir, die zerbrechliche Stimme des Schicksals, das sich erfüllt.

7. März

Simon

Etwas macht mir angst in dem starren, ausdruckslosen Blick dieser Augen.

Wir erleben unsere letzten Momente als Paar, Simon. Gestern war unser letzter Tag. Es ist Zeit, diesem Wahn ein Ende zu bereiten. Ich möchte, daß es geschieht, ohne dich allzusehr leiden zu lassen. Alles ist besser als dieses Gefängnis, in dem ich ersticke, als diese morbide Geheimhaltung, in der du deine Eifersucht einschließt.

In bin schuldig, Simon. Vor kurzem noch habe ich dich beinahe gehaßt; heute bedaure ich, daß dir Marie an einem Oktoberabend auf dem kleinen Bahnhof von B. über den Weg lief.

Dadurch, daß du deine untreue Gattin verlierst, wirst du eine Art Ruhe finden. Beweine sie nicht zu sehr. Sie gehörte nicht dir.

*

Thérèse an Pierre F.

La Châtaignerai, Donnerstag, den 10. März 19..

Mein Freund,

Ihre Briefe, auch der von gestern, liegen auf meinem Tisch. Solange sie nur von Ungeduld zeugten, haben sie mich kaum alarmiert; heute aber mache ich mir zum Vorwurf, daß ich Sie in Unruhe versetzt habe (Maries letzte Tage sind eindeutig der Reue gewidmet).

Doch Sie beunruhigen sich grundlos, zumindest hoffe ich das.

Ich gebe zu, daß Sie dieses Schweigen nicht verdient haben. Was soll ich Ihnen sagen? Während des Monats, in dem ich Ihnen nicht geschrieben habe, hat sich alles sehr verändert. Gewiß, der Plan (die *Pläne*, muß ich sagen) wurden durchgehalten, doch mit der Zeit wuchs in mir unmerklich ein Schuldgefühl, und deshalb war ich mehr zum Schweigen als zu Vertraulichkeiten aufgelegt. Dasselbe Schuldgefühl treibt mich heute dazu, in aller Eile die Waffen zu strecken.

Ich bin mir aber darüber im klaren, daß ich Ihnen noch Vertrauen schulde, und ich will es Ihnen deshalb auch nicht ganz entziehen. Ich werde Ihnen also fast alles sagen, aber nur *fast* alles, wie ich ehrlicherweise zugeben muß.

Wozu diese Beschränkung? Sagen wir als Folge eines Rests von Schamgefühl. Wenn es auch leider zu spät kommt, wie ich einräume. Die Wahrheit ist, daß mir heute alles Angst einjagt. Und Reue. Ich schäme mich, verstehen Sie?

Ihr Einfluß auf mich muß immer noch sehr groß sein, wenn ich mich entschließe, diesem Brief etwas beizufügen, was schwer wiegt: die schwere Last von Unverstand und schuldhaften Berechnungen. Finden Sie darin, was Sie suchen? Ich hoffe es. Trotz Ihrer Ungeduld (die mir etwas künstlich erscheint) sagt mir irgend etwas, daß Ihr Interesse an meinem Abenteuer nachläßt. Ich habe das Gefühl, daß Sie anderweitig beschäftigt sind.

Muß ich Ihnen versichern, daß dies kein Vorwurf ist? Welches Recht hätte ich dazu? Wenn zwischen uns etwas *zerbrechen* sollte, allein schon durch das, was ich Ihnen seit Monaten so schamlos anvertraue. Darüber bin ich mir im klaren. Wo ist die Zeit geblieben, mein Freund, als ich Ihre «kleine Kammermusik» war? «Nachtmusik», wie Sie so poetisch sagten?

Zurück zu meinem Tagebuch. Ich vertraue darauf, daß Ihr Scharfsinn sich hinzudenken wird, was ich auslasse. Ich wiederhole Ihnen, daß mir das Ziel erreicht scheint. Vielleicht sogar zu vollkommen erreicht, um mich für ein Schicksal zu entschädigen, das ich ja schließlich selbst herausgefordert habe. Es wäre außerdem besser gewesen, wenn eine schuldlose, vielleicht sogar völlig unschuldige Nebenperson nicht mit hineingezogen worden wäre. Und noch eine dritte würde sich einmischen, wenn ich mich nicht sofort zur Flucht entschiede.

Es ist also an der Zeit, das zu beenden, was jetzt schon über meine Pläne hinausgeht. Zu verschwinden ist sicher die einzige Lösung. Da ich möchte, daß alles ohne Gewalt, Drama und Skandal abläuft, bitte ich Sie um folgendes: Schicken Sie Marie unverzüglich nach Erhalt dieses Briefs ein Telegramm, das ihr das Hinscheiden eines nahen Verwandten mitteilt: Ihres Vaters zum Beispiel. (Das Telegramm muß knapp und anonym gehalten sein, damit es keine Probleme mit seinem Stil gibt. Es ist damit zu rechnen, daß ich das Papier vorzeigen muß.) Marie wird zur Beisetzung abreisen, und sie wird nicht wiederkommen; in Luft aufgelöst wie das unberührbare Phantom, das sie immer hätte bleiben sollen.

Werden Sie es schaffen? Ich muß entschuldigen, daß ich Ihnen Schwierigkeiten bereite, aber ich bin gezwungen, auf Ihre Gefälligkeit und Ihre Phantasie zurückzugreifen.

... Und auch auf Ihre Eile, denn ich möchte jetzt, daß alles sehr schnell geht. Dieser Brief wird morgen, Freitag, dem Briefträger anvertraut, aber wird er gleich abgeschickt werden? Es ist schon sehr viel Glück dabei, wenn Sie ihn Samstag in Händen halten. Ich sehe ein, daß das Telegramm leider bestenfalls Sonntag oder sogar erst Montag hier sein wird. Ich bedauere das, denn es wäre mir lieber gewesen, wenn ich vor Simons wöchentlichem Besuch abreisen könnte. (Armer Simon, ich würde ihn lieber nicht wiedersehen, denn jeder Sonntag bedeutet für ihn Glück und Qual! Und dann... ach, was weiß ich!)

Ich verlasse mich auf Sie, Pierre (ich wage nicht mehr, Ihnen Ihren Spitznamen zu geben; bei meiner jetzigen Geistesverfassung würde ein Vorwurf daraus). Beeilen Sie sich bitte. Sie werden bald Ihre Thérèse wiedersehen.

Doch werden Sie sie so schnell *sehen*? Ich weiß nicht. Da ich Sie, wie ich wiederhole, im Verdacht habe, «beschäftigt» zu sein, ist es möglich, daß ich Thérèse gewähre, was Marie verweigert wurde: ein paar Tage Ruhe und Einsamkeit, das heißt (lachen Sie nicht!) Besinnung auf sich selbst.

Hier endet also der letzte Akt.

Empfangen Sie also, mein Freund, den liebevollen und hilflosen Kuß Ihrer

Thérèse

PS: 24 Stunden nach diesem Brief (um jede Verwechslung zu vermeiden) werde ich Ihnen in einem geschlossenen Umschlag mein letztes Heft übersenden. Den Inhalt möchte ich Ihnen zumindest fürs erste vorenthalten. In einem geschlossenen Umschlag, habe ich gesagt (ich habe mir Wachs und Siegel besorgt), denn ich glaube zwar an Ihren guten Willen, aber Ihre Neugier kenne ich auch.

Warum ich das Heft nicht behalte, werden Sie fragen? Weil es mir hier buchstäblich die Finger verbrennt. Und weshalb ich es Ihnen schicke? Aus dem einfachen Grund, weil Ihnen meine Post nachgesandt wird. Man kann also darauf wetten, daß das

Heft Sie vor meiner Rückkehr erreicht, selbst wenn ich es an meine eigene Adresse schicken würde.

... Aber vielleicht auch, um Sie auf die Probe zu stellen – wer weiß?

Bis zu dem Tag, an dem ich Sie bitten werde – nachdem der Vorhang lange gefallen ist –, mir den Umschlag zurückzugeben oder ihn selbst zu öffnen.

Epilog

Eifersuchtsdrama in B.
(Calvados)

(Depesche im *L'Excelsior*)

15. März 19..

Ein schrecklicher Anblick bot sich M. Philippe de B., dem Schloßherrn von La Châtaigneraie, gestern morgen, als er gewaltsam die verriegelte Tür eines Gesindezimmers geöffnet hatte.

Im Bett lag, den Hals voll blutunterlaufener Flecken, der nackte und leblose Körper von Marie Auduin, 22, Zimmermädchen. Am Lampenhaken hing ihr Mörder: Simon Auduin, 25, Ehemann des Opfers, der sich selbst gerichtet hatte. Neben dem Tisch, auf den er geklettert war, lag ein Stuhl, den er im letzten Moment umgestoßen haben muß.

Die Untersuchung der Leiche hat ergeben, daß der Mord gegen Mitternacht geschehen sein muß, während der Selbstmord erst gegen sieben Uhr morgens stattfand. (Obgleich der Körper Simon Auduins noch warm war, konnte er nicht wiederbelebt werden.)

Der Mörder muß also die ganze Nacht bei seinem Opfer gewacht haben. Es muß festgehalten werden, daß er keinen Augenblick zu fliehen versuchte, sondern nur den Moment, in dem er sich selbst richtete, bis zu der Stunde hinauszögerte, da das Verbrechen entdeckt werden mußte.

Niemand hatte etwas gehört oder gesehen; kein Schrei wurde ausgestoßen. Die Köchin von La Châtaigneraie, die auf derselben Etage nächtigt, erklärt, daß sie bei ihrem leichten Schlaf mit Sicherheit jeden Streit gehört hätte. Die Autopsie der unglücklichen Marie Auduin hat im übrigen ergeben, daß ihr in dem Moment, da sie erwürgt wurde, die Gefahr kaum bewußt gewesen sein konnte.

Sie war seit vier Monaten Zimmermädchen auf La Châtaigneraie und hatte im vergangenen Januar denjenigen geheiratet, der ihr zum Verhängnis werden sollte. Auduin war auf dem rund 35 Kilometer entfernten Gut von Monsieur de B. angestellt und kam jeden Sonntag, um seinen wöchentlichen freien Tag bei seiner Frau zu verbringen.

Nach den verschiedenen Zeugenaussagen gibt es für die Polizei kaum einen Zweifel, daß Eifersucht das Motiv des Verbrechens ist.

Monsieur de B., der sichtlich erschüttert war und ausführlich von der Polizei befragt wurde, ist der Meinung, daß dieses offentsichtlich von der Schönheit Marie Auduins ausgelöste Gefühl bei seinem Knecht rasch krankhafte Formen angenommen haben muß.

Diese Meinung scheint von dem Personal bestätigt zu werden, jedoch nicht ohne eine gewisse Zurückhaltung, was die vorgebliche Grundlosigkeit dieser wahnsinnigen Eifersucht betrifft.

Die Ermittlungen wurden jedoch abgeschlossen, ohne daß die Justiz eingreifen mußte, da der Mörder ihren Bemühungen zuvorgekommen war.